AWAKENING OF DESIGN | Tanaka Ikko

田中一光

朱锷

编 著

设计的觉醒

田中一光

序 | 朱锷

在《设计的觉醒》这本书里，田中一光用平实的语言向我们娓娓道说了他这一生设计思考的觉醒过程。

田中一光的设计历程可以说是完整契合了战后日本设计的发展历程，个人才能完好结合了时代机遇，他用近六十年的时间，赋予了"日本平面设计"明确的方向性。

1950年代中期，田中一光以"手法可以借鉴，概念决不混搭"的明晰理念，把日本传统造型的基本元素整个重新梳理了一遍，用"纯粹平面，纯粹二维，纯粹造型"的样式向世人宣告："新时代的日本设计造型现在诞生了。"

1980年代是日本经济高速发展的鼎盛期，针对大众过剩消费带来大量浪费的社会现实，田中一光敏感地觉察到设计可以介入大众生活发挥社会影响力的作用，从日常角度入手，倡导"资源循环再利用"，为企业提供了将设计转化为生产力和核心竞争力的新方法，更从基本观念入手向社会灌输了"合适就好"的生活方式新理念，在社会上产生了极大影响。这种影响力随着"无印良品"企业的不断壮大，继任者原研哉与时代并进的广告更新，其范围还在持续扩大。可以说，与那些海报作品相比，由田中一光一手策划和缔造的"无印良品"才是他一生最好的代表作，它实现了他提倡的"设计定要向社会发言"的理想。

　　田中一光的设计作品和设计思考，可以作为我们辨识设计的参照，作为日本战后短短几年里设计文化迅速发展的精神例证。

　　我相信，熟悉田中一光海报作品的人，不在少数。但这本《设计的觉醒》的终极目标并非是想让大家多"了解"田中一光些什么，而是在中国经济日益强盛，设计日益为大家所重视，同时又出现了各种困惑的现在，试图让大家通过田中一光自身的设计思考，去了悟对于那些平日里司空见惯的、再普通不过的日常我们其实是多么"不了解"，进而让人们站在新知识的肩膀上，邂逅新鲜的"设计"，让"设计"在自己的身体中觉醒。

　　设计的觉醒过程，就是设计师在日常中对生活认知不断觉醒的过程，这意味着司空见惯的东西里也有大量值得我们去再发现的未知部分，"觉醒"是设计应该扮演的重要角色，《设计的觉醒》试图提供的就是接近设计觉醒的入口。

目录

第一章

无印良品考

十几年前，在西友百货的自有品牌中，诞生了一个名为"西友Line"的商品系列。最初，我的想法是将这系列商品定位在与国有名牌相同的位置上，但却以不同于这些名牌的表情出现。围绕这个出发点，我们进行了许多的讨论但却没有找到出口。

再次仔细思考后我发现，其实自有品牌原本就不适合参与名牌战线的竞争。也就是说，如果跟随在名牌的步伐之后，自有品牌是永远无法崭露头角的。于是我的思路发生了改变。

想想当年，我向西友提出"只用单色的素朴包装难道不行吗？"这个提议时，正是无品牌［no brand］商品开始进入大家视线的时候，西友也对进入这一领域抱有很大的决心，他们希望制造出和其他量贩店不同的无品牌商品。但是直接以"无品牌"为命名却又显得太过无趣。

在那个大多数商品都以英文或片假名命名的时代里，这个系列的商品却开始尝试用日本汉字作为出发点来进行品牌命名。

"如果将 no brand［无品牌］直接译成日语的话，会是什么呢？"我现在还记得大家围绕这个问题展开的激烈讨论。大概是与那时正流行的"中国风"有关吧，讨论中突然有人提出了"无印良品"这四个汉字，最终，在几个备选的名称方案中，"无印良品"这个名字被采用了。

当时西友产品开发部拥有很多品牌开发和推广人才，他们很会把幽默的成分加入到商品推广中去，比如用貌似随意的涂鸦风格的插画来绘制鲑鱼头等等，从这些轻松灵活的创想中，我强烈地感受到来自公司内部横溢的才华。

无印良品在企划之初，并没有要专门推出低价商品的计划，只是稍微转换了视角从而发现了意想不到的视点，接着以此为新的切入点再继续进行深一步的思考。比如破损的香菇，或是鲑鱼头肉，用转换后的视角来看待，我们就可以发掘出其中新的可取之处，这样的思维方式同样也适用于大部分商品的，于是，可能性便像雨后春笋般冒了出来。

无印良品有三个特征："材料的选择"、"工序的检查"和"包装的简化"，第一代无印良品的商品可以说充分体现了"物美价廉"这个特征。我想，无印良品的这些商品为什么会那么便宜，它们又是怎么被制造出来的，将这些原因和过程都清晰地让消费者们了解难道不也是一种商品推广的方式吗，于是，我要求文案以此思路对商品进行特点介绍，并直接印刷在所有商品的包装上，这种做法是以前不曾有过的，初始，大家惊诧之余还有些不适应，但日积月累之后，这种率真的文案竟也成了大家亲近无印良品的理由。去年在东京的那个红酒事件，我想他们如果能够像无印良品这样清晰标示进口酒的混合成分的话，事情也就不会发展到后来那么不可收拾的地步了。相反，在无印良品，我会要求大家从一开始，就在所有商品的标签上注明产地和成分，无论是产于韩国还是泰国，都会在一开始就让消费者自己心里清楚，因为我知道，人们在购买商品的过程中，便宜固然是很要紧的因素，但让人安心其实具有更大的市场竞争力。

在包装方面，我原本就对充斥在市面上的过剩包装抱有质疑，我自己一直都觉得日本的包装设计是包装过度、装饰过头了。不了解设计的人，普遍会以为平面设计就是弄个原型定个颜色加个图案的工作，事实上，持有这种这种想法的人是误解了设计的本意。设计的作用在于寻找功能和社会间的接点，在功能足以说明一切的前提下，装饰成分是可以节制的，如何把握节制的度是考验一个设计师是否成熟的标尺。在一个包装过度、色彩过剩的环境里，我们去掉些多余的装饰多余的色彩的话，我想反倒会是个很新鲜的景象。在这样的想法下，我们非常节制地控制了包装的设计的度，也控制了包装的选材范围，结果，制作出的包装真的如我之前想象的那样，在包装过剩的大环境里，反倒一下子凸显出来，在社会上很快引起了共鸣。

无印良品的商品种类几乎涵盖了日常生活的方方面面，那么如何为日常生活提供一种合适的样式，就成了当务之急。初期的无印良品，并没有自己的销售专区，是在西友百货公司里按着食品就摆放在食品柜台，衣物就摆放在衣物柜台的传统形式销售的。打个比方说我要买一件T恤的话，就要到摆着好几种品牌的T恤专区里去找才行，挑选时也只有在T恤的范围，非常不方便，选择的余地也非常有限。

我们把这个问题提出来后，西友百货马上有了反应，首先把无印良品的所有产品集中放在同一区域。有了专区场地，我们又按着"家"的概念，对商品摆放进行了整合，调整后的无印良品专卖场让来到了这里的人们，就像进了理想中的"家"一样，这种以"家"的概念来对商品进行推广的方法在之前也是不曾有过的，推出之后一下子吸引了人们的共鸣。原本来店里只是买食品的，在这样一个"家"里逛着逛着，会又发现"好像服饰也不错"，结果连食品带服饰一起买了的客人不在少数。消费者对商品不只是有物质层面的需要，对商品背后蕴含的思想其实也是抱有兴趣的。在非食品专区却看见食品罐、点心、干货等这些东西时，刹那间是会让人有点奇怪的感觉，但我们想想，我们自己的家里不也正是这样的吗？正是这种从日常出发，看起来好像有点与众不同的推广方式，使得无印良品的性格特征日益清晰明确，同时，我们也围绕着"日常生活"这个主题，努力把商品品种设计得更贴近生活细节，这使得种类也越来越丰富起来。

再就是，既然有了"家"的概念，那怎样很好地把理想的"家"表现出来，就进入了思考范围之内了。以往，传统意义上的专卖店，多由商标、造型、颜色等组织出成套的信息，这种用单层表面的标识系统来包装整体形象，是种固有手法，虽然也行，但并不适合无印良品这样一个新生儿。无印良品要重视的是专卖场的功能和气质以及所要传达的"家"的气息。为了凸显气质特征，我们把天花板吊顶全部去掉，让那些管道和水泥构造直接裸露出来，货架和墙面尽量使用木材、石头等天然材料，用来摆放产品的容器也尽可能是纯天然和纯手工方式制作，就连放糖果糕点的篮子也专门到地方上去搜寻民间工艺品。

将无印良品的产品摆放在如此生活气息浓厚、触感细腻的材料中，产品也很好地传达出了我们想要传达的思想，所以，可以说，无印良品的性格特征正是由这种种材质感构筑而成的，而"无印良品"字标的字体和色彩正是真实还原了这个性格特征。

令人欣慰的是，这朴素无华的思想，现在得到了越来越多富有知性的人群的支持。比起过度造型，过度使用色彩的商品，无印良品不仅提供了相对便宜的价格，而且还在社会中构筑了知性生活的形象。

"平民时尚"这种说法很早就已经有了，它指的是使用合理而又舒适的生活形态，无印良品现在已经成为这种潮流的代表。在崇尚奢侈品消费的大环境里，无印良品却推出以"日常"作为主打的日用品，不能不说是种强烈对比。

为了突显商品或商店的信用而为相同的商品加上不同的标签，我觉得是"品牌性"对商品本身的过分参与，对于那些把商标去掉的话，就不再具有其商品性格特征的商品来说，强调功能而品质又稳定统一的无品牌商品，反倒是种对照，在一个浮躁的环境里更能获得知性群体的认同。

从具体上说，我们从对素材的选择开始就植入我们的思想，粗加工的加工方法，使得样式自然清新，这正好呼应了无印良品要提倡绿色健康食品与自然生活的理想。

在东京的时髦地段青山开设独立专卖店，对无印良品来说，无疑是个重要转折点。青山地区一直是最前沿资讯的集散地，也是知性人群以及时尚记者们的活动大本营。所以我觉得，无印良品如果真的作为一个知性品牌向社会发出自己的声音的话，比起在西友百货公司里的小店铺来，能否独立在青山站住脚，无疑是个至关重要的考验。

于是我向西友百货公司提出了我的想法，并做了充足的调研准备，最终凭着十足的信心获得西友百货公司高层的同意，在青山开出了无印良品第一家独立专卖店。很快，店铺就在人们的口口相传中变得广为人知，青山一号店获得了成功。

西友百货公司的大型店都开设在城市近郊，在都市中心地段并没有设立过卖场，所以，如果当初无印良品一号店不是开在青山，还是开在郊外的话，那么无印良品要发展到今天的规模恐怕会需要更长的时间。

但现在，无印良品又要面对新的困难了，自青山一号店成功后，又迅速开了西武涩谷分店，紧接着，前年又在有乐町西武的一楼开设了旗舰店，如此一来，不同地区的客流人群和上架的商品之间，就产生了很大的差异。

一直以来，无印良品对流行敏感度的要求并不高，最初只是提供在日常生活中

"有理由的便宜"，随后经历了倡导"绿色自然"的阶段，现在要面对"时尚"这个题目做出自己的答案，可是，如果把"有理由的便宜""绿色自然""时尚"这三个因素都加在一起的话，"在哪里都能通用"这个目标就显出了难度。

我想，无印良品不具有纵向深化商品品质的必然性。当然商品的品质需要得到提升，但如果一味追求高级，无疑会削弱无印良品物美价廉的大众性。虽然我们身处的是奢华时代，而对于无印良品来说，不可高级过头，控制住这个度是关键，所以我认为增加无印良品店铺的数量，进行横向拓展或许是无印良品下一步要做的事情。

开连锁专卖店，我觉得是个很好的创想，而且我始终认为，无印良品具有的性格特征清晰明确又容易理解，无论在世界哪个角落，都会有赞同无印良品提倡"有理由的便宜""绿色自然""时尚"想法的知性群体存在，所以，与其大幅度提升商品本身，不如在大区域的战略观下横向普及。

事实上，无印良品的诞生是对现代文明高技术的一种抵抗，从这一个层面上讲，世界上的知性群体，都会产生共鸣，都会团结起来的。当然，持相反想法的人会说："这么便宜的东西能用吗？这么便宜的衣服能穿吗？"可以说，对待无印良品的态度，喜欢的就是喜欢，不喜欢的就是不喜欢，泾渭分明。也正是在过度消费的时代，人们才会产生出这种"泾渭分明"的喜好。用身边的例子来说，就是吃腻了牛排、鹅肝酱，于是有了"茶泡饭也很香啊"的感觉，这其实是一种明显的反向作用。

结实好用，谁都可以便宜地买到，在过度浪费到极点的社会中，这种具有民主主义色彩的商品会让人感到高度的精神性，用比富人更聪明的方式生活带来的满足感，也是它吸引人的重要原因吧。

在无印良品现在的商品中，我觉得衣物服饰是最好的。而其他种类的商品在设计上还需要向服饰水准看齐。虽然现在从海外进口服饰材质已成为时尚界的倾向，但无印良品的服饰，从设计师天野胜最初负责时起就已经开始注重这一点了，所以在材质方面非常多变而国际化。相比之下，其他种类的商品就没有达到这样的国际性视角，如何在这方面扩展视野并做好连接将成为未来的一个课题。

还有另一个难题，就是在现今讲求合理主义、功能主义的社会中，想要活用材质反而会产生成本提高的问题。比如说罐头的包装，在还没有完全实现量产的时代，直接在罐头上印刷是不可能的，所以自然是在纸上印好后贴到罐头上，而手工粘贴的费用也是相对合理的。而在量产化程度很高的今天，比起把印刷好的纸一一贴上去，还不如直接在罐头上印刷来得便宜。况且，现在批量印刷使用的基本都是四色机，所以就算减少颜色数量，也起不到降低成本的作用了。在无印良品的食品方面也有这样颇为尴尬的情况，碎香菇原本是指挑选完好香菇后剩下的零碎香菇，但是说来有些可笑的是，需求量特别大的时候，甚至不得不专门将完好的香菇打碎才能满足需要。

需求越来越大时，想要在机械生产中贯彻自然性是很困难的，尤其是生产规模很大的时候。所以小型、中型的生产体制才是无印良品的领域，既不进行泛滥的大量生产，也不走向限量的奢侈高级。

说到无印良品推广时期的智囊团，在命名方面有日暮真三，包装方面有麹谷宏，广告文案是小池一子，空间设计是杉本贵志 [SUPERPOTATO公司]。我们这五人团队非常合拍，可能也是因为大家的生活习惯和喜好都在无印良品中得到了共鸣吧。

首先有个好商品，这是第一前提，之后是为它加上好的推广信息，在以前这就够了，但现在如果没有好的卖场、好的国际化视野来展示推广商品却是不行的。也就是说，如果"好的产品"＋"好的推广信息"＋"好的展示环境"三者缺一，将都无法在现今的商业环境中成功。所以如果空间设计师、产品设计师和策划这三个方面不能很好地默契前行，就很难使往后的商品推广获得成功。

不只是无印良品，其他的品牌也都是每天在进行商品开发，今后，没有性格特征的商品恐怕很快会被淘汰出去的。

我虽然一直觉得"设计师品牌"有些过于依赖设计师个性，但毕竟在强调个性，我相信以后无论多么优秀的商品，如果缺了个性也是不能畅销的，大量生产的商品往往会因缺乏个性而被淘汰，有着完全相同的面貌，剔除了全部性格特征的商品，反而不如即便在某处存在不足但却小有个性的商品来得讨人喜欢。

今后的消费者面对的将是众多个性鲜明的商品和在其中随心挑选的乐趣。以前的商品就像是经典美女，各方面都完美才是好的，而如今早已不拘泥于此，在这各人喜好千差万别的年代，今后的商品将不得不朝着"个性的表现"这个基本方向发展了吧。

[《无印良品白皮书》 1986年1月]

01　无印良品新宿店开张海报　1995年
02　无印良品字标　1991年
03　无印良品海报　1994年
04　无印良品企业广告　海报　1990年
05-1,05-2,05-3　无印良品 生成 海报　1997年
06　无印良品 衣料品图录　1994年
07　无印良品包装

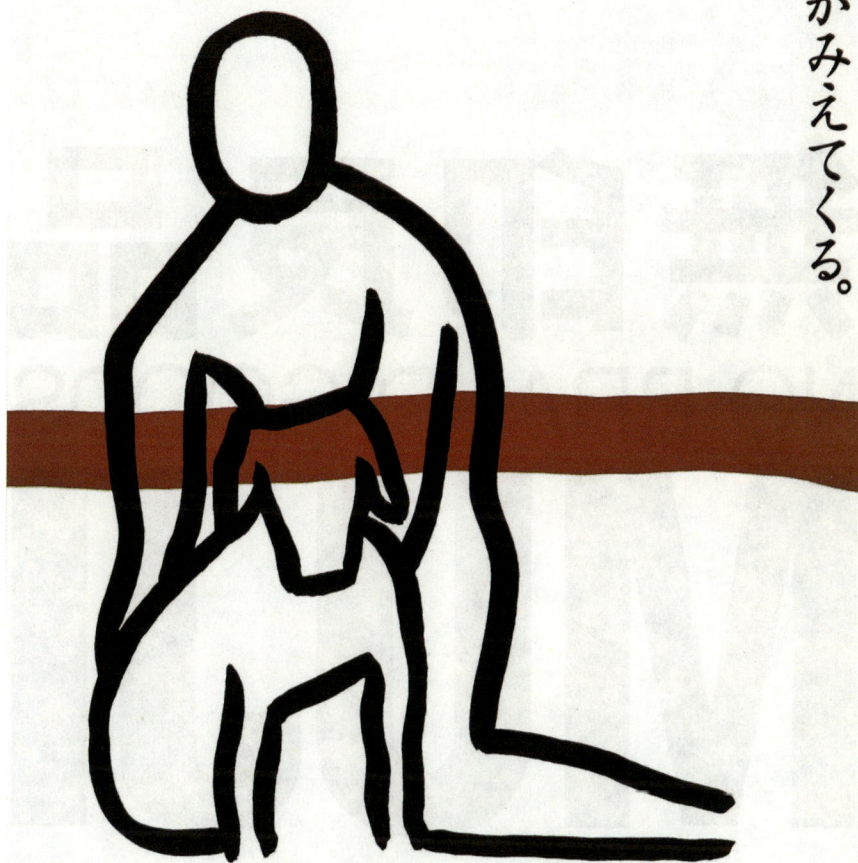

無印良品
NO BRAND GOODS
MUJI

基本が、語りかけてくる。

3月26日(木)オープン
無印良品
アムス府中
府中市宮町1・2・18 ams府中1・2F
電話番号::0423-58-6115
営業時間::午前十一時〜午後八時

木綿ナ暮ラシ。
ごく普通の衣服の基本。
それが無印の木綿です。
秋の空気をたっぷり含んだ
コーデュロイの木綿の暖かさ。
いなせな言葉のはしばしが優しい
木場の角乗り保存会の皆さん。
無印良品

木綿ナ暮ラシ。
白い木綿のシャツは
洋服の基本、無印の基本です。
くつろぎにあわせて、
ウエストポイントパンツにあわせて、
大分県大田村で椎茸をつくる皆さん。
笑顔がまっすぐで暖かい
無印良品

04

素顔。
無印良品

05-1

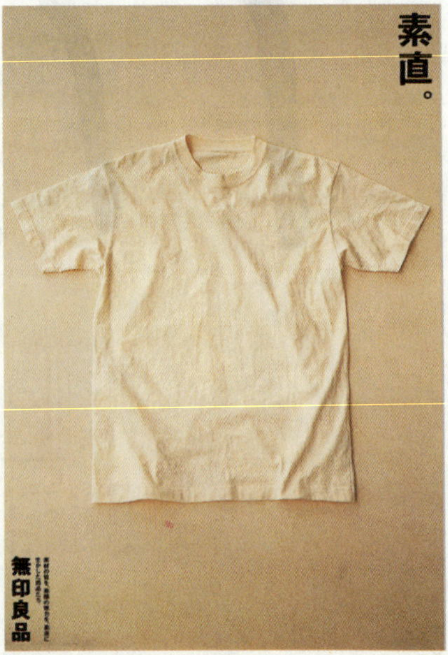
素直。
無印良品

05-2

素質。

無印良品

素材の質を、素顔の魅力を、素直に
生かした商品たち。

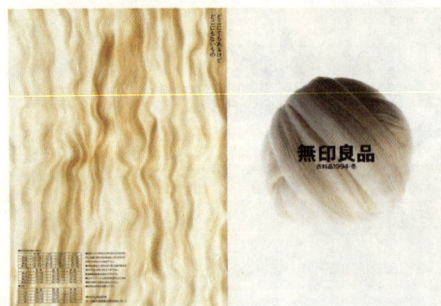

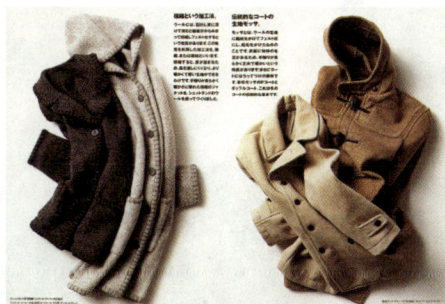

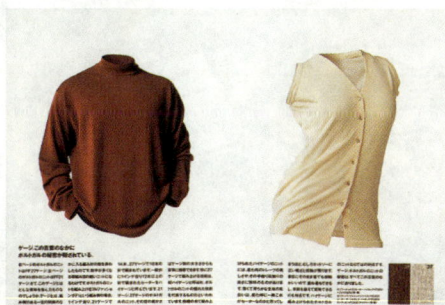

我的二十一世纪

虽然二十一世纪已近在眼前了，但由于日本以西历来纪年还只是不久前的事，所以我从未想过，文化的变化会像新闻报纸所说的那样以百年为分界单位。

十九世纪末，工业革命为时代带来了巨大的影响，也对思想和艺术造成了尤为强烈的刺激，所以人们自然地将最多的注意力集中在跨世纪产生的巨大转变上。而且，与1899至1900之间的数位增加不同，2000这个数字，一下将时间翻页至二十一世纪，这种从根本上产生的不同变化，想必会让人们抱着期望与不安来度过这不可思议的时间吧。人就是有这种天性，在痛苦的时候，会想着或许明天一切就会好起来，而在幸福的时候又会隐隐不安于未来可能遭遇的不幸。

显而易见，现如今的日本已经走出了战后的物资贫乏。不经意间，物质丰富了起来，也很少有人再提起当年贫困的生活体验。从物品消费中就可以看出，人们不再对物质有更多的需求了。和东欧、非洲以及柬埔寨这样战乱持续的地方比起来，我国的生活无疑是和平、富饶、健康的，简直像是在天堂。所以即便在世纪末突然有暴风雨来临，对于已经安享了长达半个世纪没有对立思想、生活在和平与幸福中的人们来说，也已经感到知足了。现代的日本人已经学会用审慎而保守的观点来看待这个世界，不会去盲目追求超出生活所需的舒适与奢侈。

但是，即便如此，令人不安的现象仍在日益增多。地球环境的恶化、资源的枯竭、民族间的战争，以及像艾滋病这类医学无法解救的疾病和性爱自由问题等，一系列难题渐渐堆积成山。不止如此，刚刚从消费欲望的压抑中解放出来的前社会主义国家人民，一下子爆发出对快捷与舒适的追求，迈上大生产与大消费的道路，更加速了地球荒废的步伐。等待着二十一世纪及其设计的，正是这样一种无可避免的处境。

我第一次出国是在1960年。对于来自贫困时期的日本年轻人来说，当时的美国文化是再耀眼不过了。从纵横发达的高速公路、蓝天下高耸鲜明的建筑群，到陈列满各式商品的超级市场、自动烘干机、投入硬币就会滚出商品的自动贩卖机，以及一人份的袋装茶等。所有这些现在看来司空见惯的东西，那时的我都一一地仔细观察过，并拍下许多的照片。例如在纽约住宅区的街头被遗弃的崭新家具，以及在大雪的日子里温暖的室内只需穿一件T恤的留影等，都是些反映现代文明的照片，足以让当时在国内的朋友们感到惊讶。

可是不知不觉地，日本也已经发展成了那样的国家，甚至有过之而无不及。大家生活在物质极度丰富的社会中，伴着对消费和舒适的欲望，每天生产出小山一般的垃圾，不断地填平着城市的港湾。

也许与我的年纪有关吧，如果将六十年代和七十年代的启蒙当作是日本设计的第一幕，那么八十年代和九十年代的洗练就是第二幕，而即将来临的二十一世纪则是第三幕。契诃夫的《三姐妹》虽然是伴着"去莫斯科去莫斯科"的台词落幕的，但莫斯科象征的理想形象已经消失。在享受着纽约的摩天大楼和东京的高科技生活的天际线上，我仿佛看不清二十一世纪的轮廓。

我感到，无论是设计，还是消费态度，在二十一世纪都会有很大的转变。那种认为"永远光滑闪亮的物品才是新的"的美感意识，连同"稍微有细小划痕就退货或丢弃"的消费观念，在二十一世纪都将面临巨大的转变。

非必要的改版换代，每季必发的时尚新品，以及在本质上缺乏创新的新商品开发等，总让我觉得其中的思想已落后于今天的时代。与快速消费的崭新商品相比，如今的人们已渐渐发觉，品质好寿命长的商品更具有美感。对于适合自己并陪伴自己度过了一段时间的物品，人们总是会赋予更多的偏爱并从中感到精神层面的满足。

在古代的日本，有一种叫做"空寂"的美学。破损的茶碗被用金色的漆修补，而漆本身的美渗入到茶碗中。这种以破损后修补而成的茶碗为自豪的观念，蕴含着至深的哲理。所谓世界只有物质是无法成立的，显示的或许就是这种强烈对比中的自豪。

在平面设计领域内，我们具有作为企业代言人和广告释义者的一面，即被称为艺术指导的这层身份。但是如果只存在于这样的关系中，现如今是无法打动人心的。反倒是将个人观点剔除修饰后表达出来，才能获得更多强烈的共鸣。这种追求精神性的广告与设计，不喜欢添加甜美的调味，而是越来越强烈地具有艺术化与社会化的倾向。

另一方面，计算机已经实现了对人类动态的实时把握。从卫星传输到移动电话，各式各样的电波数据在太空中交错往复，数不清的信号在被发射或接收。如果把这些电波都可视化，恐怕我们头顶的天空就不再是透明的。

二十世纪还是汽车、飞机、电视的时代。这使我们能够快速地移动，或是坐在一处就能触摸到来自四面八方的文明信息。而这就是现代化。汽车在破坏着环境，飞机在削弱着不同文化的独立性，而电视则会使蕴含人情味的人类交流逐渐丧失。

二十一世纪无法回避对上世纪的反省和挽救之责任。设计也无法脱离"环境的再生"、"消费 — 使用 — 丢弃的文明怪圈"以及"人情的复苏"这三重考量而存在。当理想的蓝图在近代都市的天际线上慢慢消失，某种怪诞的宗教就开始在人们荒芜的心灵中悄悄潜入。

我认为，思考受伤地球的再生，重新认识非西欧文明，脱离整齐划一的欧陆风格，控制对舒适的过度追求，减少华而不实的国际交流，弥合由认知不同而产生的思想冲突，找回对非光滑闪亮之物品的审美等，这些都是二十一世纪设计的最大课题。

二十一世纪的设计，将处于更多样化与更高科技的环境中，但同时，也走到了需要重新审视人类价值观与标准的时候。　　　　　　　[《创谈二十一世纪》1993年6月]

"传达"与"记录"的分离

几年前，我注意到在设计与印刷的评选会上开始出现一种不可思议的现象，有一类以报纸般粗糙的纸张为载体的彩色印刷品开始多了起来，并日益引人注目。

这些印刷品模仿上个时代的新闻报纸，故意使用较粗的网目进行印刷，色彩多如往年的风景明信片般花哨华丽，而内容则是迎合现代年轻人口味的诙谐文章与插画。这种风格充斥于页面中，让年轻人看得津津有味。

如果拿此类作品去参加以提高印刷技术为目的的比赛，恐怕会让评审们摸不着头脑。而若是放到重视表现力的设计或广告竞赛上，或许可以得到很高的评价。而如果运用于实际的设计工作中，要如何判断就是个难题了。

长久以来，图像的高还原度和高清晰度一直是印刷所追求的最高目标。在充满油墨味的工厂一角，常能看到经验丰富的老师傅从口袋里掏出一枚放大镜，对着彩印网点仔细比对，然后在"嗯"的一声之后点点头。在他们的法眼中，不够标准精美的印刷当然是绝不能过关的。而如果把那些受年轻人钟爱的拥有别样审美观的小手册放到他们面前，只怕一定也会被不屑地视为透明吧！

自从1973年石油危机以来，日本的印刷技术进步迅速。但一直以来在印刷奖中名列前茅的，基本都是大型的印刷公司。因为他们拥有超群的彩色分色技术。而即使技艺再高的老师傅，花上百倍的细心，也似乎敌不过"扫描机"这种电子制版机的魔力。

但发展到近十几年时，就连中小型的印厂也已经能够印制出相当精美的印刷品了。或许是因为大家都有了最新式的分解机，也可能是因为建立了共同使用的印制系统。无论怎样，日本的印刷品，尤其在照片冲洗领域，绝对是非常优秀的。当然这或许也与摄影底片性能的提高有关，可以说最终印品与照片在颜色上的差异几近消失。

在之前提到的现象中，故意使用粗糙的纸质和低精美度的印刷来与年轻人沟通，大概正是因为全国都已经实现了精美的印刷吧。于是这种另类的做法在年轻人眼里，反而变得很新鲜、独特而具有冲击力。

虽然这原是对早期连环漫画的怀旧，但随着技术和文明的进步，这种做法倒是有可能发展出复古及反向的运动。这或许对体验过战后恶劣印刷品质的人来说是种奢侈的想法，但如果与最近出现的健康食品、自然食品等现象联系在一起，却也可以看出一种时代的新潮流。

话说回来，对于这次的"印刷品将走向何方"的题目，如果可以让我来决定，那就一定要留意其中潜藏的两个方面。

第一个方面，是"传达"与"记录"的分离。在以往多媒体还没有泛滥的时期，传达和记录大多是一体的。比如在我生活的那个年代，提到美术书时想到的就是用浆糊贴在衬纸上的原色版，只有在卷首的那几页才会出现彩色。所以对于曾经只能在卷首品尝到那一点点珍贵彩色的人来说，像如今这般随意地将精美的印刷品丢弃的确是不可想象的事，要知道在那个年代连旧杂志都是重要的资料。

可是如今，"知道"与"保留"已经不再共存。"知道"看重的是冲击性，因此材质并不是什么大问题。而且"知道"所关心的是描绘与书写的"意思"，所以对载体来说无论质感、光泽还是细微与精密度，也都不那么重要，即便是粗糙的纸张或是很快会消失的影像都是合用的。因为重点在于其中包含的意思，也就是如何去沟通。

第二个方面是关于记录的，也就是印刷还有作为重要媒材的一面，这与胶片、电磁讯号等新媒体完全不同。制版技术的提高，使得印刷日益精美并朝着均质和普及的方向发展，这个过程说不定会将其艺术性与美术性日益洗练，进而以某种值得记录的表现再次成为一个课题。而几近消失的活版、原色版、凹版等印刷质感强烈的工具，近年来也由于打通了成本与人力的问题而得以复活，这或许也与高级化或工艺化有关吧。仅有内容的传达已经不能满足这个时代，而对于有着温暖而高品质触感的印刷美，人们却不由地再一次产生眷恋，这是令人惊讶却又近在眼前的事。

另一方面，扫描排及电脑编辑等新型的作业方式已经普及了，设计师们的桌面如今已经变成了由窗口管理的电脑荧屏，这缩短了进行造型、配色等各种尝试所需的时间，所以想必会生出更多更新的造型语言来吧！

所以总的说来，与从前拿着放大镜比对网点以确保画面逼真的年代相比，在信息海量流动的现代，想要对印刷品作出判断可以说是困难得多了。

[《信息处理和印刷技术》 1987年11月]

海报的昌盛

从第一次听到"海报将不会再是广告宣传的媒体了吧？"到今天已经过去了三十年。当民营电视台开始运营，大众杂志发行量飞速提高，彩色电视进入家家户户的时候，大家都说海报作为媒体的危机来了。

那么结果如何呢？在今天的日本，海报不但没有没落，数量反而还越来越多。

东京艺术指导俱乐部主办的1987年"年鉴广告美术"作品审查会，就征集到了2300件作品，数量超过了往年。虽说日本的经济成长增加了企业活动和印品数量也是很大的原因，但和报纸、新闻、电视等其他媒体的总数相比，海报终归有着足以匹敌的数量。不仅如此，连海报的尺寸都变得更大了，那在体育馆般大型的审查会场百家争鸣的，不正是一个精彩的海报世界吗？

直到现在，海报都依然是新品发布、仪式举办以及企业战略等所有活动的基本媒介，并作为视觉表现的主轴，超越了报纸、杂志、电视等媒体。而只要海报在企业策略中还占据着象征性地位，设计师就仍会以十足的热情去进行创作。从这一切中不难看出，海报会永远占据设计的王位。

从劳特累克开始，到之后的卡桑德拉，再到二战后的萨维那，海报的充分发展已使大型石版印刷时代达到顶点，因而在那之后就将是其渐渐隐退的时候了，这种观点曾占主流。而海报在今天仍如此昌盛的情景，在那时是完全没有预料到的。特别是在彩色胶片急剧发展，杂志大型化，大量快速印刷成为可能，彩色电视精度越来越高，预备进入影像时代的六十年代，只于一张薄纸上静态呈现的海报，在当时是不会引起人们关心的。

但在战后世界的剧烈变化中，海报却灵活地变换着表现形式，并不断向上发展而生存下来。在东京召开的1960年"世界设计会议"，就是日本第一次的海报兴盛期。瑞士的穆勒－布洛克曼 [Josef Müller-Brockmann] 和波兰的杨·兰尼卡 [Jan Lenica] 的插画式表现，赫布·鲁巴林 [Herb Lubalin] 的纽约新文字设计、索尔·贝斯 [Saul Bass] 的好莱坞电影海报新风格等都刺激着日本的海报，使得它在五十年代后期至六十年代取得了巨大的飞跃。

在当时的日本，由"日本宣传美术会"主办的大规模海报展一直到1970年持续了约十八年，这是日本海报发展的巨大动力。日本的海报与其他发达资本主义国家相比，常显示出更明显的主观性和绘画性，也是由于在这个海报展上征集了许多无任务即无广告主的自由作品，所以出现了许多实验性的海报。

当然这个海报盛世也并非一帆风顺，在六十年代中期之后，海报就再次面临了危机。那个时期，彩色胶片的分色技术高度发展，平面设计开始以照片为主流，顺势进入了以大企业为中心的大量印制时代。自印刷迈入机械化以来，以往作家主义[译者注：Auteur Theory是1960年代随新浪潮运动兴起的一种电影创作理论，它主张电影独立于娱乐之外的艺术性，认为演员与剧本并非电影的主体，只有导演才是将个人观点加诸电影之中的唯一创作者]的手工海报就开始一落千丈了。

但是到了1967年，由美国旧金山的嬉皮士们手工制作的幻觉式海报又引来了关注。电子化的音乐、药物之后的幻觉被予以视觉化，其中弥漫的激烈色彩和强烈个性表现迅速地风靡了全世界。年轻人开始将他们喜欢的海报贴在房间里，成为六十年代后半期的风潮。

以幻觉海报为契机，海报经历了一次大的转折。一来，海报从宣传媒体的领域脱离出来，成为室内装饰的一部分，各人可以根据各自的喜好去购买，也就是慢慢演变成现在的版画。二来，随着印刷的高度量化，小额预算使得设计者很难发展手工艺式的构思，海报制作的过程控制也变得困难。

海报从此时开始向两极发展。一边，是大企业在奢侈的外景地拍摄高精度照片，以机械化和自动化的大量印刷向手工脱离。另一边，则是创作者在自由地发挥本性，用丝网印刷等单纯的方法来制作越来越多元化的海报。

这种两极分化，直到1973年石油危机以前都一直存在。但是渐渐地，一方面企业开始不满足于量产海报仅有的照片写实，另一方面，随着电脑的发展，图像更为精细，伴随着使艺术表现成为极大可能的制版机器的出现，曾经因各自表现手段的差异而分化出两极的海报，在接近八十年代的时候，却又合流了。

印刷性能的进步，曾使设计大量使用照片而趋于同化，但现在，同样又是技术的进步使得不同人的要求与幻想能更容易地实现。而手工的丝网印刷，反而渐渐因其浓重的手工艺特性转而成为高价值的印刷品。在这样的潮流中，海报迎来了八十年代。

电子制版技术可将具有千万种细节的画像进行复杂组合，超越了从前只能完结于一张胶片的照片时期，超越了只能单纯进行高精度复制的限制，使得海报创作者可以更自由地创想，更个性地表现。胶片成为一种素材，图像的拼贴、色彩的转化、画像的变形、极其细微的调色等，以前用工笔的技法都无法做到的表现方法现在便利地摆在了设计师们的面前可供随意挑选。

社会越是信息化，就越追求更新鲜更独立的形象。日本的印刷公司为了得到与新的电子制版相协调的理想形象，开始积极向印量少的文化海报提供先进的技术。大企业的商业性海报与展览会、音乐会等文化性海报之间的差距骤然缩小。

海报，仿佛一只不死鸟，在每个濒临死亡的瞬间换颜重生。它虽被轻视为十九世纪的旧物，但却仍于这个时代生生不息。它的存在有必然的缘由，那就是它始终不变的"一张纸"。只需在这一平方米左右的纸上印制信息，再没有比这更简单的传播了。电视有动作，有声音，也有同时性，比一张平面的纸具有更丰富的说服力，但也有略显啰嗦的一面。

毫无疑问，因为简单，海报可以在瞬间吸引眼球，使形象被记忆。也因为简单，海报可以在任何时间，任何地点，不借助机械设备来展示。只要仍有这一张纸的"限制"，海报就会一直保持着那种浓缩的象征性。

当然，它的这种象征性并不似标志与徽章般缺乏情感，而是更接近于没有限制的绘画，并且从各个侧面带出更多鲜活的时代意识。海报的目的是与全世界的人们沟通，所以其中的情感在设计表现上应该具有独特性和普遍性，我认为有好创意的作品是可以超越国界获得理解的。近年来海报在各国已被视为永久收藏品，我想也是因为海报所具有的当下性和永恒性吧。

身处电视、报纸、杂志等各种媒体中，海报却一直坐在女王的宝座上，这就是因为海报在传达信息这一基本要求中始终蕴含着一条高度凝练的概念伏线。如果不是这样的话，如今的各国各地也就不会举办如此盛大的国际海报竞技活动了。

[《现代世界的平面艺术设计 海报篇》 1988年5月]

文字与设计

五十年代后期，"美国文字设计"运动在以纽约为中心的美国东海岸兴起。在那以前的平面设计中，文字与非文字的关系非常简单。文字一直从属于画面，不是对画面产生不了影响，就是直接将斗大的字粗糙地插入画面中。即便"美国文字设计"运动受了新达达和荷兰桑德伯格 [Sandberg] 的影响，那也只是积极地将文字转为设计的基本要素而已。但在鲁巴林和杜鲁夫斯曼的创作中，文字第一次成为真正的主角，在广告中也开始可以感受到手写文字的知性了。

当然，美术字的变化、技术和活字字体的发达带来的精度与密度上的提升立即使文字、插画、照片在知性上得到了统一与协调。以穆勒－布洛克曼为中心的瑞士平面运动在此也加快了步伐。文字不再是隶属于绘画的辅助性因素，相反，如果去除了文字，画面和照片就会失去均衡与魄力，显得无趣。此时可以见到，文字与画面的相乘关系加深了。

1959年前后，正处于年轻时代的我也感受到了这股文字设计的热风。1960年在东京召开的世界设计大会展现了文字设计的觉醒，并为其开辟了新的方向。最初只是把没有必要的英文扩大以显示张力，而后这种新概念也不知不觉地渗透到日语文字世界中。其影响没有停留在表面造型上，而是以逻辑为主的编排设计也开始渐渐出现在汉字、平假名中。当然，我的作品也经历了这种过程。

文字与设计领域交叉之宽广是很难用一句话概括的，大概也只有象征图形和无文字的标志才不会涉及这一点吧。而其他的领域，报纸杂志自不必说，包装、电视、海报、看板等各种广阔的世界都充满了文字与设计，可以说我们的生活被文字包围着。

没有文字的海报是存在的，因为超越语言的"一看即懂"是视觉沟通的最终目的，但没有文字的平面设计，却总会让人觉得缺乏现实感。如果没有印制发行者、主办方、提供者、商品名称等信息，人们就会感觉有些错乱，甚至被拉回图片绘制或照片拍摄的时代去。没有了文字的设计作品很容易失去社会性，从而只属于作者的个人世界。文字则不同，即使离开了设计它也依然可以作为语言而独立存在。

在交流方面，图片虽然具有超越文字的能力，但其本身却没有传达信息的功能。可是文字语言却理所当然地在传达信息上具有不可动摇的地位。如果重视文字的地位，那么它所具有的社会功能自然可以使设计也具备更多的功能，如此就可以做出更美更具有独创性的方案了。然而，文字设计或字体设计却并非易事。

好比这里有一张海报，上面的文字虽然还没有经过设计，但它本身作为语言的信息却已独自传达了出来。文字设计虽不会像图片或照片这样轻易将观者拉回创作的时间原点，然而一旦文字偏离了本意，设计作品就难逃成为废纸的宿命。如果将文字编排看作一个独立的创作对象，那么出乎意料地，完成它可能比手绘创作需要更多的坚韧和个性支撑。

这正是为什么在文字与设计的关系中同时存在趣味性和虚无感的原因。主题、标题这些虽然通常来自他人的委托，然而文字本身的严密性是必须保证的。虽然形容和说明可以允许适当的调整，但人名与公司名、时间与地点是如何也不能更改的。在创作编排类设计品时，"文字"这一素材尤其需要严格注意，甚至有时所有的想法都要以其为出发点。只要涉及与文字有关的设计工作，就不仅要接受笔画、数量的限制，甚至连词意与顺序等限制也都要无条件接受。

编排设计就是如此，在文字与句读的邂逅中迸发创意的火花，理解并挑战残留在它们之间的创造空间。限制条件本身既是不可妥协的素材，也是一种非常重要的提示。正是在字与型不可妥协的关系之间，我们得以寻找出适合语言的设计路径，从而踏出信息传递的第一步。

在这样的过程中，文字的编排似乎只是一种形而下的操作而已，我已然在华丽个性的插图与照片上感受到很强的紧迫感并花费了大量时间在这谜题般困难的工作上了，而后还要再在编排设计这个狭小的空间里尽力去飞得高一些。如果说插图和照片是一首歌曲，那么文字就好比是伴奏。歌曲会因为伴奏而变得更加优美，而伴奏却不可能因为歌曲而变得好听。所以虽然已倾注了灵魂和心血，但文字编排设计还是常会让我感到虚无，这大概就是它这种特殊的身份所决定的吧！

[《田中一光的文字和设计》 1977年]

图案与设计

每到春秋季节的结婚高峰期，车站上都会出现许多欢送蜜月新人的宾客们，月台上满眼都是他们衣装的华丽色彩。去年在京都站，我就遇见了一位着和服的妇女，那美丽的留袖[译者注：留袖是日本女性参加亲戚的婚礼和正式的仪式、典礼时穿的礼服。以黑色为底，染有五个花纹，在和服前身下摆两端印有图案的是已婚妇女使用的"黑留袖"和服。另外其他颜色的面料上印有三个或一个花纹且下摆有图案的叫"色留袖"和服〕给我留下了深刻的印象。

那是一件黑底色下摆的留袖，上面用金线绣着匣子的图案。两个立方体的旋转倒置产生了出乎意料的设计效果。匣身与盖子相互叠压着，其中一个还大胆地在下摆处分割开来。而从盖子处延伸出的两条带子，将和服的腰部起伏缠绕，与匣子的立体感和直线力度产生对比，又与柔美的飘带曲线相呼应，仿佛真的活了起来。很难说得清这是一种古典美还是一种现代美，但无论从哪个角度看这都是一组十分生动的造型。

当然，她的穿着方法很出色，真不愧是在京都见到的物件。它使得我百无聊赖的等车时间也变得丰富而充实起来。排除在美术馆、博物馆这类地方欣赏古典美的特殊情况，在现代的日常生活中，我已经很久没有像这样沉醉在一件物品之中并流连忘返了。这就是设计的能量。我又一次感受到，在京都传统文化中孕育的某种既新潮又深沉的独特事物。

几天前，我在某本著名杂志中注意到，"图案"这个词的后面被规矩地附上了括号"设计"以作注明。时代果然是不同了，若是十几年之前，恐怕会是反过来在"设计"的后面注明"图案"吧，我不禁苦笑。

二战以后，"设计"这个词汇带有了现代开放的美好与光明，而计划与智慧的理性主义也让人看到了充满浪漫主义色彩的未来。

但实际上，"图案"这个词却还是会让人联想到封建工匠的手艺。似乎人们对这个职业的理解就片面地停留在装饰技巧的层面上，而我的工作也曾被认为就是"做图案"而已，这使我感到十分羞愧。虽然这种想法至今仍未改变，但最近身边的氛围似乎已经有些不同了。

大众化社会、批量化生产和过量的信息等所有的一切都在集团化处理。在这种环境之下，"设计"原本的理念变得越来越怪异。"设计"这个词似乎已经和简单随便的构思、千篇一律的模式、过分摆弄的编排联系在一起，几乎成了廉价与无知的代名词。

而在这种现状中，那件京都站台上的和服却静静地体现出设计的真正内涵。它不是打着"设计"旗号制作而成的，而是源自传统文化中谦虚的思考和能工巧匠们无与伦比的高超技艺。

在信息过剩和大规模生产的设计工作流程中，人们开始无法同时兼顾大脑与双手。我们的世界成了一个不断收集纷繁信息然后机械录入的系统，其中的构思部分逐渐被傲慢的城市人那所谓的直觉掩埋了。在不知由何人制作成品的情况下，却能在纸上直接描绘出图像细部，这种需要完全用头脑思考的设计，我感到快要看到尽头了。

然而，京都却还残留着图案构思与手工相辅相成的影子。质和量的关系也恰到好处。或许这也和京都没有超大企业不无关系吧，故而在京都我们倒是不必在"图案"后面再加注括号说明是"设计"了。

对于在京都度过青年时代的我来说，近来越来越体会到自己是多么的幸运，即便只有那停战后的短短四年时光。当时我在京都市立美术专科学校攻读的是名副其实的图案专业。还记得一年级的时候，每天从早到晚都是写生和便化。所谓"便化"就是把事物的特征提取出来并加以强调，然后做成相对简单的造型，也可以称作图案素描。每天的生活就是这样的周而复始。

到了二年级就开始临摹描金画，那种痛苦的修炼恐怕是现在的设计系学生完全体会不到的。当时的绘画用具全是以颜料配以骨胶加热，再用玻璃板和研钵熬炼的。一旦色质和数量产生差错就会立刻溢得满钵都是。而画纸则是在一种叫做"karibari"的隔扇状板子上粘贴的湿美浓纸。在画布上动笔前，还需要先将草稿提交审查，通过后才能够真正开始。画的时候要用骨笔〔译者注：骨笔是一种笔尖用牛骨

做成的复写笔] 认真描对，然后上色。

色彩上，除了玫瑰红之外几乎全部是日语的称呼。群青、白绿等都是日本画使用的传统色彩，像蓝色 [cerulean blue]、洋红 [carmine]、淡红 [light red]、深黄 [deep yellow] 等颜料则是按照一钱多少日元来购买。

学校的同学多数都是著名陶艺世家、油漆工或者友禅 [译者注：友禅是以山水、花鸟为纹样的印染物] 绸图案世家的子弟，大家都是背负着继承家族事业的重任来学习的。

如果碰到课上出现蜡染之类的题目，我们就会小心翼翼地把作品拿到"蒸室"，生怕破坏了蜡的造型。京都的染织业全部是分工协作的，当时在染色、熏蒸、缝纫等工序上，学生们都可以向外订货。我的朋友中就有染色店家的儿子，有一次，他把作品全部染成了红色，让我大吃了一惊。当时就算是在西阵 [译者注：西阵是日本生产高级织物的地区]，有织布机的家庭也是非常少的。可是当地的染织却还细分成图案绘制、染线、纹纸 [译者注：纹纸是传统纺织机使用的打孔纸板，长条书签形]、衣料和腰带等来分别制造。总的来说，京都的传统产业大多都是在精细的分工下组合而成的，如果不是这样，那些富于变化的工艺也不会传承至今吧。

料理也是如此，逛一逛从寺町到高仓的批发市场就可以见到。半加工后的可口食品琳琅满目。豆腐的种类自然不必悉数，而单单从麸子、豆子、咸菜、煎蛋、糕点这多种多样的配料上就能猜到烤鱼的种类有多么丰富了。卖家各自拿出自己的看家本领一争高下，而买家随便买上几种就足够在短时间内做出一餐既实惠又丰富的日式料理了。但是，京都未来发展的规划已不可逆转，乡下人以后估计得花大价钱去品尝"京都设计"的盛宴了。

[《日本的传统工艺 京都I》 1976年]

单纯化与设计

在今天的设计环境中谈论"单纯"，似乎有点讽刺的意味。我发现向来一直存在于美学根基中的"单纯"，不知从何时起开始有了反主流的味道。特别是视觉设计这一以信息传达为主要目的的领域，在现代设计的合理主义上失去了情绪，甚至连"现代设计已陷入了不沟通的地步"这种说法都已是很久以前的事了。

工业设计也是一样，不仅是那些高度机械的物体，甚至连食器看上去都像是冷冰冰没有任何装饰的便盆，让我不由得敬而远之。如今看来，似乎只要是有古典感觉的装饰品就会受到人们的好评，好像不管怎样都要加上一些图案和颜色。

可能与现在的太平盛世有关系吧，这已经成为一种世界性的倾向。尤其是在日本，人们反对那些标榜功能主义、简单主义的商品设计。他们将简单或单纯这种美的基准视为枯燥无味的反人类评论。对于这样的时代潮流，或者说对于大众变化的贪欲，我感到恐惧万分。

当然这多少有点极端，但也并非毫无道理。近代设计在创始时期就是以对虚饰的抵抗和消除来实现量产的，那时还勉强算得上是"单纯化"。然而近来"单纯"这一概念本身却开始被安然地套用在统一的模式化中间，而这很大程度上只是一种名义上的"单纯"，可以说只能叫做现代感，或者Academic［译者注：1980年初在日本兴起的人文科学、社会科学领域潮流的统称］。

还有一个原因在于，人们对现代的高度机械文明存有一种本能抗拒，他们更希望在人情味的唤回中得到休息。1963年前后，纽约的视觉设计风潮，让人们怀念起新艺术［Art Nouveau］以及装饰艺术［Art Déco］那个古老而又纯良的时代。以对比亚兹莱的重新评价作为开始，怀旧装饰风格在世界范围内传播开来，流行艺术对世俗性的过度推崇，则催生了人们心里的怀旧情结。

　　但是必须要明确说明的是，假如"单纯"的反义词是"复杂"，那么这里所指的是装饰的倾向，而不是复杂化的倾向。现代社会的所有方面都在以广义的"单纯化"为目标，不停地将一切搅拌到"统一化"的巨大漩涡中。当然，装饰性也是设计在推进统一化的过程中不可欠缺的考虑要素。

　　然而究竟什么才是现代的单纯化？这的确是一个很困难的问题，我想它可能包含了两个角度，一个是现代人生活模式中easy care这种即席性的渗入，另一个就是在造型表现上的单纯性。

　　前者以方便食品和自动贩卖机为代表，以节约人类劳力及时间为目的，对于这些部分我并不感兴趣，确切地说，我更关心的是人类在生活合理化和统一化之后产生的独立与孤独中究竟创造了什么。

　　量产的能力变得越来越强大，随着消费的膨胀，人们对物质和财物的感觉也淡化了。许多电器产品已经迎来了这样的宿命。再比如说最近最受瞩目的纸质衣服，只要符合当时的场合穿着就可以了，而事后立刻就可以扔掉。这样的时代已经离我们不再遥远了。今后也许还会出现像现在的一次性纸杯和餐巾纸一样只使用一天就在蒸汽室化为灰烬的和服吧。在设计那样的商品时，也无需去考虑使用时会不会腻烦，也就会有更积极地享受快乐与豪华的东西登场了。家具也是一样，以往考虑到结实性耐用性只能选择不显脏的素材，而今后如果可以根据季节来更换家具，那么即使在柜子上画上插画也都完全没有关系了。

　　然而必须考虑到的是，现在还没有形成可以立刻对应这种消费化的设计方案。那么在走向现代的"单纯化"过程中，人们的感觉会发生怎样的变化？我对于这个问题很感兴趣。

　　作为日本艺术根基的"单纯"其实并不是这样的。那是一种立足于某种精神主义而对漫无边际的东西进行的集约化。将那些在商品形象中承载不了的东西如切掉赘肉、杜绝浪费一样摒弃掉，以这样简单的形象为思想的融入留出空间。不论石庭、茶道还是能乐〔译者注：能乐的创始者是镰仓时期的观阿弥与其子世阿弥，它是一种由能演员、狂言演员和乐师同时同台表演的传统戏剧，是日本独有的一种舞台艺术〕，它们的表现形式都可以说是一种从和谐的对话中抽象而出的对自然的精神告白。

然而，在现代的"单纯化"中并没有这样优雅的对话。在过去有着很深内涵的单纯，如今慢慢变成了直觉的单纯。过去的"无"意味着"忘记"，而现代的"无"代表着"虚无"。

城市的机械化在迅猛发展，人造卫星被广泛应用，超音速时代已经来临。相对于我们身边时间和空间的不断扩张，人类自身的生存反而显得越来越微不足道。从前的美学坐标轴现在正一点点发生着平行的位移。人类一方面希望在感受性上找回昔日情愫，一方面又在新视觉的体验中不由自主地沉浸迷失。

从这种意义上来说，流行艺术以及波普艺术的出现，可以说是分别代表了那两个世界。如果说，前者在现代是一种促进内部运动的力量，是在机械文明中感觉到危机并不断沉溺的人们的深层心理活动的外在表现，那么波普艺术的视觉性就是积极地向外界进行的具有科学性的视觉体验。

现代的"单纯"具有更直接的冲动与瞬间性。即使是在狂热的状态下，也有一些地方保持着清醒，它以直接的而不是虚无的方式给予人体以巨大的冲击。比如那些幻觉的、让人眩晕的美，它们超越了视觉的感观体验，让包含了感性、情念、理念在内的肉体五感直接产生共鸣，迸发出火花。这就是透明而干燥的"单纯"之美。这与LSD〔译者注：麦角酸二乙基酰胺，强烈致幻剂〕以及迷幻药的幻觉所形成的目眩神迷有不少的共通之处，从中可以看出直觉的单纯之处。

从这种意义上来说，在今年获得了日本视觉设计最高奖——日宜美奖章的长友启典的海报就表达了这种很有意思的"单纯"。在荧光色的背景上，少女成为了海边的点缀，这样的画片就成了简朴的泳装海报。

然而并不只是那么简单而已。粉红的荧光色与紫灰色几乎有着同样的亮度和对比度，这样视觉性的照片效果唤起了一种超越了理智与情感的热切视觉体验。照片所具有的具体性与视觉性的幻觉形成了两个极端。某种意义上说，作品正是从这两个点之间生成出来的。或者这样说吧，写实性成为了直观感觉中的灵光一闪，这感觉就像是安东尼奥尼的电影情节一般有着鲜明的新意。

以通常的语法来看，也许这幅海报未完成的部分还有很多，然而事实上，正是因为结束在这个状态才使得这个作品显得更加精彩。第一眼看去可能会有些反沟通的感觉，然而这样一个单纯的行为却还是生动地打动了现代的我们。

不仅仅是技巧，与思考、想法相关的方法论也有了胎动，悄悄地发生着位移，现代就这样在揭除一个个限制条框的过程中发现更多的可能性。

在如今这个信息如洪水般凶猛的年代，半吊子的信息服务可能会更具有伪善的危险性。对 Human Touch 以及人体工学等的过度宣传，使得我们觉得，不仅没有对社会做出贡献，甚至可以说，反而让大家看到了虚构的感伤。

在大众聪明地进行判断之前，单纯就是所有。比起那些曲折的行动，在宣传中那些具有极端视觉性的作品会给人一种特别干脆的印象。

在现代沟通中，也可以看出直觉的"单纯"之处。如果默契地相约去看免费的烟火，那么选择那最绝美的去欣赏当然是最好的。　　　　[《艺术生活》 1967年10月号]

海外声誉渐高的日本广告和设计

近年来，海外对日本广告的评价日渐升高。几乎可以说，世界范围内的广告创作人，已经难以将目光从日本的设计作品上移开了。

东京艺术指导俱乐部每年发行的《年鉴广告美术》[Art Directors Club，简称ADC]
是一本超过四百五十页的昂贵的书，可是在国外，每年购买它的人却仍在一年年地
增多。在日元升值的情况下，日本许多其他的设计年鉴也陆续发行了海外版，并且
华丽地出现在纽约、米兰等书店柜台的显眼位置。"东京现在在做什么？"这似乎
成了海外设计师们的焦点话题，而有关日本人的讲座、论坛等活动也此起彼伏地举
办着。

他们为何对日本的广告与设计如此兴奋？我想第一点，可能与日本广告与设计
作品那庞大的总数有关。日本广告设计作品的数量可说在世界上都是占了多数的，
从如此纷繁的作品中精挑细选后再收录到年鉴中的作品，想必是会比其他国家的更
有趣些吧。经济的迅猛发展使日本的企业在宣传上有着充沛的活力，他们将大量的
能量发挥在广告制作中，在报纸、杂志、电视、挂历等新颖的媒体和海报等传统的
媒体上体现出来。从这方面看，也许世界上没有像日本这样的国家了。

报纸广告设计的传统奖项"朝日广告奖"每年都在汇集大量的刊登广告和应征
作品。而之前提到的《年鉴广告美术》的审查委员会也都要年年腾出比体育馆还大
的空间，好将数不尽的印刷品铺陈一地进行甄选。这样想来，我突然意识到自己竟
然在如此激烈的竞争中生存了下来，不禁感到惊讶万分。

在这样的信息洪流中要制作出一个能深入人心的广告，是需要花费相当大的心
思的。好的广告应该是有新意的，从一个与众不同的点切入，体现非比寻常的主题
思想并用高度完美的新鲜造型完成执行。它还要能深入人们的日常生活，给人亲切
的感受。要知道现在已经没有人会为那些肤浅的推销手段停下脚步了。

然而，如果以国际性的视野来观察一下日本广告中的趣味，就会发现日本广告
受到的关注并不完全源于经济活力产生的广告数量，而是更多地源于日本文化本

身。这种文化向世界展示出了它的独特性，同时也在以相当快的速度向成熟发展。

第二个原因，可能要追溯到明治时代的文化开化，因为从那时起日本人开始同时面对"和"与"洋"这两种对立的文化样式。发展到这几年，这两种文化的界限已很模糊，虽然传统的东西向现代转化是很自然的事，但是在日本却是传统文化反过来将现代文化吸收了。换句话说，两者并没有单方地转化而是融合在了一起，在日本我们处处都可以看见这样的事例。

穿着和服式样的礼服、品尝怀石风的法式餐点，或是坐在日式石庭风格的咖啡吧内，这种融合后的全新感觉，正如在平面设计中用楷体与外文组合后的视觉感受一般，它们在日本人的日常生活中已经成为稀松平常的事了。适度的差异和对比产生出一种新的现代风格，而高科技产品的接踵而至使得日式与西式也不断碰撞出新的火花。所以曾经对自己的文明坚定不已的西方人，自然地对隐匿一时的东方设计产生出了浓厚的兴趣。

第三个原因，也许在于日本广告的娱乐感。和平的社会氛围、相对富裕稳定的生活，以及单一语言，使得广告在日本的传媒中扮演起为社会带来娱乐与活跃的角色。即便卖的是东西，广告也不会单纯地去讲它的功效、美味或优点，而是会去探寻一些共通的感受，从而得到受众的共鸣。

随着审美的多样化，在流行的前沿还出现了一些略显讽刺意味的现象。原本是"啤酒［beer］冰着呢"的说法，但到了夏日的游乐场广告上就会故意说成是"游泳池［pool］冰着呢"这样的笑料。还有明明是绘画能力很成熟的大人，却故意模仿小孩子们的涂鸦笔触制作广告，并堂而皇之地刊登在发行量超过几百万的报纸上。而在其他方面，也有著名的品牌舍弃女士西裤的宽松长裤样式，而以日本劳动者穿的细筒裤为潮流的现象。这种风趣的前卫，就像是绕圈的长跑赛场上本被甩在最后一名的人，在视觉上反而像是跑到了第一名一样的奇妙。

这类从属文化重新崛起的思路也同样蕴藏在广告等媒体的设计之中。有时候，它们甚至在观念上超过了现代美术，让很多人深陷其中。日本广告这种可以实现所有游戏性的自由度，怎能不使那些外国的创意人们为之惊讶和羡慕呢？

而在以上说过的这些原因之外，日本广告本身在最近也发生了很大的变化。那些一味夸赞自己企业优势的启蒙主义或是宣传只流于表面的奋进派广告已越来越少。而就算表现手法再高明，只要是那种缺乏真实感、谎言连篇的东西，也很容易就会被看穿。还有那些试图通过绚丽完美的造型来蛊惑人心的形式，最终却偏偏不得人心。于是我想，唯有将知性的内容以贴近生活的温情与优美并自然地加以抒发，才是最符合这个时代的表现方式吧。

[《朝日新闻》 1987年10月19日]

东方与西方的黄金感觉

前几天我去了一趟位于三宅坂的国立剧场，想起来真的是很久都没有去过了。东银座的歌舞伎座那里正在举行事隔二十三年诞生的团十郎的袭名仪式，十分的热闹，而剧场这边却是异常的寂静。也许因为这里现在由政府部门负责运营，像歌舞伎这样的平民乐园似乎也带上了一些坚硬而灰暗的感觉。

而相对的，欧洲、美国等这些先进国家的歌剧院以及芭蕾舞剧院，不管是公共经营还是国家经营却都非常高雅美丽，这是日本所无法比拟的。这些东西在王侯贵族们的精心培育下超越了舞台艺术，从剧场的空间到观众席上夫人们的衣裙，都流露着一种精炼的美感。

不管怎么说，闲寂也好，优雅也罢，日本的国立剧场确实是过于朴素了。歌舞伎这一表演是在当时的体制中，在无数的禁止令和强制令中生长出来的。它的题材不仅有人情世故，还有花街柳巷、盗窃、杀人、对妇女施暴等社会中丑恶的一面。对这些东西的好奇和欲望驱使着平民们深深地沉迷于戏剧之中。

而这样一个地方现在却由文化厅的公务员们运营。歌舞伎是在河源的表演中产生并在人声鼎沸的小屋里发展的，所以在它的美意识及价值观上都与西方有显著的区别。西方各国的国立剧场是在王侯贵族中产生的，它在革命后才被迫向市民开放，而歌舞伎却恰恰相反，上下关系完全是颠倒的。

总之，歌舞伎的剧场一旦编入了日本公立部门的一部分，就会像卸去了生动的妆容般变为平淡无味的空间了。

今年春天，我受邀去东德参观了德累斯顿市复原后的歌剧院。虽然是社会主义国家，但在战后艰难的经济状况中他们付出了四十多年的努力终于成功地复兴了歌剧院。这是一个满足了市民期待的歌剧院建筑，在踏入那大门的一刹那，我不禁惊呆了。那刚刚完工的豪华金色装饰令人惊叹不已——不管是那手绘的大理石，还是那金色的浮雕，都让人不禁认识到，这不愧是一个1984年建成的剧场。而且我发现对于欧洲人来说，不论上流阶级还是平民百姓，不论民主主义还是社会主义，他们对金色都有着共同的执著与信仰，这也是我在这次参观中亲身体验到的。

不管是列宁广场的俄罗斯国立美术馆，还是Piotr宫殿的黄金喷水雕像，当然还有维也纳的国立美术历史博物馆，巴黎的歌剧院，伦敦的女王剧场，都是在极尽奢华的黄金世界里展开他们多彩的艺术展示和演出的。

在日本要感受这样的空间，除了宗教场所以外，就只有金阁寺、东照宫、丰臣秀吉所制造的黄金茶室这些地方了。并且抛开艺术层面不谈，这些地方与西欧各国的大建筑那巨大的黄金空间相比较，也只能算作是一个个的小居室。

欧洲各国都有一种矿物质文化，这与我们国家的植物文化相比有着根本性的区别。欧洲那种矿物质的剔透与日本陶瓷不透明的美可谓天差地别，对他们而言，像宝石或金银般闪烁并折射出夺目光彩的才是最美丽的。但是在日本即便是金的使用也是非透明的。比起那种金光闪闪的用法，在黑漆的莳画上用沉淀的方法来使用金色的作法更受欢迎。

像金屏风这样拥有日本独特美感的事物，并不是日常生活常用的摆设，而是在表演中用来表现晴朗天气而使用的道具，平时都是折叠着收起的。这与欧美那种展现性的美学是截然相反的。因此，金子在日本并不是炫耀权力、象征财富的东西，而是被日本人更多地作为一种带有神秘感的色彩。

在室内装饰方面，如屏风画以及障屏画，平安时代以来，障屏画已经成为了日本绘画中画面形式的重要组成部分。特别是从桃山时代到江户初期产生了很多富有装饰性的豪华作品。这样的绘画作品，在金箔上厚厚地涂上蓝绿色或者是各种蓝色，形成鲜明的对比，将神圣和华丽在感官上完美地平衡。这应该在很大程度上震撼了日本人对美的感觉。

每到秋天，日本的稻田里就挂满了沉甸甸的稻穗，这些稻穗在夕阳之下泛出金色的光辉，也许这就是日本膜拜金色的开端。秋收时小小的黄金神位，还有在日本家家户户都有的很小的黄金寺院的佛坛，这种少量却又惊人的黄金分配方式，与西方是截然不同的。

日本的国立剧场如此缺乏华丽的氛围，除了演出的原因之外如果还有别的原因，那应该就是十七、十八世纪日本统治者在本质上对黄金本身缺乏兴趣吧！不知这是一种幸运还是一种不幸。

[《金和银的博物馆》 1985年9月 朝日新闻社]

一次性纸杯

前几天看报纸，有一篇带照片的大篇幅记事吸引了我的目光，题为《政府部门也开始使用一次性纸杯了》，让我以为这是篇关于地球环境问题的文章。可是读后才发现原来是为了节省女职员洗茶杯的时间，男职员便找借口说塑料杯子的杯口边缘的口感不好，而对于日益减少的森林资源和石油资源，文章却没有任何涉及。

关于沏茶，即使是我们工作室这样的小团体也一样，总免不了让女生来承担这个工作，我们这里就是由女职员来打水，由男职员来清洗的。

而一次性杯子只有在特殊情况才会考虑使用，至少在文章中写的"仍在使用"是从来都没有想过的，一想到这样不费辛劳就能获得方便的东西一旦在世界范围内蔓延开来，我们的地球一定会变得无比乏味，我的这种恐惧感十分强烈。

江户时代的日本人，有种叫做"箱膳"的风俗。每个人会随身携带专用的装食物的容器以及筷子，吃完饭后再用吃饭的碗喝茶，然后一饮而尽，吃得干干净净，虽然可能多少有些不太卫生，然而这样却不会造成任何环境污染。

最近去过一家在南青山附近的咖啡厅，看到桌上都摊着大张的彩色纸质桌布，即使前面的客人一点都没有弄脏，服务员也会当着我的面把桌布扔掉，也许对于这家店来说，对清洁的用心就是他们的方针，然而至少应该不需要包袱皮那么大的尺寸吧！

不论何处的厕所里，擦手巾都变成了纸手帕，虽然我的工作室也用这样的东西，可世间的棉质毛巾都不再拝出来的话，会是多么的奇怪。早晨，满满一袋的，仅仅是打湿了一点的纸堆成了小山，一看到这样的情景，想起波兰那些东欧国家的设计师们还在过着连素描本都没有的日子，我真的是无比心痛。

玻璃瓶也是这样。以前无论是一升的清酒瓶子，还是啤酒瓶，以及清凉饮料的小瓶，样式和型号都比较单一，反复使用也比较容易，可是现在厂家已经进入过度竞争的时代，每个品牌的瓶子都形状不同，这样一来瓶子就都要被扔到垃圾岛上去了。

日本的循环利用系统究竟是怎么样的呢？真是令人摸不着头脑，如果各个区、市、镇这些小机构中能出现一些垃圾处理或者是回收利用的组织就好了，行政以及工厂流通，还有包括消费者在内的研究机构、设计师们应该参与这样的项目。

比起尽在那些充满消费性的、讲究过度造型的设计上去竞争，我想，这个时代应该对那些切实考虑到地球和人类的基本诉求的设计予以一定的评价。

[《日本经济新闻》 1989年7月29日 日本经济新闻社]

用眼睛去发现森林

就在前几天，我在去长野的车上翻阅着杂志周刊，一张最新改造完成的首相官邸的彩色照片映入了眼帘。

还记得在大平任首相的时代我曾去这个官邸参加过一个游园会，于是自然对这次的改装产生了一些兴趣。当时这个官邸已相当老化，作为一国元首在此接待外宾的确感觉有些不妥。

近来随着经济的发展和文化交流的增多，日本在各方面已经出现了太多很成问题的"潮流"。因此这次我很期望能看到一个出色的室内设计尝试。

但是没过几秒，受到刺激的我就产生了想要合上杂志的念头。且不说那设计优良与否，我的脑海里首先出现的是：有没有搞错呢？这个建筑根本没有把原本由弗兰克·罗伊德·赖特设计的风格样式活用或发挥出来，那些设计者都是怎么想的呢？恐怕这又是一个时代错误。

如今，设计早已脱离了现代功能主义的束缚，成为了人们对潮流品头论足的道具。像首相官邸那样简单的西欧风格古典情调恐怕连发展中国家的宾馆都不予考虑了吧。这倒是很像回到了明治维新的时期。

而另一方面，近年来我们在米兰或伦敦最新建的精品店或餐厅里，倒是常常会遇到带有日本室内设计风格痕迹的空间设计。那些设计极尽简朴，重点突出木材、石料以及混凝土等材质的质感。在日本建筑和石庭中常见的禁欲式自然主义空间中，精致地镶嵌着时代感强烈的高新原材料，二者看上去十分相称。

也许我说的现象只是商业空间设计的特例，但即便如此，纯粹靠西欧直接进口的文化来设计也是不行的。不得不完全按照西欧标准来进行价值判断的时代已经结束了。现在的艺术和设计领域，已经到了设计者们将各自国家和民族固有的东西通过现代手段表现出来，并互相争鸣的时代了。

官邸的设计也是这样，与其进行高级的修缮倒不如让更为日本式的风格和传统生根发芽，去除雕饰显现出最真实的感性。而无论怎样去模仿凡尔赛宫和维多利亚风格，都不可能形成与世界的对话。由于设计者缺乏这样的想法，所以这珍贵的一次改装机会就这样白白地浪费掉了。

当我来到车站，看到的几乎都是相同的风景。无论向东看，向西看，还是下到北面的车站看，到处都是一样的：繁华街区的招牌林立、门廊的交通道、过街天桥、银行、快餐店、拱顶的购物街……而这些街道曾经各具特色的面貌，现在都已不见了踪影。

当我驱车走在国道上，发现这里更是雷同得要命。车道和高速公路的两侧，永远被加油站、二手车交易中心和家庭餐馆所占据。我到底身处何处呢？信州、关西还是北海道？完全无从区分。放眼望去，就连伸向田园的小径都是全日本一致的，这俨然是一个毫无个性、整齐划一、枯燥无味又平淡无奇的世界。

就像大自然被逼得走投无路一般，事实证明人类也被巨大的经济效率主义压得喘不过气来。日本人的好奇心和求新求变使得他们对美国的流行样式没有一点抵抗力，甚至还得意地去模仿那毫无个性的舶来品，因而肤浅的CI蔓延开来。和前面说到的首相官邸的出发点不同，有很多企业还陷入了崇尚"我最闪亮"的商业主义视觉竞争。而与此有关的我们这些设计师们，是时候扪心自问了。

我的办公桌上摆满了考究而完美的设计图纸，然而那归根结底都是以企业为中的工作，设计过程中并没有去考虑邻舍、街道、城市乃至村落的协调。现在日本尚没有对城市景观的严格规划，因而随着各个建筑物的个性化设计，整个城市越来越像是建筑物相互竞争的集合体，发出令人不堪忍受的视觉噪音。由此，我们能够窥探到日本人只见树木不见森林的倾向。

从长野朝东北方向再行驶约三十分钟，就到了小布施城。因晚年的葛饰北斋曾长期居住在这里的缘故，这座小城市变得广为人知。城中有一个人名叫高井鸿山，他既是富农又是富商而且还拥有一定的文化修养，据说当时正是因为他的帮助，北斋的许多亲笔画作才得以保留在了这里。

且不说这个城中陈列的珍贵遗产有多么美丽，单是以北斋馆为中心的街区一角就很别致。听说将来还会将零散的古风民居和库房也迁筑至此，以便人们能够再次看到过去的日本城市和村庄群落之美。

但是，这个小城也并不完全只是旧时民房与库房等老式建筑的集合体，仔细观察就会发现，这里还混杂着许多新近建成的商店、混凝土建造的点心工厂等，并且丝毫没有不协调的感觉。或许正是因为这些现代化考究之笔的加入，才使一个世纪前的那些房屋又重新苏醒过来，它们共同为整个城市注入了活力。

我还发现，小城内那些老字号点心店的设计也十分前卫，立体木质结构的主题十分契合国际化的思想，就算把这样的店铺挪到东京的麻布或者青山也绝对不会逊色。

然而更令我惊讶的是，听说今年秋天举办的一场活动还召集了日本最前沿的艺术家们来到这里，游走在城市的大街小巷。让动辄就陷入都市情结的现代美术在此与传统地方风俗一决雌雄，这真是个让人忍俊不禁的设想。

不过，我认为历史纵轴各要素之间的摩擦正是这个时代所需要的。如果将西洋和东洋的文化交流作为横轴，那么于此对应的纵轴则需要更加强韧的时间线来加以对待。日本又一次迎来了这样的时代。

当社会致力于以尖端技术和现代设备来扩展人类行动范围的同时，是否也该创造一些和本国风土相匹配的事物呢？而我们必须要尽快发现其中协调的原理，才可能设计出能够象征新世纪的新日本风格。目前这样的新文化运动可能还没有形成吧？没想到这次小小的旅行竟给我带来了如此多的深切感触。　　[YURIIKA 1987年12月]

永远的琳派

对我来说，琳派 [译者注：琳派是日本十七、十八世纪的装饰画派，它追求纯日本趣味的装饰美，在日本美术史上占有重要位置。它的影响波及到日本绘画和工艺美术，特别是在染织、漆器、陶瓷等方面。其装饰意匠被采用在与人民生活有关的各领域，对近现代日本民族审美意识产生较大影响] 的世界是危险的。它以各种各样的方式诱惑我。如果说"诱惑"，或许不太准确。这样说吧，琳派的世界充满着相当的日本式情感的体温，以及一种馥郁的香气，让我直想躺在它的怀抱里。

它既像温柔的琴声，又像是日本传统的戏剧"能"那尖锐的笛子声，有一种让日本人的血液沸腾起来的东西。

那是典雅、自由、豁达而绚烂的世界，它并不炫耀自己的美质，展现像早春的阳光似的温暖世界。琳派讴歌日本湿润的四季的微妙情趣，当然，这种情趣在多雪的大陆或沙漠等严峻地带是产生不了的。

从贯彻自我产生冲突的毫无人情的现代角度来看，那是处于极其相反位置的美质。我于是有点怕琳派具有的那种伟大的宽容。

从本阿弥光悦、俵屋宗达、尾形光琳、尾形乾山〔译者注：本阿弥光悦出生于京都，琳派的思想奠基者，以乐烧茶碗和装饰漆器砚箱闻名；俵屋宗达是江户时代的代表画家，琳派的开创者，其代表作品《风神雷神屏风》被视为日本国宝；尾形光琳，琳派的集大成者，深深影响了日本后世的审美观及日常用品的装饰风格；尾形乾山是尾形光琳之弟，与木米、仁清齐名的日本三大陶工之一，其"乾山烧"是京都怀石器的原型〕等大家的创造性中洋溢出共通的审美意识，后来人们把这种意识称为"琳派"。这种名称的成立一定基于很多日本人的同感和共鸣。这名称既不指特定的时代，又不赞扬个人的绘画成就，而是对于他们的审美意识当中所具有的社会必然性而形成的风格的爱称。我认为人们对琳派的留恋是因为琳派的明朗性格和对日本风土的赞美是扎根在很自由又悠然自得的形式上的。

容易想象的是，琳派具有的开朗性格来自当时精神上的某些解放意识。其一是从应仁－文明时期以来的长期战乱后的解放，这自不待言，另外一个是对那之前的狩野派－土佐派等严格的外来型技术的摆脱。还有值得自豪的是，掌握美术和设计的主流的，不是掌权者所拥有的画家，而是由城市居民〔町众〕为母体的民众。琳派的作品里充满着这种人类开朗的解放感。

琳派的自然描写一边隐藏着自然生态具有的丑陋侧面，一边通过明亮颜色的滤器，将其投影、转移到宫廷式的典雅舞台上。肉感通过形式化被净化，月亮因秋草增添趣味，深深地铭刻在人的心里，而这些表现又通过理性的批评精神被研究和创新。

功能一点都没有被美质损坏，反而以用法本身起了让作品唤起新的美感的核心作用。

屏风、书籍、茶碗、砚台盒、团扇、香包、衣服……琳派在与社会和生活的关联当中巧妙地塑造从宽永、元禄到宽保的三个时代。这不单指其作品表面上的设计。不管是陶瓷或漆器，还是染、织、印刷、金属加工等手法，琳派都打破了各个素材间的局限。质地、坯子或质感跟崭新的设计一体化后，功能和美感在一个支点上形成互相牵引。琳派的美学成就于这样突出的平衡之上，因其优秀的才能统辖和富有思考的计划性，而在某种意义上成为近代设计的先驱。

容易想象到，京都鹰个峰的工作室是实践"策划和制作的分离"的场所。当时的京都是日本的产业中心。通过由此产生的社会需求，他们自然地开始了极其合理的共同制作。而且像在本阿弥光悦和俵屋宗达的悠然自得的合作中，他们发挥的是乘法的美学，也即通过充分发挥双方独特的个性，以加深对本质的追求，让它进一步发展。

到了尾形光琳和尾形乾山的时代，他们更讲究制作的意图。富有机智和讽刺的构思展现在既优美又出乎意料的大胆造型上。而且在我看来，隐藏在其后面的反俗精神，与其说体现在风俗的描写或记录的价值当中，不如说在设计行为中，它凝视了永恒之美。

"圆形"是琳派艺术造型上的共同特征。宛如是京都东山的山丘，优美的圆形支配着整体。光悦的浮桥，宗达的鹿和象，光琳的波浪，乾山的梅，都有美丽的弧线，极其丰满，而不是尖锐的线条。宛如用平假名拼的歌，所有的作品都把人类的心包容在温柔的曲线里。

还有一个共同点，就是它边缘处理的绝妙手艺。宗达应用他在"扇屋"时的经验，通过剪掉画面的边缘，得到了强烈扩张的空间。光琳的团扇作品《椿图》和《龙田川图》都挪用了绝妙的边缘处理，构成永远不朽的紧迫画面。我觉得琳派的温柔和潇洒都来自那种绝妙的构图。

兴盛于十七世纪的琳派，至今仍然代表现代日本的被称为"和风"的风格，是因为它具有造型上的普遍性。而且光琳还创造了可以适用于各方面的，便于用来大量生产的图案集。这正是日本风格的设计手册。琳派还悠然地活在现在日本的街头我们所能看到的和服、日式房间和日本陶器的装饰之中。

我尽量跟琳派保持距离，只敢从远处眺望，因为我怕有被琳派的这种伟大的生命力吞没的危险。

[《日本之美》第五集 1977年 学习研究社]

宗达与设计

关于"宗达设计师论"，近年来已有了定论。虽然宗达的传记中还有许多内容至今不详，但他是"俵屋画室"的缔造者这个事实恐怕是大家都认同的。

俵屋画室除了描绘庆长年间的扇面画以外，主要的工作还包括风花雪月、风俗画等屏风画和彩纸短册的制作，相当于现在的设计工作室。在那个时代，扇子是文化人身份和地位的重要象征，并在出口产品中也占据着很大的比重，因此也可以说那时的扇子有点像现在的信息中心。

宗达既然是把绘画作为商品来出售的专家，那么虽然他的方法有些不同，仍然不得不说他和现在的我们一样是在设计原理指导下在结构和制约中不懈努力着。首先，带有目的性的工作是不论古今的。他的工作在很多方面和现在的设计师几乎没有区别：让扇子在具有最基本功能的同时，还要成为能拿在手中的绘画艺术，具有装饰性并且可以传达信息；要根据订货设计出多种多样的风格；要对众多的不同需求量体裁衣；要在制作一件作品的过程中和众多人协同合作；还要具有敏感的时代触觉……

　　应仁、文明之乱以后的京都城，大概就像战后的日本那样充满了异常的活力。当时的京都除了是日本的文化中心之外，还是日本的生产中心。迅速掌握经济命脉的庶民大众们开始掌握城市的实权。

　　宗达为了回应这些新兴大众的需求，可谓绞尽脑汁。他的扇面画题材极为丰富，有《源氏物语》、《伊势物语》等古代王朝的画卷名作，也有《平治物语》等英勇悲壮的军旅故事，这些都是宗达在旺盛的创作意志中改编而成的。而这些具有文学性的创意让原本就十分喜爱故事的日本人爱不释手。我想正是那种贪婪、无所畏惧又生机勃勃的吸引力，构成了宗达艺术的根基。

　　宗达等人的这种平民艺术活力，将此前主流水墨画中那些无精打采的中国画风一一消解了。由此，平安朝代以来对京都传统文化的憧憬就这样以"大和画复兴"的形式进一步自由发展，并开花结果。镰仓和室町时代传承下来的黑白世界在他们的手中变了模样，一个新的绚丽多彩的世界到来了。

　　我认为，宗达艺术的趣味在于，他在民间绘画中把平民画师旺盛的消化力与已经失去活性的京都朝廷的浓厚底蕴结合了起来。

　　经过了应仁、文明之乱的没落朝臣们别无选择地开始了平民生活。他们有的当了医生，有的靠教授书法谋生。于是，京都的民众中便注入了贵族文化的血液。这样一来，扇面上出现朝代画自然也就顺理成章了。随着这些贵族文化的融入，京都的生活文化变得相当优雅且讲究。而对比起来，同样作为城市的奈良在市民文化上就显得寒酸多了。在宗达他们的工作中有时会反映出大众的喜好，而有时会陷入对庸俗物质的写实而不能自拔，这可能也与他们的贵族性质不无关系。

　　平民画师的丰富绘画技巧，加上没落贵族身上残留的修养与知性，使得宗达步入了一个超越民间绘画构思的深层次艺术世界。宗达自身的才能的确非同寻常，而他的成功也同时依赖于时代给他带来的幸运，正是在洞察朝臣们细致考究的感觉过程中，宗达才不断地将自己的天分显露了出来。

宗达和光悦的旷世佳作嵯峨本 [译者注：嵯峨本是日本近代流行的活字本图书，由京都嵯峨的豪商角仓家在本阿弥光悦的协力下出版发行，所以也叫角仓本，光悦本] 也是在这样的背景下合作完成的。不只在能乐的谣本中，《伊势物语》、《源氏物语》、《方丈记》、《徒然草》等出版物中也都能看到两人的倾力协作。从木刻版的出版物量产角度来说，他们做得是很不错，而实际上亲笔书写和歌卷本身已经超越了它作为书籍的作用而达到了更高的层次。以宗达的插图配上光悦的书法，它们所形成的效果绝不仅仅停留在和歌与图画的解释性层面上。此外，那也不是单纯的装饰性底图构思，而是文字和图画交融在一起，如同一曲浑然天成的音乐般美好。

金泥柔软得如沁入液体般沉淀，游走在上面的笔墨带着愉快的节奏渐渐隐入下一层的金泥中。这种行云流水般的日式情绪形成了难以言表的典雅乐曲。

在两人不同的笔触融合而成的同一首歌中，没有各自的主张，没有相互的违抗，只有在温厚和谐的气氛中两种不同个性的完美展现，并谱写出一首清丽、丰富、优美的书法与绘画的交响。如果说这种效果是特意营造出来的，那未免也太过流利了，它更像是在自由的创作气氛中快乐地产生的。

也许是与光悦的合作以及"和歌卷"这种表现形式让宗达变成了一个即兴诗人吧。然而这种清丽的美只是宗达的一个方面。

宗达的另一面是充满稚气的。还记得《舞乐图》中那些雅乐 [译者注：雅乐是日本皇室庆典时演奏的仪式音乐] 的演奏者们是如何分布的吗？在左右移动幅度不足一厘米的狭窄空间里，五个舞者虽然翩翩起舞，但看上去却又像是静止的。然而就在这可爱的样式之中却蕴藏着宗达独特的世界。与画面绚烂且略显傲慢的光琳相比，宗达的作品即便在同样的金色背景下仍然显现出原始拙朴的亲密世界。

描绘在杉木门板上的白象图也是如此，在还来不及产生"它是图案"的质疑之前，宗达的淳朴感性就先一步溜入了人们的心里。那"怀中些许的温暖"正是与琳派在样式上的本质不同。阳春三月太阳般的光滑触感和明亮感正是最日本的风格，是一个令人忍不住依恋的世界。

而《风神雷神图》虽也有一样的轻妙之感，但却流露出更多的锋芒和严厉。宗达的风格是带有些许幽默的，他画的风神和雷神一点也不吓人，可是一旦站到原画的面前，我就会仿佛被电击过一样感动得迈不动脚步，并感到一阵紧张的空气滚滚而来将我包围。总而言之，这幅画完全是恐怖、亲和、天真与高雅的结合体。

同样是佳作的《莴之细道》用大圆弧对莴叶进行了裁切，造型处理之纯粹令人赞叹，这让我体会到宗达作为画扇技师的一面。而《风神雷神图》却在任何地方都看不出设计的痕迹，它没有在样式方面的特别精妙之处，但却有着让人不由失声喊叫的深深感动。仿佛一眼看去，就能够在那充满稚气的风神与雷神身上窥见某种隐藏的永恒。

不知从何时起，以宗达为首的琳派艺术渐渐被公认为是设计的同义词。战后的日本以惊人的速度向大众化社会迈进，将设计的"普遍性"与琳派"合乎目的的要素"相结合起来思考的做法，不得不说是为日本古典剖开了新的一面。

当然，对于以设计为志向的人来说，把以宗达为首的洋溢着日式美感的琳派视为他们的鼻祖，对于明确设计的使命来说绝对是一件好事。虽然近来我再次重新欣赏宗达的作品，但还是觉得在设计方面很难把握，有些碰壁。且不说扩大了的琳派的概念，宗达的作品的确是比任何时代的任何艺术家都更接近日本美术的本质。

我认为如果去掉"绘画"与"设计"这种概念主义的框框，我们反而更能理解日本美术的实质。宗达作品所具有的合乎目的性的装饰中虽然也包含着浓郁的设计味，但如果要和中世纪以来的西洋绘画史一起来探寻日本美术的特性的话，那么只有重新将宗达的工作当作"绘画"，我们才能了解到十七世纪的日本绘画是如何在日本人的体内渐渐成熟的。

如果以西欧绘画的个性主义理论和架构来看，宗达等人的作品似乎是通过对美感的设计而成立的。但意外的是事实并非如此，他们没有掠夺大自然的东西，反倒更像是自然的东西误入到了他们作品的样式中，这种美意识和概念也许就是日本美术的特质。不去思考到什么程度是设计，从哪里开始是绘画，这就是宗达的艺术吧。

纹样美学

我有一本叫做《纹典》的书，由和纸穿以紫色的线绳，有着如日本传统古书一般的气质。书中满满地排列着大约五千种黑底白花的纹样。出自昭和初期的这本书其实历史算不上久远，十几年前我在京都的古书店里发现了它。

我想它有可能是室町时代印染店为了制作纹样而总结的一本目录。这样的纹样后来经过多次的复制，所以现在看来已不再稀罕。但在我买这本《纹典》的时代，它还是很珍贵的东西。当时我和近百名设计人员在一起做项目，大家桌挨桌地在一起工作，我已记不清这本书被同事们借去过多少次了，它几乎没有在我的书架上停留过。

这本《纹典》单是随意翻阅，都会感到乐趣无穷，而对于设计师来说，则没有比它更方便的工具了。它介绍了如何将事物抽象化而提取出图形，并囊括了几乎所有的题材。

日本有个词叫"便化"。我们这代人在接受美术教育的时候，就是用这个词来指代所有的单纯化和图案化的。简单地说，"便化"就是在反复写生的基础之上，提取出事物的特征，将它的本质突出地表现出来。

　　其实"便化"很像是纹样设计的基本功。我原以为这只是日本人的习惯，可是后来发现欧美人也对这本《纹典》喜爱有加，对那些美丽的纹样赞赏不已。仿佛东西方设计有某种相通的本质正蕴含在这些纹样之中。

　　纹样的美妙，在于它超越了事物具体的形象，而呈现出图案本身纯粹的美。所有的圆形和方形的变化，还有洲浜、鳞片、巴纹［译者注：巴纹是一种由逗点或月牙状等图形以圆排列而成的纹样］都是一样，在被赋予的含义之外，它们作为抽象形态还有着丰富的几何美感与空间张力。三重格、四重格等以"格"组成的方形结构，或被称为星、曜的这种圆形变化，都是设计过程中最核心的组合元素。

　　另外，由于纹样自古就渗透在百姓的生活里，所以至今仍受到他们的强烈喜爱。

　　纹样的题材很多，有花草树木等植物纹样，也有日、月、星、云、波浪、雷电等自然天文现象，有牌坊、铃铛等神佛用具及弓箭等武器，还有斧头、扇子、鼓、笔墨等其他用具。庵、昆虫等题材也常常被涉及，还有瓜类、萝卜、茄子、镰刀和斧子、蜈蚣等。这些东西常常能令人会心一笑，它展现出了健康的平民美感。

　　由于"没有什么东西是不可以抽象成纹样的"，所以东西方的设计师们对此的创作热情从未停止过。我为江户时代人们的这种活力而感动，不管多么难以处理的题材到了他们手中都被很好地解决了。

　　纹样之所以美丽，还因为它的构成要素极其简练，既不需要工艺也不需要色彩。色彩是为了在后期完成功能或是表现素材而使用的，可是纹样已经在黑白对比中完成了作者的意图。而渐变色、渗透感、飞白等这些浓淡变化只会让纹样的特性减弱，因此都不是必须的要素。纹样始终是平实的，边框和轮廓达到最强烈的对比效果，完美至极。

　　纹样涉及所有关于门第、集团的那些题材，但其表现手法不是对原样的完全描摹，而是巧妙地舍弃细枝末节，留下最简单明了的形象。然而，纹样虽然非常简单，但也不能只用"骨架"来概括它。纹样的内部包含了丰富的情感，而轮廓则是对描述对象在精神层面更为深刻的把握。它比严谨的造型更加大胆、肆意地挥洒着想象和机智，这令人感到不可思议的力量，是很难用一句话就概括的。

纹样产生于平安时代的宫廷，那时的贵族们为了区分私家物品，用不同的纹样代表"西园寺家的"、"德大寺家的"。到了武家时代，人们就用纹样代替原先的源平白旗、红旗，成了战场上不可替代的标记。同样，人们也很自然地在旗帜和帷幔上使用简单、明快的图形。纹样一下从平安时期的写实风格中脱离出来，作为一种符号，并逐渐向更为朴素的设计方向演变。

在江户时代，幕藩体制下的纹样还有着世袭的特性，它象征着人们的身份和家世。因为纹样的用途很广，于是被使用到几乎所有的工具、服装和建筑物上，化作一种构思和样式而得到了巨大的发展。与此同时，那些与大名、武士的血统毫无关系的商人、农民、艺人也可以随意地使用纹样。于是，令人难以想象的大量纹样就产生了。

翻阅这本好似日本纹样百科全书的典籍，我们会发现一种有体系的变化。像《纹典》、《纹样帖》这一类的书籍几乎都有不同的主题分类，比如梅花、樱花、桔梗、龙胆等。纵向上根据用途进行了分类，而每个类别中还有横向的变化。比如梅花，就有圆梅、阴梅、剑梅、里梅、梅鹤等不同时期的形态，而樱花、松树、竹子、梧桐等也有着这样的变化规律。

再仔细研究一番，我发现这些变化大概有三种规律。

第一是主题本身的变化。以一层或八层的植物种类为例，从正面看、从后面看、从侧面看，或是窥视……不同的观察角度就变化出不同的结果。还有正形与负形的不同也变化出不同的表现。此外还有对比、差异、重叠、聚拢、分散、提升、下降等在设计和修饰上的变化，以及折叠、扭转、连接等手段的变化。

　　第二是周围轮廓的变化。在圆形、角形、菱形到龟甲形等各种基本的形状下，又有不同的细微差别，例如圆形就又包括从毛圈、线圈到细圈、中圈、圆圈、粗圈等这些笔道渐粗的变化。此外，曲线又分朦胧圈、洲浜圈、梅圈等特殊的样式。

　　第三是变形。日本纹样的独特之处在于它能够和其他的纹样排列组合，呈现出一种奇妙的变形图案。虽然人与鱼、人与兽的组合在西欧纹样中也见得到，但梅变鹤、蝶变花的事例却并不多见。虽然随着分家和重组，纹样开始出现了模仿与融合的迹象。但是江户时代二百五十年的和平生活使得人们又开始去大胆地构思、追求纹样的更新变化，也就产生了充满幻想色彩的拟态、变形等手法。

　　纹样复杂的变化构成，像是使用了现代的电脑模拟器般急剧而成倍地大量增加着。也不知是源自谁的设计，纹样也产生了像汉字左右偏旁那样的排列组合，无论什么主题都可以完美地结合起来。如果没有这样合理的系统，就不会有现在这般千姿百态的纹样了。

　　纹样包罗万象的丰富程度、形状角度的变化、几何图形的变化，以及与其他主题结合后出现的变化，以这四个方面的变化再做互相结合，如果用乘法去计算纹样的种类，那一定是个非计算机不能算出的巨大数字吧。这样考虑的话，在这些看似自由、设计大胆的纹样背后，实际上却有一套高明的系统，这的确令人称奇。那么有了这样一个系统作为基础，纹样又是如何在其上体现出人情味儿的呢？

　　由于纹样常作为一种标记，是物品上的标志以及身份和家境的象征，所以江户幕府为了维护秩序，在这方面是有严格的管理和总结的。可是即便如此，纹样仍然在所到之处散发出它的美丽。在市民和农民们散伙的众多样式之外，简单的纹样还因附着材质和加工方法的不同而变得丰富起来。纹样适应着纺织、印染、油漆等工艺和金属、陶瓷、石头等材质。比起西洋装饰纹样十分发达的美国阿肯色州和苏格兰佩斯利，日本纹样具有更加强烈的装饰性，也夹杂着更多的人类感性。这也许是因为日本的纹样是人们以风花雪月的视角创造出来的缘故吧。

据说欧洲的徽章由骑士的盾演化而来，所以题材不过是狮子、鹫、剑、皇冠等猛兽、猛禽或武器。从这些东西当中是很难产生优美图案的。那些图案除了表达城主、贵族的权势及威严，就再没有其他的了。与此相比，日本的纹样却出现在平安时代优雅王朝推崇的文学修养之中。从和歌中能看到对大自然的观察，人们的心情——亲切、悲哀、喧闹——也都细密地包含在那简单的图案当中了。

[《草月》 第89期 1973年]

缟与色

缟的世界是斑斓多变的，无论如何也很难用一个样式来概括，它拥有无限的变换方式。当然，线条是构成缟的前提，但在日本，缟有时候更像是一个面的概念。原则上看，经线的颜色和数目决定了缟的宽度，但是只要稍微变化一下线的粗细、间隔，就会变幻出正花、反花等相当不同的效果。

在我知道的西洋语汇里，只有用"stripe [条纹]"这个词来表达尚算是恰当的。而比如粗细搭配的缟、三线纹、粗细渐变缟等这些具有日本特色的典雅又微妙的斜纹缎，在西洋就找不到了。

无论东方还是西方，缟都是由经线与纬线构成，这个简单的原则是一样的，可为什么日式的缟这样富于变化呢？或许，因为日本的缟更深入寻常百姓之家吧，那些条纹或者格子的式样更多地来源于不同时代平民百姓的辛勤劳作和不懈努力。

木绵缟，天生带着大自然的质朴手感，又在用线、染色、纺织等不同阶段融入了地方特别的编制技巧。在纺织机的功能与花样的严格制约中，人们在偶然的发现和多次的失误尝试后，终于创造出这种复杂的变化和强烈的设计感。而雅致的丝绸在人们一针一线的细心制作中，也浸染了江户时代百姓们的美感意识和反抗气魄。

日本的"色"则与"缟"完全不同，反倒是能够感受到那种西洋复杂的融洽之美。印象派画作的那种协调配色在日本的绘画和设计作品中很少见到。用一个个细小的单位重叠组合来构成作品的手法，自古就是日本人不擅长的。而积聚力量，一气呵成反而更符合日本人的感觉。比如无法重来的书法、水墨画和日本传统乐器鼓、尺八等，从布局结构到气息运用，都可以体会到日本人这种即兴创作的本质。

日本的色彩在优雅亲和的背后，还有着非常直线性的一面。首先，日本人并不像西方人那样用光线的变化来表现颜色，而是以平面而直接的方式。与在光影变化中表现出颜色强度与柔度的西方传统不同，日本人是在直接感知颜色本身的性质。"鲜活"、"忧郁"、"明亮"等形容，都体现出他们更多地是在用颜色诉说心情。

因此，日本人对颜色的使用，永远简洁而充满对比。比如用一种颜色靠近另一种颜色，在对比中使两者的特征都更明显。这也是为什么日本自古以来就有许多使用对比色的作品。奈良朝寺庙和神社的红与绿、武器上的红与黑、屏风画中的金与绿、喜事上的红与白、浴衣［夏季和服］的蓝与白等，这些都是对比性的配色。这些颜色组合与信仰、心情、构思、材料等混合在一起，就形成了日本的色彩。

日式点心的红白配搭、海鼠壁［译者注：海鼠壁是由呈方格形的灰浆贴抹而成的墙壁，起防水和保护作用］的黑白设计也是一样。而在歌舞伎的服饰上，红与黑、紫与红、红与绿、紫与黄等颜色的对比搭配也都十分精妙。从《菅原传授手习鉴》里梅王丸和樱丸穿的白底紫格衫，《忠臣藏》里丑角的黄色巾袜，到《暂》中朝比奈穿的绿色与茶色衣服，所有这些配色都似乎非常具有现代感，不禁让人发出惊叹。

同样也是舞台艺术，西洋的戏剧和芭蕾则更加重视对色彩的大规模运用，配合照明的技巧，可以营造出难以言表的色彩调和感，这一点恐怕是日本人如何努力都学不来的。在纵深立体的舞台上，正面是橘色、上面是粉色、深处是紫罗兰。这种由浑然天成的色彩布置产生出的立体的光线之美，有如彩色玻璃散落在昏暗的教堂中折射出的温厚氛围。我不禁感到，传统果然是一个很惊人的东西。有人说，和服之美在于它图画般的美丽花纹，礼服之美在于它贴近人体的造型。这种对照所显现的不同，也应该与西洋和日本不同的色彩文化有关吧。

西洋人对色彩的思考，更贴近于其基本的物理属性。早在三棱镜原理和光谱原理发现之前，他们就本能地利用了色彩的位置关系。相比日本的湿润气候，他们的地理环境就显得干燥得多了，空气都是清透的。这样想想，他们对于色彩的思考方式就不难理解了。

当我们欣赏后印象派画家乔治·修拉 [Georges Seurat] 的画作时，会发现他对光的描绘正是非常典型的西洋方法。西洋的色彩是单色的和谐堆积，因此才有了像马赛克、葛布兰式花壁毯上那种妙不可言的细腻描画。西洋的插花也是这样，从花朵的摆放形式当中最能够体会出他们配色的真谛。粉红、橙色、黄色、紫罗兰，宛如一支色彩交响乐队，男低音、男中音、男高音等各种音色组成了层次丰富的完美合唱，仿佛有一个乐谱在指挥着所有颜色，使它们像音符一样相辅相成地构出美妙旋律。

说到这些，似乎有些脱离了缟与格子的话题。但实际上，无论时代如何变迁，条纹、格子和水珠这三种图案都必定会周而复始地成为设计的宠儿，无论从感觉还是从功能上，它们都可以说是人类图案的根本。纺织和印染的技术又使得图案更加富于变化，永远不会让人感到厌倦。因此可以说，图案的周期是从条纹开始又以条纹结束的。

有趣的是，我还有过在建筑外立面的设计中使用缟的例子。东京的赤坂东急宾馆就是如此。那个被戏称为"军舰睡衣"或"蛋糕卷"的设计，就是纯粹由冲绳的缟织品发展出来的构想。粉色与浅驼色相间排列，每隔一条还有一根白线穿入。与环境调和的浅色，并没有给周围带来压迫之感，线条的间隔也是西洋不会有的风格。只是因为使用了3cm×6cm的成品瓷砖，所以它看上去还真的很像一件睡衣。

这栋大楼坐东朝西，所以选择了清透的暖色系着色。但是如果将来有机会，我想采用更为粗些的日式缟，用颜色和尺寸更为考究的瓷砖来全面装饰这栋大楼，我是有这个野心的。

[《和服》 第21期 1973年]

白与黑中显现的红

红是一种不稳定且时常摇摆的颜色。抱着庸俗花哨的戒备心去欣赏它，有时也会意外地发现美。而当我被这红色之美所吸引时，又会突然感觉到它的庸俗与刺激。蓝色和黄色很容易在平面上定位，而红色却会随周围颜色不同而发生很大的变化。分别观看处于白底和蓝底上面的红色，就会感觉置身于两个完全不同的世界。

这种不同的感受，大概是因为白属于无彩色，而蓝则是接近于红的互补色吧。如果从色彩学角度考虑配色的美感，那么红一定会出现在无数的搭配中。说得夸张一点，比起其他任何颜色来，红色蕴涵着更多的风土人情和文化背景。

红是火的颜色，是血液的颜色，是生理上最能产生刺激的颜色。所以它似乎更接近人类的内心深处。据说在古代东方，红色在印度、中国和日本等国家的历史中都扮演着诅咒的角色。而对于人类来说，红色象征着生命。

而我的眼中，在白或黑之中显现的红是最美的。在那样的组合下，红忽然有了日本的气息，折射出浓郁而细腻的江户时代情感。

白色那处女般的清纯无瑕自古就被推崇，祭神驱邪的和纸就是以白色代表了人与神之间的界限。而如果在这纯洁的白纸上加上一抹红，它就会瞬间染上了浓重的人间气息。因为在这种对比中，白是刚硬的，红则带出了阴柔。订婚彩礼上礼签和白色怀纸带有的艳丽感，也正是一种寄予了神与人自然结合之愿望的配色。

说红与白的搭配有一种日本味道，并不只是因为日本的红白国旗。红、白两色自古就如同信仰一般深深地扎根在日本。建筑上的白木红漆、源平的白旗红旗、女官和巫女穿的白衣红裙……还有石桥、狮子中的白头红头、办喜事时的红白帷幔和年糕包子等，这些习俗都一直延续至今。而再一观察，其实现代的运动会和赛歌会也在用红白两色来代表竞争双方。

红是辟邪的颜色，在力量对比上与白平分秋色。第一代团十郎从仁王像〔译者注：仁王像即佛教中的守护金刚，守卫在寺院山门内左右两侧〕得到启发，创造出歌舞伎中的武生扮相，正体现了红与白的思想。涂抹了白粉的皮肤和脸庞上勾画的红体现出鲜明的力度和朝气，淋漓尽致地表达了日本人用红寄托生命的愿望。

与白相对，黑是一种吞噬了所有光明的颜色。它总是带着黑暗与死亡的禁忌感被人们远离。无论东方还是西方，黑都是一种不吉祥的颜色。

而在日本，黑一旦加上了红色，就完全不同了。力量与妩媚出现在黑与红之间，在这个搭配里，黑表达了阴暗，而红表现了光明。不论是年轻武士铠甲片上的绯色皮条、江户消防员的短褂，还是不倒翁等玩具和花束，都带着一种独特的情趣。特别是属于艺妓华服的黑缩缅或黑羽二重与那层叠的红色衬领搭配在一起，完美地创造出了对比。在黑中加入红，就好比注入了一把人类生命的火焰。黑色和服的袖子脱落，露出里面鲜红的短衬，这种演出频频出现在江户中期的歌舞伎舞蹈中。助六是如此，还有《道行》中勘平的和服、《铃森的权八》里的脚绊、弁天小僧的女人装扮也都是这样。特别是近松在殉情剧的私奔场面中，黑色花纹的和服下隐约露出领口的红色，提升了面对死亡时情欲上的戏剧性效果。那仅有的一点艳丽之红反而诱导出了故事的悲伤感受。这种不可思议的魅惑效果，换成蓝色或茶色就完全不可能实现了。

虽说红与绿的搭配也很美妙，然而却给人一种大陆性的氛围，仿佛由海外舶来而不是日本自有的。而红与蓝，则更是西欧的世界。红是唯一在东洋和西洋上眼光对立的色彩，其他的颜色都不如红这样典型。

很多颜色，比如山吹 [金黄]、藤色 [淡紫]、萌黄 [黄绿]、莺 [茶绿]、鸢 [茶褐]、桃色 [粉红] 等，正如它们在名称上体现的那样，最初都是从大自然处窃取而来，所以它们多多少少都带着说明的性质，而不像红色那样可以直达人的内心深处。

巴黎露天咖啡馆里的红不是日本的红，而是绛红和洋红。教堂彩色玻璃上的红也不是日本的红，它带着蓝的痕迹。而无论透过玻璃杯看到的剔透的葡萄酒红，还是花园中浓重的玫瑰花红，与日本庭园坐席上红毛毡的红相比，对于日本人来说都显得过于遥远了。

[《野生时代》 1977年3月]

饥饿与过饱

某天在搬动书箱的时候，一本相册掉到了我的脚边。顿时一种怀念的情绪抢在疼痛感之前将我笼罩了起来。一看到那雪白的封面，就知道"目录"里的细节。

说起目录设计，或许现在的设计师们会付之一笑。不，与其说是发笑，不如说简直是不知道那是什么。在粗劣的纸张上用两色印刷，这样的设计估计无论如何说明都是很难理解的！在这个时代只需轻轻按下按钮就可以从无数的频道中飞出无数的画面，颜色艳丽得仿佛要溢出似的，而这样由两色或最多三色印刷的贫乏目录如何能停留在人们心中？

战后第十年，也就是昭和三十年，日本的女性杂志终于开始走上正轨，虽然书的厚度也就是现在的一半，然而由于封面是彩色的，因此让人感觉特别新鲜。

当时F杂志社的目录设计，在一年内由龟仓雄策、早川良雄、山城隆一〔译者注：龟仓雄策是公认的日本平面设计之父，代表作为日本东京奥运会和大阪万国博览会的海报设计；早川良雄最为有名的作品莫过于他以不同颜色描绘不同部分的《女之颜》系列海报，他擅用独特的形态来配置海报的各构成元素；山城隆一是1985年万国博览会海报的艺术指导〕这样的明星平面设计师轮流制作。翻开页面，内文里的单面几乎全是广告，但即使这样纸面上还是跃动着视觉设计师的机智与匠心。在当时年轻的设计师们看来，这简直就像是吹来一阵清新的风一般。那时的我每个月都期待着看到目录，并且从并不丰厚的工资中拿出钱来订购F杂志。

那个时候才刚刚开始在转印机〔译者注：印刷设备的一种。印刷的版与纸张并不直接接触。将印刷版上的印墨先复写到机器中间的转印体上，然后再印刷到纸张等被印刷物上〕上植入照片和文字，字体也只有寥寥可数的几种，字的排列更不像现在这么整齐，然而几乎可以确定的是，在文中画插画的都是画家，做封面的都是摄影师。每次看到那时的杂志，就会被设计师深深感动，体会到他们为这些对开目录插图及版式付出了很多心血。

说到F杂志的目录，当时的进步杂志几乎都是神经质地在设计这个目录页。追求页面之间的变化，或是将插图和文字进行有机的结合等，这些创新也陆续登场。所有这些页面真是可以看出设计师的独特匠心。

当时的新剧以及音乐会的海报也不例外，虽然印刷条件只有两色，最多三色，然而通过将红色的版以及蓝色的版重合在一起就可以印刷出紫色，同时利用油墨透明的特性也可以让色彩多少变得丰富一些。当时高价的艺术纸几乎都是大型商业广告的专利品，像现在这样用四色印刷照片的情况几乎是不可能遇到的。

早晨打开门时，门缝里的晨报应声而落，夹在里面的广告是用铜版纸印刷的，鲜艳的彩色印刷纸散落在门厅里，这样的场景我相信大家也都不陌生，看着这张满是广告的亮铜纸，我不禁开始感叹日本是个多么绚烂的消费之国啊。

现在的印刷技术在电子制版机上加入了菲林，只需简单地按下按钮，都可以自动地进行分色并且生成网状版。这样一来不仅比手工描版和活字版要胜出一筹，甚至还可能更便宜。那些一个个拿着活字进行排列的手工业者恐怕已经可以作为手工艺人成为国宝收藏起来了。

虽然印刷变得越来越精致而美丽，然而它带给人们的感动却并没有成比例地增长。时钟就好像停在了1960年代一样，变化的只是方法的不断重复。

每年接近四月份时，电视台的节目编制就会发生变化。每个电视台都为了获得更高的收视率而加大预告片及宣传的力度。很多连续剧都是以三月份大结局为目标突飞猛进地前进着。我们在起居间里送走的电视剧到底有多少呢？数了一下今天报纸上的电视栏目，每个电视台几乎平均都有五部左右，以六个电视台来进行计算，那么一天中就会播放三十部电视剧。这样的话一年三百六十五天里几乎要播放近一万部的电视剧。

大量的电视剧洪流造成了节目的模式化。总有一天故事情节会枯竭，说不定还需要用计算机来做各种各样的排列组合。就像石油有一天会被抽干一样，艺术也会渐渐地失去永远这个理念。映像慢慢失去了细节的密度，而另一方面，为了达到精致的构造境界，对"低质品"的憧憬就会慢慢萌芽。

这个有趣的时代已经充满了差劲、虚假的东西。戏仿这个经过伪装的简单主义竟公然获得了称赞。贵族和上流阶层中磨炼出来的东西与大众的兴趣相结合，这几乎是二十世纪艺术的重大特征。不知从何时起，为获得冲击力而付出的心血开始堕落为向大众向时代谄媚的东西了。

然而，问题并不仅仅停留在电视台的电视剧上。随着出版物、音乐、兼职在大众中的渐渐普及，它们的恒久性也开始离我们远去。仔细观察就会发现我们正生活在一个多么饶舌的世界中。

不知不觉，我们已卷入了这令人窒息的信息漩涡之中。信息虽多却一点也不让人有充实感。

对我这种经历过战时和战后饥饿年代的人而言，很难想象在"吃得过饱"的同时产生的现代"饥饿感"会是多么恐怖的一种景象。父母从小就教育我们，剩下食物是非常浪费的，每一粒米都蕴含着上天的恩赐和农民的艰辛。然而可怕的是，现在的这种饥饿感和我们之前得到的教训已经有了本质的区别。

在设计目录的时候运用更简洁的方法，不知是否能够更轻松地对这个文化消费时代作出反应呢？

海报·日本

日本的海报，呈现出一种独特而充满活力的发展，一直持续至今。在东京艺术指导俱乐部和JAGD每年发行的年鉴中，海报总是占据了绝大多数的页面。即便在经济不景气的现阶段，也看不到海报在发行方面有任何停滞的迹象。

我认为二战后的四十年是日本海报的黄金时代，但这四十年的媒介发展环境对海报来说其实并非顺境。1950年至1960年发展起来的电视媒介，为告知和传达赋予了声音与动作，因而得到迅猛的发展，杂志的页数也不断地增多并走向彩页化。

大家普遍以为，作为十九世纪石版印刷的产物，海报也将如所有古老的东西一样离我们远去。汽车时代，美国的海报已被沿着高速公路超大型化，而那曾被誉为街头美术馆的富含亲和力的欧洲海报，也因对广告时效性的过度专注而消解了往年萨维尼亚克 [Raymond Savignac] 和勒平 [Herbert Leupin] 般的艺术趣味。在这种背景下，日本的海报何以仍旧如此繁茂，甚至日益成熟与洗练呢？

我想这也许有几个原因。首先，在海报设计师这一方面，让我们不得不注意的是1951年成立的日本宣传美术会［JAAC］。它以河野鹰思、原弘［译者注：河野鹰思从事平面与装帧设计，是第一个被英国皇家艺术协会推选的日本设计师；原弘擅长包装、海报、书籍装帧设计，其文字编排设计最为优秀，他重视"纸"这一材质作为设计元素的运用，与竹尾纸业有密切合作］、龟仓雄策等一批意识前卫的设计者为核心，本着近代设计不可欠缺的概念，在标榜和平的日本展开的启蒙与奖励。

六十年代的前期是JAAC的高峰期。那些立志要成为设计师的年轻人踊跃参加由JAAC主办的公开募集展会，尽情施展各自的才华。曾经有个时期投稿作品甚至超过了四千份。在只有不到两百件的作品有资格入选的挑战下，年轻人激情昂扬地使出浑身解数。当时的日本尚处于贫困时期，因而根本没有来自广告主的命题，于是就于展会中诞生了许多无任务性的、理想化的海报设计作品。这使得设计师们得以在海报舞台上对各种题材进行探索，也获得了试验各种视觉表现的机会。

在当时的设计领域里，平面艺术对来自海外的信息最为敏感，因而也更多地受到来自设计发达国家的刺激。不论是表现技术，还是表现企业的文化性、广告的公众性、对社会的发言、对公共设计的提案，无不充满了现实性。

到JAAC解散为止，这个展览会一共持续了约十八年。每年八月，它从东京的商场揭开帷幕后，便会在日本各地巡回。也因此，版面才有了B1纸尺寸的严格规定。然而，在这高仅1030mm，宽仅728mm的纸面上，我们却无数次地探索着自由和梦想。这个尺寸不仅在后来成了海报的媒材标准，事实上也为平面设计开出了一种自我表现模式。JAAC举办的这个展会，在带给获奖者以荣誉之外，更仿佛起到了鲤鱼跳龙门的功效，使日本的海报信仰达到了鼎盛。

面对没有广告主命题的竞赛海报，评价的主要因素就变成了"自我表现性"、

"时代感的新概念"与"表现的原创性"。也就是个性、流行、前卫成为了必不可少的要素，比起对广告主有目的的功能性表现，独创性更受到重视。换句话说，如何能创作出自由奔放的海报被当成了最大课题，而正是这种背景使日本的海报设计得到了锻炼并发展起来。

其次，在社会环境方面，日本经济的惊人发展是海报繁荣的第二个诱因。在经营稳定、市场景气、商品流通好的时代，功能性的要求减弱，设计开始更倾向于形象性。被电视冲击了媒体效力的海报，转而在艺术性、装饰性、视觉意外性上体现出优势。可以说，制作海报并不再是为了直接促进销售，而是要更多地展示出企业活力与文化的印象。

与电视、报纸、杂志的系统与高额相比，海报在印费和载体方面远远要简便廉价得多。也许正因如此，企业已习惯于在内部就轻松制作出海报。这种环境使海报的制作日益成熟并洗练，逐渐酝酿出许多技法精致、创意完美的作品。

和欧美各国一样，日本在广告设计与平面设计领域之间并不划分界限。因此从事公共平面设计、CI、书籍设计的设计师也会制作广告，反之亦然。因此海报就像是跨越在多种领域之间的一种存在，因而获得了独特的发展。

每年，都会有超过两千件的作品涌入东京艺术装饰俱乐部发行的年鉴征集海报。这些海报数量惊人，即使在室内体育馆大厅的地板上铺满，也要分好几批才能摆下。这种做法现在因对地球资源的保护而不再使用了，但回想当年那样的场面，还真是一派壮气凌云的景象。当然，海报的繁盛绝不仅仅因为社会经济，还在于日本设计师对它的特别钟爱，这正是第三个原因。

海报，仅需一张纸就可制作完成。而在这二维的平面中排列的，是如日本俳句和短歌般洗练的内容，朴素、简洁、富于象征性，在墙面上又可以作为装饰画。而日本人原本就对这些有着发自内心的喜爱。

十六世纪就很发达的日本屏风、障壁画，十八世纪的浮世绘 [译者注：浮世绘是日本江户时代兴起的一种具有民族特色的风俗画、版画，主要描绘人们的日常生活、风景和演剧]，其实无论哪一样都可看作是绘画与设计的成功典范。障壁画是拉门的装饰，屏风可作为隔断，而从制作与销售的结构来看，浮世绘也已经可以说是杰出的商业出版物了。

在日本海报的源头中，隐藏着种种传统的痕迹，虽然只是依稀可见，却是我们不能够忽视的影响。海报是非常适合日本人的艺术性资源，它就像是一张大型的名片，将作为各种活动与表演的造型性信息持续活跃下去。　　　　[《设计的前后左右》 1995]

中国与汉字

要说中国的风景究竟美在哪里，我觉得也许还是那绵绵不绝的行道树。首先，在从机场到北京市内的路上，我就被柳树的行道树压倒了。当然压倒这个词可能不太恰当，那是一条仅能容纳两辆车擦肩而过的小路。虽然是为了行车而铺设，然而不同于机场高速公路，这条路上哪里都有人来人往，所以别具一番情趣。这种让人怀念的美总能让我感到无比欣喜。

古老柳树的土干被大胆地切落，小枝条又从那里一齐长了出来，并且发出清爽的绿芽。比起日本的柳树，这是一种更为柔和的淡淡的绿色，而且两列树分别排在路的两侧，这与日本街道边的树木很不同，是一种深入森林的感觉。这感觉真是美妙万分。而这种直直延伸下去的柳树行道树，对找来说就是典型的中国风景了。

兰州果树园的绿色也很美。那正是杏花、桃花开败的时期，在春日阳光的照射下，细细的树叶在风中轻轻地摇动。途中经过了仿佛在大峡谷中看到过的场景般的砖厂，那种绿色就更加渗透到我的心里去了。对我来说，柳树的行道树是我对北京最初的印象。

去年秋天，在北京中央工艺美术学院的邀请下我访问了中国。开车来接我的美术学院的年轻老师很拘束地坐在我的身边。我想向他表达"北京的柳树很漂亮"这个意思，却终究不能用英文表达。这也是和以往的海外旅行相比不同的地方。于是我从上衣口袋里拿出了纸片和笔，在纸上写下"柳、姿、美"这几个字。终于两个人相视而笑，我也确信我的感动已经传达到了。

我想可以进行笔谈的应该只有中国了，这多亏了汉字的功劳。看菜单的时候很多料理的内容我都可以明白，这是非常幸运的一件事。然而比较麻烦的是从欧美过来的外来语。设计用语有一半以上都是英语，然后日语里又重新加上了新的意义。比方说笔致、左右对称、概念等，有很多语言都让人不知道该怎么用汉字来表达。我也是第一次认识到我们战后的生活是多么的欧美化，这个事实让我惊异万分。然而到现在为止汉字还是两者交流的唯一媒体，这一点上中国和日本真的是一个整体。

特别是对我们这些以视觉设计和沟通为工作的设计师来说，在我们的作品表现中是不能将文字这个条件去掉的。

汉字自甲骨文起已经有三千年的历史了。它与埃及的象形文字，美索不达米亚的楔形文字合称为古代三大文字，然而只有汉字一直延续使用到现代。所以至今还在使用纪元之前的文字的只有中国和日本了。在近代电子机械的时代，也曾经有人预言说形态那么复杂的表意文字一定会消亡。

然而结果却是计算机真的很好用，很轻易地读解了四千多个汉字。像这种两国的设计师用笔写着汉字来讨论二十一世纪的场景，不知古人是否已经想象过了。

[*SHNIKA* 1992年2月号 原题为《柳和汉字》]

民族的椅子

近来我经常出入香港，从去年年底到现在已差不多有五次之多。之所以如此频繁完全是因为我对那个城市非常喜爱，从日本垂直南下就可以到达，既没有时差，食物也很美味。而最让我喜欢的是，尽管香港也同属于东方，但却一点也没有狭隘的民族主义。它就像一个地球广场，在东方与西方和谐共处中散发出人类欲望和生活气息的馨香。

特别是近些年的香港，现代尖端技术建造的超高层建筑已经四处林立，比美国的大都会还要壮观。然而，在那些高新技术建造的大楼之间，还同时穿插着众多中国传统的中药老字号、茶铺，以及那些摆满了虾干、柿饼、鲍鱼干、蘑菇干、豆野草等干货的小店铺，它们使小街道充满了活力。这强烈的新旧对比我认为正是香港独有的魅力。

纽约就像是一个大熔炉，虽然横向地聚集了地球上的各类人种，但总是缺少了一条连接现代与过去的深沉线索。而在香港的街头，我既可以触碰到中国几千年的悠久历史，又可以欣赏到在夜晚发出宝石般光芒的摩天大楼。

我想，香港的魅力就在于它把横跨世界众多地域的文化，与贯穿过去和未来的时间纵轴完美地结合到了一起吧。

这个秋天，我去了香港岛CENTRAL EAST的西武百货商店，在偌大的家居卖场中，一把椅子吸引了我的目光。

那是一把小巧、可爱的木制椅子，藏在大型家具的后面甚至不容易被发现。然而它却有些特别，远远望去甚至让人猜不到那是什么。硬木打磨而成的椅子有着光滑有机的曲线，流露出非洲原始艺术般的野性美，特别是椅子的背部让人想到了动物的骨骼。那条从椅背开始一直延伸成为后腿而最终止于地面的连贯曲线，从座板以下开始膨胀，随后在伸向地面的过程中向内微弯地渐渐变细。

那既像是古典的猫式脚，又给人以飞奔在非洲原野上敏捷羚脚的紧绷之感。

它没有现代主义的自我主张，而是于简洁朴素之中包含着典雅有力的存在感，让我不禁为之赞叹。它到底来自哪个国家，出自何人之手呢？我不禁猜测起来。从那温暖的手工制作上，它让我联想到了丹麦的一系列木椅；而那以极致的感性捕捉到的民族性造型，则更像是出自意大利的设计。

这么说来，我又觉得这椅子有点芬恩·朱尔［Finn Juhl］或汉斯·瓦格纳［Hans J. Wegner］的味道。特别是和瓦格纳那款著名的单身用挂衣椅——"牛角椅"［Bachelors Chair］有着异曲同工之妙。

瓦格纳一直潜心研究中国明代的木制家具，在他的代表作"The Chair"中可以看到明代家具对他的影响和他对此做出的延伸。虽然清朝开始中国的设计有了装饰过度的倾向，但对于明朝的椅子我还是非常喜欢的，或许因为我自己也是东方人吧，每次看到明式椅子时就会有一种安定感。

大约五年前我访问香港的时候，在香港岛的一家古董店里就曾见到过这种样式的椅子。当时我便买了两把运回了东京。然而我在日本的家比较狭小，可椅子的尺度却像是为英国人设计的，因此放在家里始终不那么理想，后来我就把它们送给了松永真君。而这次看到的具有民族风格的木制椅子却只有明椅的一半大，于是我即刻产生了想要拥有的冲动！这可能是我历来的恶习吧，短短五分钟内我就将它买了下来。

摆在家中使用自然是我想买这把椅子的理由之一，然而更重要的是，我对这把椅子的设计风格有着浓厚的兴趣。原始性、民族感与西欧的知性美相结合，创造出了一种新的风格，正是这一点深深地吸引了我。

说起混合文化，很容易让我联想起十九世纪末的日本风、二十世纪七十年代的

"东边日出西边雨"［EAST MEETS WEST］，想起日本文化遇到西方文化时的那段情景。而到了全球一体化的现在，无论是哪些国家或哪些文化在互相融合，我都不会感到惊讶。我想这也是我买下这把椅子的另一个原因吧。

从这个角度来看，在曾经固执而传统的中国菜中，近几年也出现了法国式的清淡烹调方式。比如我在香港设计师的引领下去过的"凯悦轩"餐厅，那里的饭菜就有这样的变化。有一道菜很像日本过节时所吃的"柚子饭"，它是在夏威夷出产的番木瓜上挖出一个洞，在里面灌上用蟹肉、鸭肉、竹荪、鱼翅等珍馐烹调出的汤汁，加热之后吃的。那番木瓜的味道有如冬瓜一般，入口即化，美味无比。

而在另一家餐馆，我还尝到过中式风味的"泰国虾仁冬阴功汤"，以及模仿日本秋田特色切块大米年糕［kiritannpo］的方法，将虾肉糜卷上甘蔗茎之后油炸的菜品。在这些菜肴中，我仿佛品尝出了亚洲国家之间互相学习的味道。这真是一个"摩登中国"的时代。

这种倾向在现在的流行音乐世界里就更为明显了。逐渐衰退的摇滚乐吸收了非洲、中东、亚洲的血液之后，慢慢形成了一种史无前例而丰富多彩的音乐模式。以南美风格的节奏表现东方的旋律，或是用中东和近东的乐器演奏爵士乐……比起曾经被称为"cross over"的商业主义音乐来，现在的这种音乐本质上融合了更多民族的性格。

这把犹如动物骨骼般的椅子，不也是在这个文化背景下产生的吗？在天皇继位仪式的宴会上，以往采用的一律都是国际通用的礼仪和法式饭菜，而这次却第一回采用了日式料理。不得不说，这就是"时代"。

［《室内》 1991年1月］

每日设计赏的四十年

俗话说"歌随世风变化，世界又受歌影响"，而细想下我惊讶地发现，设计在反映世界变化的方面竟比歌还要更胜一筹。歌反映世风，应该说是十九世纪的浪漫产物。而到了二十世纪后期，社会的变动巨大，歌曲已经无法完全反映出这其中过激、宽泛、复杂的领域了。而如果说歌反映的是社会的变化与人类的心情，那么设计反映的就是产业和技术的变化了。

每日设计赏已经持续举办四十多年了，每年我都会收到他们发来的一张彩色的"获奖一览表"。仔细端详这一张薄薄的纸页，我觉得它简直就是一部日本的战后史。虽然上面只是罗列了获奖作品和获奖者的简单履历，但从中我仿佛可以看见日本经济的成长和社会的变化过程。想到战后四十八年我们的国家经历了怎样激烈的变化，我就不禁感慨万千。

再仔细看这张一览表，我发现其中有一段有趣的历程。从此奖项最初创设的1955年至1960年代末的十五年间，正是日本设计的启蒙时期。在获奖理由的抬头里多是运动、贡献和确立等词语，而这些词语在八十年代以后就很难再见到了。由此我们似乎可以感觉到，这个奖项在创办之初其实是具有启蒙和鼓励之意的。

换句话说，如果五六十年代的每日设计赏是设计的"功劳奖"，那七十年代就是"作品奖"，而八十年代则是"作家奖"。从这个明显的特征，可以看到日本发生了巨大的变化，而设计的成熟度也随之提高了。

设计界的启蒙时代　对于熟知日本战后荒废情形的人来说，战后的饥荒生活与设计是无缘的。第一届 [1955] 的早川良雄"一年里创作的作品展"，是在当时的灰色瓦砾中第一次盛开的平面艺术之花。当时让我们振奋不已的近铁百货店的海报"秀彩会"、"CARON西式裁剪"等名作现如今都已成为了海报收藏的重要作品。

第二届 [1956] 商业设计部门"1955平面艺术展"是由当时处于繁盛期的JAAC [日本宣传美术会] 主办,为日本平面艺术先锋人物原弘、河野鹰思、龟仓雄策、伊藤宪治、大桥正、早川良雄、山城隆一举办的集体展。这个展览闪耀出的是个性的光芒,促使当时的年轻设计师奋发向上。直至今日,在日本当代平面设计史上仍能看到那种对自我的强烈坚持,这都是源于这些先锋们的不懈努力。

"1955平面艺术展"的参展设计师之一龟仓雄策,在第三届 [1957] 他的获奖作品"一年间的一系列作品"中,断然舍弃了软弱的日本式情绪,展示出明快而强有力的抽象造型。以"将核能用于和平产业!"为始的"NIKON"系列海报就是其中的代表作。它们作为近代设计的代表作为大家所赏析,影响力远及海外。

第五届 [1959] 的"以电视商业广告为主题的系列设计活动"由当时寿屋 [现在的三得利] 宣传部的开高健、柳原良平、山口瞳、酒井睦雄等人共同完成。以动画形式制作电视商业广告自是当然,此外这个TORISU威士忌的广告活动,也在所有的平面媒体中长期展开,并和其优质的复制品一起成为五六十年代年轻人的收藏。

五十年代的工业设计领域也很热闹,第一届的"马自达三轮卡车—蛇形缝纫机"、第二届的"Dattosan—1955年112型两厢车"、第三届的"以真野善一为核心的松下电器KK中央研究所创意部"、第五届的"八厘米摄像机"等,从中可以深刻感受到当时积极努力的产品开发力量。

传说中不画图不作文、不拍照也不写字却拥有最高创意地位的"艺术指导"这个职业概念从美国进入日本也是在五十年代。1952年东京艺术指导俱乐部成立,并在第四届 [1958] 以"东京ADC篇1957年鉴广告美术"获奖。随后又在第十四届 [1968] 以《日本广告美术·明治·大正·昭和》全三册的出版获得特别奖。从同一机构的出版物二度获奖,我们可以了解到在设计扎根社会的启蒙时期各人所付出的努力。

　　说到设计的启蒙期，不得不提的是评论家胜见胜 [译者注：胜见胜，日本设计评论家，著有《现代的设计》、《设计运动一百年》等书]。设计在行政上属于通产省，与产业和商业有关，但它同时又有文化性和艺术性的一面。设计评论必须同时兼顾这两个方面，而胜见胜就在这个棘手的领域有很大功劳。他在第九届 [1963] 获得了特别奖"季刊平面设计的编辑"，晚年又以"胜见胜半个世纪的设计评论活动"再度获特别奖，这长达四十年的步履中，可以感受到他对美术印刷那份特别的热爱。

　　无疑，六十年代是日本经济的高度成长期。在政府提出的所得成倍增长计划下，日本人也开始以欧美的生活水平为目标走向了大量消费。私家车、冰箱，洗衣机，家庭影院等家电产品迅速地普及起来。

　　在那时的每日产业设计赏中，从第六届 [1960] 工业设计部门本田技研工业的"C100型Superkabu号"，到第七届 [1962] 的"索尼产品的系列设计活动"、丰田汽车工业的"Toyobetto，Korona1500"，再到第十四届本田技研工业的"轻型通用发动机G25以及附属系列"等，这些产品的获奖可以说都是实至名归。

　　另一方面，随着生活方式的多样化，手工业及传统产业的近代化发展也很显著，从第八届 [1962] GK 产业设计研究所的"山田电风琴为中心的乐器设计"、第九届剑持男设计研究所的"工业生产的家具设计系列"、第十届天童木工制作所的"量产家具中设计的树立"以及第十三届 [1967] 渡边力的Q Designers的"纸制品家具和桌面电动时钟"中，我们不难看出日本人想脱离原来的瓦屋顶、榻榻米、纸拉门生活，过渡到欧美式现代生活的愿望。

　　原弘开发的带有浓重民间工艺纸色彩的fancy paper在第七届"造纸系列·设计"中获奖，而负责以松屋百货为中心普及优秀设计的日本设计协会，也因此获得了第十三届的特别奖，再加上第十五届 [1969] 由铃木庄吾领导的伊势丹研究所ID研究室的"百货店商品设计的组织性研究",我们可以发现,设计在以功能性与健全为目标的努力中,同时展开了对新时代生活方式的探索。

第十二届 [1966] JIDA获得了"十五年间为工业运动做出贡献的日本工业设计协会"特别奖。很显然,这是工业设计、产品设计齐头并进的时代。

说到日本的六十年代,如何也不能忘记"东京奥运会"。这不仅是因为它作为体育盛事的成功,而且还因为与它有关的各个领域的设计也获得了划时代的成果。如第九届获奖的龟仓雄策"奥林匹克官方海报三部"就这是奥林匹克史上赞誉极高的名作,还有第十届由日本奥林匹克委员会会长竹田恒德获得的特别奖"东京奥林匹克运营中的设计方针的确立"。这些奖项对献身于国际性盛事的设计者们来说是莫大的鼓励。

六十年代日本还开展了现在无法想象的大规模城市改造,东京的街道改头换面。道路被拓宽以适应汽车的普及,钢筋水泥的中高层建筑也日益增多,而新干线使东京大阪之间的距离瞬间缩短。

在经济的发展集中于东京的同时,媒体和文化传播也开始向中央集中。那时的东京聚集了许多的设计师,他们在那里成立了各式各样的设计工房和制作公司。其中,广告制作品质最高的日本设计中心,在第六届以商业设计部门的"山城隆一为中心的日本设计中心设计的朝日啤酒系列报纸广告设计"获奖。祖孙三代的文稿,幽默的照片表现,朝仓摄的插画,"为巴斯德干杯"等,是在以前的商品广告中都没有出现过的全页系列广告,也是以后企业广告的先驱。

另一方面,走在日本设计中心的前头,从五十年代开始一直活跃的工作室——LIGHT PUBLICITY 公司也在第八届 [1962] 凭"以Light Publicity公司的村越襄、早崎治、细谷严等为中心的文字设计"获得第二名。这家公司是战后最早开始将照片用于设计,制作了优秀广告作品的公司。那时正是彩色胶片迅猛发展期,而且随着日本印刷技术的提高，使用彩色照片的平面设计和广告作品迅速风靡起来。

随着经济的复苏，市中心的霓虹灯也日益繁华起来。伊藤宪治在第十一届［1965］的获奖作品"以NEC银座霓虹塔为代表的霓虹灯系列广告"展示了他过人的实力。还有在第十三届获奖的"资生堂橱窗等系列展示"的伊藤隆道也以空间设计、立体设计开辟出新的方向，发表了许多让人注目的作品。

随着蒙特利尔世界博览会在1967年的召开，迷幻式设计和美国嬉皮文化沸腾起来，它们给设计带来了巨大的影响，使荧光色等幻觉式的表现风靡一时。作为在这种革新和激荡的设计状况下出现的征兆，第十二届"平面设计展［PERSONA］"的获奖是毫无悬念的。在1965年由粟津洁、永井一正以及笔者等三十年代的设计师与和田诚、横尾忠则等二十年代后期的设计师们共同举办的展览会上，这些充满了年轻能量的设计表现引起了很大的反响。其中横尾忠则那些颠覆了现代设计的反叛性作品引起了诸多议论。从这个时候开始，设计启蒙时代就宣告结束，新的个性化时代来临了。

个性化时代　七十年代的设计，从1970的大阪万国博览会开始。这次博览会带来了两大收获，一是认识到具有国际性视野的视觉表现是非常重要的；二是在把握设计的整体方法上达成了一个新的认知，就是在建筑、室内、产品、平面，还有照明和音乐等各种关系共处一室的被称为展览会馆的信息空间中，设计已经成为了不可或缺的整合力量。

在那个普遍认为照明设计就是设计照明器具的年代，第十六届［1970］获奖的"石井干子的照明设计活动"告诉了人们，什么是"光的设计"，获得了如潮的好评。

还有获特别奖的由荣久庵宪司、剑持勇设计所、Tatal Design Associat、GK工业设计研究所组成的团队完成的 "1970万国博览会的Street Furniture及其活动"体现出设计的公共性和团队协作，因而也备受瞩目。

同年还有"福田繁雄的3D设计活动"，这位设计师以他罕见的幽默构思与造型表现，超越了以往的平面设计而创造出三维化的独特效果，赢得了许多赞叹，可以说这是与万博时代相匹配的奖项。

而产品设计领域，也在战后持续的启蒙运动中完成了蜕变，盛开出自由创想的个性之花。

年轻设计师们纷纷崭露头角，其中第十七届 [1971] 的二等奖"粟辻博的室内装饰·纺织品·设计活动"，象征着当时在时尚之外还未开发的纺织品领域终于有了正式的产品出现。这是小规模的纺织品商社长年累月一点一滴积累而成的结晶。与此同时，同年的二等奖"长大作、松村胜男、水之江忠臣三氏的趣味椅子系列"以及第二十届 [1974] 森正洋"白山陶器的新食物器皿"的获奖，可以说是对那些为填补日本战后在椅子、餐桌用品等领域的空白而坚持不懈努力的创作者的回报，很让人感动。

第十八届 [1972] 大桥正"Kikkoman酱油系列广告插画"的获奖，也是对企业和插画家之间长达四十年以上的搭档关系的肯定。大桥正是从日本平面设计的创始期就开始活跃的设计师，他虽从战时开始就创作了不少的佳作，但这个Kikkoman的广告插画尤其优秀。他以料理中的日本与西洋蔬菜为中心，并将干货和鱼等食材都非常精细巧妙地进行了描绘，这个刊登在女性杂志和月刊上的杂志广告，有着一看就想将之剪切下来私藏的美丽。

聊到七十年代的设计时，还不能忘了仓俣史郎从事的商业空间工作。他在六十年代就已发表了许多相当具有冲击性的商业空间作品，强烈的个性仿佛连接了现代美术的动感造型，极大地影响了许多年轻设计师。而对当时国际评价已经很高的仓俣史郎来说，第十八届"商店建筑的系列家具和展示"的获奖似乎有些姗姗来迟迟的味道。

从第二十届的获奖作品横尾忠则的"1971—1974年展·千年王国的旅途"中可以看到一种对战后功能主义、合理主义一边倒现象的反叛。这个作品发表于前年的东京伊势丹展览会，是极大地超出了设计领域的作品。但它那压倒性的丰富程度，就连以"产业"为重心的"每日产业设计赏"都忍不住想把它作为获奖作品。我完全可以想象当时评委的为难心情。

第二十五届〔1979〕木村恒久的"影像蒙太奇作品系列"也有相似的情况，它虽然谈不上是大型的作品集，但是字体影像蒙太奇的密度和浓厚的内容却非常有趣而吸引人，征服了许多有着反叛情结的人们。

七十年代也是企业文化性格得到加强的时期。近几年"文化支援活动"已经逐渐成为企业的常态。但是1973年在涩谷广场中剧场的出现，以及之后池袋西武百货店中美术馆的开设，在当时却都具有划时代意义。第十九届〔1973〕时笔者的"西武剧场海报《文乐》的制书"〔译者注：文乐即木偶戏，发祥于大阪〕以与以往的剧场告知截然不同的海报获得好评，而这种启用众多插画家完成的绘画式表现，被认为是非常适用于树立零售企业形象的企业广告。

SAISON〔当时叫西武流通集团〕的形象策略，集中体现在第二十一届〔1975〕石冈瑛子〔译者注：石冈瑛子曾任资生堂的平面设计与艺术指导，2007年她受聘担任北京奥运会开幕式的服装总设计师〕的获奖作品"阳台系列设计"上。这些海报启用了活力四射的照片，让人感受到女性时代的最新潮流，留下了深远的影响。这些都体现了从"广告宣传时代"向"企业形象的时代"的转型。

以1976年的第二十二届为契机，每日产业赏去掉了"产业"二字而更名为"每日设计赏"。审查委员会也全部换成了森正洋、中原佑介、矶崎新、荣久庵宪司和笔者等这一代年轻的设计师。关于这个事件，在1979年1月26日的每日新闻报纸上，矶崎新是这样阐述的：

> 从"产业设计"中去掉"产业"，是非常具有决定性的转变。虽然今天我们已经可以将"产业"和"设计"分开来独立考虑，但在以前却是很难这样做的。因为设计的产生是从为近代产业的生产物赋以形状开始的，它必须跨越生产、流通这两个过程，而设计的对象是在其中出现的商品，所以设计终究是服务于产业社会的。所以最初，我们没有说设计，而是加了产业两字，虽然同义显得有些重复但还是很贴切的。但是今天，设计有了自己的位置，两者不得不分离了。虽然设计的直接对象是商品或广告，但是它却超越了这个界限，如今该到了自立的时候。设计已经超越了它与技术领域、经济领域的关系，开始指向文化层面。

因为去掉了"产业"二字，于是横尾忠则"千年王国的旅途"与木村恒久"字体蒙太奇"的获奖就显出了某种必然性。在扩大设计的情感这方面，他们当即得到了明确的肯定。

当新的委员会决定第一位获奖者为三宅一生〔译者注：三宅一生，Issey Miyake品牌的创始人，他将褶皱运用到服装面料与剪裁中的创举奠定了他在高级成衣界的地位，他对质朴与现代的演绎，对服装中结构与解构的理解，为人称道〕的时候，设计领域里的固定概念瞬间瓦解，对在近代设计运动中一直未被正式对待的时尚设计，在看法上有了很大的改观。第二十二届"衣服设计活动三宅一生的'一块布'"的概念，就是因为截然不同于以西洋为范本的流行服饰，所以得到了许多造型师的共鸣和盛赞。

还有第二十三届〔1977〕仙田满的"巨大游乐器具的装置设计"，第二十四届［1978］"二川幸夫的建筑照片和其出版活动"等，都体现了这个奖项涵盖领域的扩大。

日本设计的成熟时代　八十年代可以说是日本设计的成熟时代。虽然地球资源的生态学问题在被重新评估，对消费型社会的反省也已在小范围内展开，但在欧美经济渐渐冷却的背景下，日本国内却还在持续着史无前例的繁荣发展。一样的情况也发生在脱离现代的"后现代"思想上，甚至有时会混淆了意大利在设计表现上的细节。而急于融入信息化时代的企业，也在引导日本的设计走向复杂化，甚至出现了乱用样式和图案的倾向。度假区热潮的兴起，购物中心、饭店等商业设施的繁荣兴旺。但与此相对，新概念的个性化商业空间也在陆续登场，甚至出现了连海外都没有先例，却于日本独有的商店及室内空间设计。

从第二十七届［1981］浜野安宏"时尚直播剧场和AXIS大厦的综合设计制作"开始，到第二十九届［1983］"叶祥荣的使用玻璃的系列设计"、第三十届［1984］杉本贵志的"融合现代雕刻的系列商业空间"、第三十三届［1987］"内田繁的室内装饰设计活动"为止，与以往时代截然不同的前卫的空间设计不断地登场了。

第三十一届［1985］的"《交感设计》五位设计师的活动与小池一子"，因为一本书籍的缘故而破例产生了多位获奖者。《交感设计》这本书讲述的不是像万博会那样的国家型大规模项目，也不是志同道合者共同形成流派的这类内容。这里聚集的五位设计师，无论是建筑界的安藤忠雄还是时尚界的川久保玲，都在各自的领域独霸一方，他们所保持的一贯个性已为世界所认同。当然这本书也并不是将建筑、时尚、产品、室内装饰不同领域作简单的综合化。它们的共通点体现在"交感"这个词上，可以说这些项目在与"时代认识"同步发展的"感性"方面具有共同的倾向。从中我们可以了解到八十年代日本设计最典型的一面。

另外，如第二十六届［1980］"浅叶克己的三得利广告活动中的艺术设计"所象征的那样，八十年代企业开始倾向通过广告提升企业形象而非只是宣传产品。八十年代的日本经济达到了繁荣的顶点，无论广告的影像表现力还是照片的外景地规模都在逐年扩展，从阿拉斯加到埃及，再到开放后的中国，为追求异国文化不惜跑遍全球。这其中，浅叶克己跳脱了典型的商业照片的记录视点，以他充满知性的好奇心，以具有当下生活感的笔触介绍了这些异国文化。

第三十二届［1986］松永真在"以包装为中心的平面设计活动"中发挥出的休闲的生活感也毫不逊色。他对一直以来很少有设计师关注的手纸、烧酒、速溶咖啡等极其日常的商品，以个人的观点重新审视后，提出了简单洗练的包装方案，使日本人餐桌周边的面貌焕然一新。

此外八十年代还有另一个大事件，即日本的文化从大城市向地方扩散的现象。各地的县立、市立的文化厅、剧场、美术馆在批判声中还是相继地建造了起来。富山县县立近代美术馆自开馆以来，就以海报征集和举办国际性设计竞赛而广为人知，可以说它在硬件和软件方面都投入了很大的心血。第二十八届的"永井一正的富山县县立近代美术馆海报设计"所具有的独特表现令后人望尘莫及，这个由地方美术馆与设计师持续合作了长达十年的设计活动，使得两者都获得了一致的好评。

对于日本八十年代经济的惊人发展，现在看来是被以否定的态度看作"泡沫"的。但我认为，日本的设计不正是在经过战后四十五年的发展后，提高了精确度并走向日趋成熟的吗？特别是日本的平面设计，一直领先于低迷的世界设计氛围而继续前行，诞生了许多优秀的作品。

一方面电视、卫星播放、LD等设备的发达使得影像变得日常化，但同时多彩的视觉表现又使人们的惊奇感削弱而在无意识中浪费了影像，这使得企业的信息越来越难到达消费者。于是在这样的年代，平面设计的艺术化现象产生并发挥了强大的诉求力。

尤其是第三十三届斋藤诚以"大型海报中的平面设计表现"为主题，设计的以青色人骨为对象创作的长谷川佛具店海报，给人们带来了讶异和新鲜感。此外，他将日本海报B1大小的制式扩大了两倍，在大型的画面上展开了鲜明的形象，这似乎为容易流于装饰的日本平面设计附加了某种意义。

而将此种意义导向极端幻想的精神世界的，是第三十六届［1990］佐藤晃一［译者注：佐藤晃一，东京ADC会员，作品以民族风格为中心，继承并完善了日本文化中宁静清雅、悠远绵长的特质］的"平面设计里的日本的精神性"。在由暗至明溶化而去的神秘渐层法上加入了电脑技法，创造出即非古代也非未来的不可思议的世界。

第三十四届［1988］操上和美的 "从CF广告看影像表现"以敏锐丰富的感受性和无妥协的艺术性影像获得了很高的评价。还有第三十八届［1992］仲条正义的"扎根于个性的平面设计"也是超越了惯用沟通模式的非常独特的作品集。在前卫的构思和自由奔放的造型上，它有着和现代美术相通的感受方法和思考方式，也令很多人产生共鸣。Saito、操上、佐藤、仲条等作品的共通点是都有很强的个性支撑，广度虽窄但却能以其独立性在内容上做深度沟通。在这里可以看到企业代言人、通报改编人暗藏其中的广告宣传技法，显示了艺术和设计越来越接近的倾向。

还有一个必须记入八十年代设计的是日本企业的CI潮。当企业逐渐向国际化发展的时候，随着经营的多样化，以往的公司名称和商标渐渐产生不一致的情况，再加上雇用员工的困难也促使这一情况的出现。第三十五届［1989］中西元男和PAOS创作的"CI设计的理论化和实践"就对企业识别容易陷入流行的本质进行了解析，并结合日本化的考虑，因在许多企业的CI改革上取得了很大的成果而获奖。

日本设计的成熟也在许多中小企业中得到了体现。像第三十七届［1991］川上元美的"有格调的量产家具设计"所显示的那样，以往只有在进口商品里才可以见到的功能强大、设计洗练的产品也终于在日本登场了。

进入九十年代，不能不提的是第三十六届川崎和男的"残疾人用品的视觉设计"，它聚集了人们的许多关心。现代人的健康、老人问题、环境、资源等这些全球性的社会问题，已经成为设计的重大课题并且不能再回避了。

[《设计的每天》 1993年5月]

木纹之美

今年的梅雨季节特别长，那天为了去看建筑家内藤广设计的"海洋博物馆"，我就在这连绵不断的雨中去了伊势志摩。

就像一艘被翻过来的船，这个建筑有着木质船底一样的肋骨状天花板，结构非常有力，同时充分地发挥了木头这种素材的美，让我非常感动。回家的路上，我来到了预计秋天就要搬迁的伊势神宫。拜殿的周围散落着宫殿搬迁工程的用具，然而从深深的树林中仍可以看见神殿的白木稀少却艳丽的肌理。

那些经过巧妙的技术切割出的桧树木纹，看上去像是散发着神奇的光亮。平面、曲面，以及每个角上锐利的边缘，这样的木材光是看上一眼就让人神清气爽。

经过五十铃河向门前町进发，我见证了这里"荫横丁"木制建筑的复原以及当时的盛况。那些旅舍民居让人联想到江户时代，有着各种各样设计的格子。特别是以"红福饼"的总店为中心，那些新建的木构店铺一家连着一家没有一个角落被遗落。电线也已全都被埋藏起来了，丑恶的现代社会仿佛在这里消失了。

不论是荷兰村、西班牙村，还是迪斯尼乐园，它们都有各自独特的快乐。然而这里，却可以让日本人的血液真正沸腾起来。对欧美的复制可以到此为止了，我多想看到那些真正属于日本的东西能够出现在各地。战后的日本太急于推进现代化，已经失去了很多"日本的宝贝"。日本人的审美观也被火腿鸡蛋和烤面包式的国际模式划一了。从此以后在地球上生存将会越来越无趣。

在"荫横丁"一角的一家小店里，一位手工艺人用神宫的废材料制作了一些东西。在那些碗和钵中间，有一个白木的茶粉罐吸引了我的注意。没有涂绘的白木本色茶粉罐非常朴素清澈，也许是在茶道上行礼时用的。我一时冲动买下了两个茶粉罐。后来我发觉倘若直接在白木上放抹茶，茶粉就会沾在木纹上。也许在内部上漆会更好吧。于是我去找京都的中村宗哲商量。

第十二代的宗哲是我在美术学校时候的后辈，虽然平日关系很好，然而要拜托日理万机的他来做还是点不好意思，于是就找了他的女儿帮忙。因为原来的茶罐有些浅，我便请她帮我再挖深一些。不愧是京都的传统，经她稍微一加工，朴素中就加入了锐利，手摸起来也轻了许多，立刻仿佛变成了完全不同的茶粉罐。

一个涂成红色，另一个涂成黑色，这两个茶罐好像立刻变成了伊势的土特产名物双生子。打开白木的盖子，只见绿茶之绿在漆料柔和的光泽中被衬托得十分美丽。如今这一对茶粉罐已经成为了我心爱的宝贝。

[《全关西》 1993年11月]

琳派和设计

如果问我日本的美到底是什么，我会答说是"琳派"，而不是那些从国外受到影响的复制物。那完美地传承了平安时代以来的传统，以及凝聚了那个时代民众的力量的艺术形式，让我非常喜欢。

　　还有一点，就是琳派设计的物品给了我勇气。板户和屏风这样的室内设计，砚台盒与茶碗这样的小物品，扇面和团扇这样的视觉设计，嵯峨本这样的出版物，还有当时光琳制作的小袖这样的时尚，以及香包这样的包装都不例外。

　　琳派这一概念最初形成于光悦时代，光悦在制造物品方面具有十分综合性的眼光。原本以刀具作为专业的他，像刀剑这样的金工物品当然是不用说的，再加上漆工、木工、织染等，他将这些技术都集合在一起来完成作品，然后再辅以光悦特有的书法和陶艺，整体的美感真是无人匹敌。光悦甚至还将京都鹰峰的手工艺人们集合起来成立了一个工艺村，那还是元和元年，也就是1615年的事，比1919年成立的德国包豪斯要早了三百多年。

　　据说光悦著名的《舟桥莳绘砚台盒》描绘的就是鹰峰的情景，那个有膨胀感的设计作品有着非常优秀的造型。此外，当然还不能忘了嵯峨本，光悦与京都画室的主人俵屋宗达一同创作了《和歌卷》并发行了各种各样的书刊，其中以《谣本》最为著名。此外还出版了《伊势物语》、《源氏物语》、《徒然草》等小说。用现在的话来说，他实践了视觉设计与美术设计的结合。

　　而琳派更好的地方在于他们并不夸耀这种美。他们的作品总是沉浸在一种典雅中，让人直想躺入那温柔的怀抱里。以圆将造型整体化，每个部分都有着弧线的圆润，这样的造型无论如何都不会有单薄的感觉。以画监绿色的山峦而闻名的宗达，不管是画鹿还是画象，基本也都在圆的感觉中，这些动物拥有琳派特有的可爱，让人忍俊不禁。

　　在琳派的构图方面，宗达自不必说了，他之后出现的光琳对图像的剪裁也非常出色。重要的中心内容会暗示性地出现在画面的角落，这是何等绝妙的剪裁。宗达《舞乐图》中的松树、《源氏物语》中的桥都是表现得正好，多一分即流于平庸，少一笔则不明就里，直剪裁到恰到好处的位置。

宗达活跃的年代大约是一百年前了，而那之后便是尾形光琳的时代。光琳和干山兄弟出生于雁金屋这个生产吴服的老店。光琳的《红白梅图》、《杜若》都是享有盛誉的名作，而《杜若》的来源竟然是《伊势物语》，这让我非常惊讶。

这幅图中，不要说业平，就连另一个重要的中心角色八桥都没有出现。画面中就只有花开绚烂的杜若花丛。它像电影一样，以一个场景表现了丰富的心理活动。

此外，在光琳留下的《光琳百图》手册中的造型，现在依然可以在餐厅的坐垫细节处或是馒头上看到。琳派被誉为"日本造型"的原型，真是一点都不为过。

[《太阳》 1993年8月号]

我眼中的仁清

以前，我对仁清 [译者注：野野村仁清，京烧彩绘陶器大家，他当时将名字按印在自己作品上的举措，代表着工匠艺术创作意识和主体性的觉醒，他善用金银与其他颜色搭配所呈现的大和绘风格] 那样的陶瓷作品从来是不感兴趣的，甚至可以说还有些讨厌。因为我对他的了解仅限于他是京烧 [译者注：京烧是日本陶瓷的一种] 的鼻祖，参观过的作品也不过是美术展上有限的几个茶碗和水指 [译者注：水指是茶席上储放清水的茶具]，以及美术全集上原色版的图片罢了。

我曾经以为仁清风格的金色或其他颜色的彩绘茶碗只是在日式点心店里喝茶时才用的整套茶具组，或者是只有那些穿着长袖和服去参加茶会的小姐们才会喜欢的东西。那时"仁清作品临摹"曾风靡一时，所有商场和店铺当中都会摆上那么一两件。这种习惯最能表现日本情趣中庸俗的一面。而那种庸俗恰恰又正是大众们追捧仁清风格彩绘作品的因素之一。那些彩绘陶器上的主题永远是雷打不动的烂漫樱花、常春藤、枫叶和秋草等，怎么看都像是俗气的京都特产，让我无论如何都喜欢不起来。

摄影家土门拳先生健在的时候曾经请我帮他制作一套以"日本的陶瓷"为主题的挂历。于是我第一次接触到了被称为仁清代表作的"雉鸡香炉"。那香炉由两部分组成，其中一个的造型是一只向正面冲来的蓝尾雉鸡。我先是一下子被雉鸡姿态设计的大胆震惊了，随后又在作品中感到一种被量感压倒的气氛。仁清使用了红、绿、蓝、黑等鲜亮色彩的对比，将雉鸡那瘆人的鸡冠和白色的尖锐的喙呈现在人们面前。那效果不仅反映出了东洋风格的美感，更能让人感受到一种近乎神秘的东西。

把写实的雉鸡形状设计成陶器香炉，这一非比寻常的创意在某种意义上已经脱离了日本风格，而且不久后仁清的这个作品还引领着江户文化迈向了成熟。不只是这件"雉鸡香炉"，仁清的很多作品都有着这样的迷人魅力。我想，如果没有这次的体验我是怎么也不可能跑去MOA美术馆看仁清的作品展吧，尽管那里聚集了众多的著名作品。

不管怎么说，这次参观的"野野村仁清展"着实非常精彩。虽然此前我也已经看过不少作品，但在真的踏入会场的一瞬间，我才立刻体会到了仁清的出色：这是一位多么具有专业水准的陶瓷艺术家啊！然而，我却曾在很长一段时间里都错误地以为野野村仁清只是单纯的彩绘作家。但事实上除了彩绘，仁清的其他作品也很精彩，他彻彻底底地掌握了日本陶瓷工艺的美感，不论天目釉、褐釉、濑户烧，还是信乐等制作技法他都了如指掌，从这一点来看，说他是京烧的鼻祖是恰如其分的。

还有彩绘的罐子，实物的美丽令人瞠目结舌。除了原本我就比较喜欢的罂粟茶叶罐、藤之茶叶罐那绝对的绚丽无比，还有吉野山的茶叶罐那运用了红色、金色和绿色，描绘出来的层峦叠嶂，也表现出了日本美的极致。我甚至感到日本美术的精髓更多的是体现在工艺美术方面，而非绘画上。如果将那略带微红的雅致白瓷质地上描画着艳丽图案的茶叶罐放到略显昏暗的茶室里欣赏，那将是怎样的一幅画面？光是想象一下都让人激动不已。仁清的作品就是这样一件一件地向世人传达着某种明确的思想，也正是这种思想触碰了我们的心弦。

野野村仁清本名清右卫门，出生在丹波市。他曾多次到濑户和京都三条的粟田口等地学习，并在洛西御室的仁和寺有了自己的窑。清右卫门取了仁和寺的"仁"字和清右卫门的"清"字组成了自己的新名字——仁清。那时像这样把陶工自己的名号印到陶器上的事情还是非常少见的。

当时陶工中拥有名号的还有长次郎、乐织部以及在鹰峰建设了工作室的本阿弥光悦。这些人的风格都极具个性，也许正是因为这个原因，他们作品涉及的领域以及艺术手法都比较狭窄。而到了仁清的时代，虽然也只是做茶艺陶器，但他却像现代的设计品牌一样不断扩展着作品的领域，完全是一派大都会的气息。仁清的工作就是不断回应人们对美的好奇心和欲望，这也预示着现代时代的来临。而把朝鲜的手作陶碗当作"侘茶"用具的简朴闲寂的千利休，与仁清相比则是处于另一个极端。利休的喜好，是在所谓的文艺复兴而开放的室町到桃山时代都不被认可的软性设计，但他用顽强的精神力坚守着这种设计美感。

当然，利休可以说是在"禅"的影响下以"闲寂"的视角判断美，而仁清的工作则更多是在向着现代化靠近。最明显的一点是他对技术的反复斟酌和对彩瓷色彩的研究，还有就是对于那些原本不可能成为器具花纹的题材他都敢于尝试。而且，仁清作品的多样性也是作为当时业界前辈的有田烧所不能比拟的。纸牌和毽球板造型的香盒、海螺贝壳造型的香炉……像这样大胆且自由的造型，在仁清之前绝对是日式陶瓷所没有的。

不仅在色绘和锦绘上，而且在"流釉"中对釉彩的流淌，甚至在一滴液体流下的过程把握上，他的作品都展现出一种别人无法仿效的都会洗练。从中我们仿佛可以看到他把陶器作为高级品的态度，和他对当时京都的工业所抱有的热情。

[《MOA美术》 1993年1月]

过剩包装

每年一到七月，纽约私立学校的学生们就都会涌到东京来。然而今年由于日元升值等原因就没有再继续。

从一九八五年开始，在我们日本设计师主持的夏季研讨会上就聚集了来自包括美国在内的世界各地的学生们。他们不顾日本酷暑的炎热，热心学习。有几次在研讨会的后半阶段，甚至还去了石川县的金泽，一边寄宿在当地人家里一边举行公开讨论会等活动。

他们，或者更确切地说是她们，因为女学生的数量很多，都是自己花了七千多美金才来到这里的，因此对于日本以及日本的视觉设计很是关心，不光是在表现的技术性问题方面，在想法的原点以及设计的社会性等方面也提出了很多尖锐的问题。

对我这样从战争年代走来的设计帅而言，当年驻日美军拿来的那些点心和香烟盒子、LP包装等美国式的视觉设计曾给了我很大的刺激，并且因而才选择了走上设计师这条道路。现在却在这些就仿佛从好莱坞电影里面走出来的金发学生们面前讲述自己的作品，心情真的非常复杂。学生们一方面感动于日本视觉设计的多样性，另一方面也认为日本的印刷物精巧、豪华到了没有必要的地步。特别是包装，在追求大量、均质、便利的美国式消费文明上，又增加了很多非常日本式的情绪过剩的设计。

　　每年到了中元以及岁末时节，我们的工作室里就会堆满了各种各样的礼物。工作室会有一个仪式，将礼物一起开封然后分给员工们。这时产生的垃圾量真是非常恐怖。既有为了防腐而做的包装，又有为了好看而做的设计。那些在东西取出之后就会被扔掉的纸张、塑料纸、泡沫塑料等数量惊人。那原本送礼物的美好用心，就这样被商业主义歪曲，变成了这种让人一看就觉得很豪华的表演，而实质上却更显现出内心的贫乏。

　　一个非常漂亮的瓶子，打开一看里面却只排列着几个用真空包装的泡菜，还有那些特意一个一个放入厚纸板箱的罐头，以及为了不那么快被扔掉而用金色或银色印刷的豪华外包装盒等，各式各样华丽的礼品外表包裹着内里的空虚，它们一点也传达不了送礼人的心意。虽然送食品的时候需要防止食物变质而做一些包装，可即使是这样也有点太过剩了。

　　比方说如果在商场买和式的点心，点心先是用塑料袋装起来，再被用薄薄的和纸包裹住，然后一个一个地贴上写着铭文的不干胶，再几个一组地用伞状的塑料袋包装起来，放到漂亮的纸箱里面去，用白色的和纸进行包裹，然后在上面贴上有祝福意义的纸条和彩条。而且，为了防止它变脏，还会在最外面又包上塑料纸进行保护。接着到了零售商那里，又会再用漂亮的包装纸进行包装、贴上标签，装到可以手提的塑料袋里交到客人手中。即使在欧洲最高级的商店里买东西应该也不会做到这个程度吧！而在日本，由于有和式的表演、西欧的贵族趣味，又混入了现代新材料的效用，就变得越来越升级了。

　　然而仔细考虑一下，那些头脑灵活的日本工厂以及商店老板不可能对这样的资源浪费熟视无睹。当然了，那些有心的商场也不会在浪费上浪费力气，而消费者也都是很聪明的。然而这三者却在大家默许的惰性推动下保持着一种均衡，企业和经营者所考虑的东西并没有传达到，而在社会的组织架构中，一切却依旧在进行着。

这样的事情并不仅限于包装。近年来的行业细分化使得大家都开始借用专业技术的力量，不管是生产方还是销售方都越来越远离生产和销售哲学，甚至于连企划、文化行为以及思想都交于其他公司代理。这种现象真是可悲可叹。

[《朝日新闻》 1990年7月]

待客的美学

推开那家名叫 "收音机"的酒吧大门，里面是一片安静。没有一般酒场里那些乱七八糟的人。随着厚重的胡桃木门静静合上，街上的噪音也消失了。不知道从哪个角落传来了克丽丝·康娜 [Chris Connor] 那富有磁性的声音，清晰地传入我的耳中。

有细微颜色差异的八块天然石头，排列成了格子状的台阶通向地下深处，在昏暗的灯光照射下，地面像是被露水浸润过一样有些潮湿。怀着对即将看到的空间的期待，一步一步地走下台阶，在这短短的时间和空间里，心里那种愉快的紧张感就跟要沿着飞石去茶室的心情是一样的。

台阶通向一个小小的舞池，下面有了橙色的灯光，以及客人们小声说话的声音，我终于感觉到这是一个喝酒的地方了。"欢迎光临"，店主尾崎浩司迎了出来，小声地跟我打着招呼。这个单间的酒吧已经几乎被坐满了，然而整个房间里完全没有醉鬼的喧嚣，每个人都优雅地喝着酒。

那些放在房间正面伊贺烧的大瓶子里的百合、玫瑰、紫罗兰、菖蒲等各种各样的初夏花朵，就像勃鲁盖尔 [Brueghel] 的绘画作品里展示的那样，华丽地舒展着枝干。这些应该是今天营业开始之前，尾崎浩司突然兴起插的花吧！新鲜植物的精气在房间里散发着浓郁的香味。

往左边看去，可以见到在柜台旁那个挂满了壁画的柜子上，从世界各地搜集来的酒瓶排列得整整齐齐毫无空隙，那些用主人的眼光精选出来的来自法国或者意大利等地的玻璃瓶，在精心的擦拭下展现出了宝石般闪烁的光华。

"收音机"内部空间的美丽之处并不是那种在高级俱乐部可以看到的豪华，也不是引用了维多利亚风格或者新艺术风格的西方模式，甚至于也不是那些流行的现代感和前卫的设计，应该说那是这间酒吧所独有的古典韵味。椅子和桌子都有着寺院般禁欲的感觉，摆放在用自然的材料构成的空间里。来到这里就像是到某个农家做客一样，有一种非常熟悉和怀念的感觉。然而另一方面，挑衅地挂在墙上的安迪·沃霍尔笔下艳丽的女人的嘴唇正在讽刺地微笑。可以看得出"收音机"这个酒吧的形式非常多元化，用另一个角度来看则是非常不统一。

既不是传统的也不是现代的，既不是欧洲风格也不是日本风格，虽然感觉是禁欲性的，然而却又不失华丽的表演，这真是一个拥有神奇魅力的酒吧。在这里主人的眼光随处可见，这种审美观和无微不至的考虑，以及享受人类的美时产生的至高无上的快乐，这些被一个个抽离出来，他们唯一的共同之处就是都存于这个空间里。总之尾崎浩司这个人就像是从前茶室的主人一样，拥有非常优秀的艺术指导力。

我所知道的"收音机"一直坚持着沉默寡言这一信条。也许因为尾崎浩司本人的性格就比较安静，一点也不喧嚣。既然主人是小声说话的，那么帮工们自然也会变得安静了，而客人也可以一边让心灵安静地休息，一边将装满了美丽颜色的鸡尾酒的名酒具放到嘴边品尝。

很早之前有一次，我一个客户的高层领导到了"收音机"里，在喝了酒以后就开始大声喧哗，结果被主人扔了出去。从那以后这个人只要一到"收音机"里去喝酒，就会立刻清醒。酒吧有两种类型，一种是和趣味相投的同伴一起使劲地喝酒，将束缚和压力全部赶跑，是可以下定决心放任自己的那种热闹酒吧；另外还有一种，就是大家带着当天的状态进来，然后慢慢放松下来并享受酒的乐趣的酒吧。"收音机"就是第二种，或者可以说是后者的典型。

大相扑中获胜的大力士会将得胜的欢喜压抑在体内，丝毫不展现任何笑容地向对手致礼，这就是日本人体内与生俱来的哲学。西方的运动员们会双手挥舞着快乐地大声叫喊，将夸耀胜利的喜悦展现无余，和西方人比起来日本大力士的胜利就多少有些曲折。而"收音机"也是这样为了不破坏美而用最善良的心创造了安静的环境。

尾崎浩司以他独特的感性选择了调度、器具、饮料食物、音乐等，然后用这一切营造出了"收音机"独特的空间设计，并且上演了完美的演出。

当然也会有人说这样的酒吧很无聊，尾崎浩司的审美感不管是在过去或是现在，不管是西方或是日本都以最高层次的美为目标，在考虑现在的兴趣的同时也会进行综合的尝试。然而"收音机"时时刻刻考虑不要影响到客人这一天的心境和品位，它展示了我们好不容易达到的"待客的美学"现在的位置。

第二章

一个人的创想之旅

设计师的工作，往往始于概念终于方法论，留下的是实实在在的作品而非个人印记。

设计师的工作其实是种不为人所知的幕后工作。即使在我亲手设计的商品或企业标志上，也并不会留有我的名字，一切都是在幕后默默地完成。

可我喜欢这幕后的工作。喜欢设计结束后那种终于完成任务的感觉。每当遇到为歌剧舞台做美术设计的案子，我都会在幕布揭开之前保持着高昂的兴奋心情，却在幕布拉开的那一瞬，面对观众的掌声突然感到很不好意思，匆匆地离场。

面对出版的工作也是如此。在完稿以前我总是紧张的，但到了出版纪念晚会时，便不喜欢了，直想早点离开会场找机会独处。之前准备时的万丈热情和兴奋已不觉地烟消云散。

如果我说"我喜欢漂亮地完成一项工作后，像侠士那样潇洒地离去"，那听起来可能会更帅气些。可惜其实我是懦弱羞涩的。

听说最近的年轻设计师们不太愿意做小型的志愿性工作。可是，我却很喜欢做。在我们这个年代的朋友们中，无论做音乐还是演戏剧，大都做过不少没有报酬的工作。做这种工作是轻松快乐的，就算没有做好，也算是帮上了忙。得益于此，如果碰巧遇上企业的工作，还可在其中大胆实验一番，而这对创想训练来说是再好不过的了。

在这些没有报酬帮忙完成的工作中，有的还成了我的代表作。大概因为我只需专心地去研究而无需太多顾虑，所以将自己的风格更直率地表现了出来吧。

那种在签订合同后宣布开始的大工程，即便是有"请按照您的喜好来就可以"的交代，却还是不可能做到。反倒那些不需太刻意重视的义务性工作，却可能成为意外的机会。

设计绝对不能变成痛苦的工作。如果感到痛苦的话，就会深陷困境而不可自拔，而一旦有被逼迫的感觉，就容易钻牛角尖。如果能一边哼着歌一边发想当然是最好的，做出的东西也会更有新鲜感。

话虽如此，现实中却不可能每次都哼着歌就完成工作。常有临近截稿日还是束手无策的情况。在这即将陷入痛苦的时刻，就要拿出决断的勇气来试着扭转局面。这种类似于"火灾现场的怪力"也会让人出人意料的。

设计师工作的原点是观察。观察世界，观察人类，观察文化。

我常对我的助手说，"无论怎样，先去多看看好的东西"。助手进入我的事务所满三年后，我就会让他一个人去海外旅行。不管是建筑还是绘画，尽可能多地接触真正好的实物，直到他们对自己所做的东西感到羞愧，并充分浸染了这些实物的气息后再回来。

如果从未尝过真正的美味，也就体会不出什么是难吃。而如果从未见过真正的美，那么自然也辨别不出丑。

只是，这样的旅行一定要一人独自完成，万万不可结成团队。因为如果不是一个人行走，是吸收不到有助于设计的养分的。而越是单独行动，才越有机会更多地与人和物接触。

越观察越会引发出新的兴趣，从而得到比较的能力。

有正确的观察，才能获得反思的能力。而对我们的设计工作来说，"具有反思的能力"是一件非常重要的事。

"反思"与"创想"是直接关联的，这是改变视点的源头，我们平时都是在有限的范围内活动，无论再怎样努力地奔跑，我们的脚也不可能离开地面。舒适和不舒适，孝顺和不孝顺，信赖和不信赖，在思考这两极对比之间的空间到底有多大的过程中，灵感往往就诞生了。

只有努力用心观察的人，才能源源不断地获得灵感。而依靠团队来获得创想几乎是不可能的，创新只能在一个人的脑中独立完成。所以海外的旅行，也只有单独一人前往才会有收获。

下面，我想一边回忆几个自己做过的项目，一边谈谈这"一个人的创想之旅"。科学万博，是1985年筑波万国博览会的主题会标，不擅比赛的我在1981年为其举办的设计竞赛中竟难得地胜出。我思考的出发点是，为什么世间几乎没有三角形的标志？那三角形对于标志世界而言不就是一个异类吗？而再进一步想，就科学与生俱来的知性与冷静而言，三角形也是极为合适的，而平行的两个环则象征着人类与科学的调和。虽然这个标志后来使用在许多目录和商品上，但就三角形这个形状而言，其实仍是很难运用的。

说到三角形，森英惠［HANAE MORI］［译者注：森英惠是第一位在巴黎高级成衣界立足的日本设计师，岛根县蝴蝶之乡的成长经历奠定了她对蝴蝶的特殊情愫和审美，并将其大量运用在设计中］

的蝴蝶形标志上也有三角形的翅膀。这个标志是1978年森英惠大厦竣工典礼的象征，是我为其海报和内部指示所做的设计 。蝴蝶是象征森英惠的重要主题。

那个时期的我，正着手于康定斯基的海报，便想到"如果是康定斯基，他会怎样处理蝴蝶？"于是我尝试将蝴蝶的曲线用直线去描绘。虽然把森英惠和康定斯基联系在一起实在没有一点理由，但康定斯基确实给了我意外的启示。

再如，我曾在为书籍做装帧设计而毫无头绪时，转而在展示设计的工作中得到了装帧的灵感。我也曾在阅读音乐评论时，试着将"音乐"二字替换成"设计"，从而发现全文即变成了对设计的评论，由此得到新鲜的感触。

我的手边常会同时进行各种流派风格完全不同的工作，从柔软到硬实的都有。各式各样的工作一起品尝起来，渐渐就不分彼此，每项工作之间的界线变得越来越淡。因此，原本毫无关系的A工作和B工作，有时就会意外地发生有趣的联系。蝴蝶与康定斯基的关系就类似于此吧。

越高水准的设计师，就越丰富地在脑中积累着这样的创想启示。

1988年奈良丝绸之路博览会的会标也是这样。丝绸之路是连接东西方文明的纽带。考虑到藤蔓状的白线纹样既可以在西洋的蔷薇葡萄藤中找到，又可以在日本藤蔓花纹中找到更纷繁的样式，我便以藤蔓为主题设计了这个会标。用相似的形状突出1988的"8"与丝绸silk中的"S"，再以上下沟通的漩涡状表现出连接东西方的纽带。

年轻的时候，创想常带着滋润的水汽闪闪发光而来，有时又恰好在内在意象上与时代主题相合拍。但是，这种本能的灵光一闪会随着年龄的增长而日益减弱。

到了这种时候，不妨将自己清空，沉浸到对方的要求和主题中去。当然这么做是以能够牢牢把握对方核心的观察力为大前提的。相比靠自己随机的灵光乍现，这种方式简直就像医生问诊，在详细了解了对方的要求和性格后，准确的做出"诊断"。而对我而言，标志设计的工作就是这种性格的产物。

我与西武流通集团，也就是现在的SAISON集团有联系，是因为担任该企业沟通战略的艺术指导。还记得最初的设计是从一种名叫SAISON的信用卡开始的。后来"SAISON"这个名称越来越响，渐渐升格，最后成为了集团的名字。所以当时由我在卡上设计的文字，如今已成为了集团的名称和logo的风格。这样的结果是好是坏，我也无法判断。而与其一开始就以整体CI的角度来设计，倒不如从一张卡片的轻松状态开始，这正是发挥了日常性工作的优势而获得的，其结果或许会很不错。

我与无印良品的关系也是这样。从义务的无报酬工作开始，却意外地成长起来而有了自己的身份。在开始的时候完全未曾设想过它的成长，只是单纯地将每一个设计都认认真真地做好。没有想到随着一件件的积累它逐渐成为了品牌，直至发展出今日这样成熟的CI系统。

与SAISON集团的接触让我意识到，无论是时代、企业，还是普通的人们，都在以耀眼的速度发展前行着。而这一切对我而言是何其巨大的收获，又是多么的目不暇接。

[《自觉人》 1987年9月]

玻璃窗边的版面设计

淅淅沥沥的雨不知何时停了下来，天空逐渐恢复明亮。一束阳光从云层散开的细微缝隙中射下，照射到湖面上。我看着嬉戏于银色波纹上的橙光，感觉午后的天气就要有好戏来临。

为了享受期待已久的休假，我带着尚未完成的 "从设计工作台开始"的文稿来到了这山中的小屋。看着窗外树木发出的嫩绿新芽，感觉春天终于到访了！可正想到这里，山里的景象就开始变化，无法琢磨的白色云雾流动起来，转眼之间湖和树就消失在了白色的轻纱中，只留下一面隔离了室内与室外的乳白色窗户作为唯一的风景。山里的气候就是这样瞬息万变。

我偶尔会来到这个山庄将这里的窗户用于工作，而这个玻璃窗作为一个直立的透光看板来用真是再好不过。因为编辑设计的工作总是需要使用大量的胶片，所以才想到了这个方法。回想黑白胶片年代的做法，是将照片和图版在地板上铺满，然后在这一大片的页面中像小孩子玩游戏那样绕来绕去来进行版面编排，同时确定书的整体架构与顺序。但随着彩色底片的发展与四色印刷分页的增加，这种方法到了今天正片胶片的时代就不再适用了。我自己有两台内部装有日光灯的看板，但如果碰到4英寸×5英寸的胶片，一次顶多就只能看十页而已。

十九世纪七十年代，我受东京插画家俱乐部的委托，每年为《日本插画年鉴》做编辑设计。有一天，我偶然想到可以把胶片贴在玻璃窗上，于是便拜托出版社去预订拥有最大玻璃窗的酒店以进行编辑工作。

结果竟意外地发现，这样一来可以一次看到百页左右的图版，可说是效果惊人。而且参与的人数越多，就越显出这种方法的好处。编辑、摄影师、版面设计助手、出版社等，大家可以一同来到窗边展开讨论。因为可以同时对印厂、尺寸、单色页组合、印刷顺序等事项进行确认，所以我也会在那个时候出现在现场。

由于编辑的内容是插画年鉴，所以当需要确认评选结果时，甚至还会邀请评委委员们来到酒店。而执笔人有时也会前来参加，因为看到整个项目的全貌更便于他对整体内容进行把握。所以很多时候，每年的整体概念就在这种场合中定下了。由于每翻出一页胶片就贴到半透明的绘图纸上，所以页数的替换也非常方便，只要考虑好了，就会直接把页码贴上去。

除此之外，这么做还有另一个好处，那是由太阳带来的。在窗边观看胶片要依赖于天然光线，所以每当太阳下山，胶片就失去了色彩，当天的工作也就此结束，我们便迎来了欢乐的晚餐时间。这样如农夫般度过健康的一天是很有满足感的，与围着灯光看板熬至深夜的一天相比，效率当然要高得多了。

自从发现了这种在窗边进行版面设计的方法后，我做出了多少本书呢？连我自己也记不清了，应该不下百本吧！

从JAGDA年鉴、ADC年鉴、插画年鉴，到原弘、龟仓雄策、早川良雄及其他前辈，再到已故的伊坂芳太郎、粟辻博等友人的作品集，还有*JANPAN STYLE*、*JAPAN COLOUR*、*JAPAN DESIGN*、由马自达出版的*THE COMPACT CULTURE*等六册英文文化丛书、SAISON的感性时代、无印良品的书籍等，每一部都留下了美好的回忆。而这一切都诞生于这玻璃窗边原始而愉快的工作过程。

望向窗外，西边的青空已从云雾中透露出清澈的一角，并渐渐地向左右展开，隐藏数日不见的富士山慢慢显露出来。大雪后的富士山今天看上去格外威严，而山上的风景又再度回归到窗户中。

现在摆放在我桌上的，是去年去世的第十七代中村堪三郎的，由讲谈社出版的追悼写真集、在福冈完成的*Hotel*〔六耀社〕、凸版印刷社企划的《日本百张海报1945－1989》、筱山纪信拍摄的现代舞者*Akiko Kanda*〔和木下腾弘合力之作〕、森下茂行持续拍摄了十年以上的英国*National Trust*〔骏骏堂出版〕等书的设计案。如果案子超过这个数量，我的头脑就会混乱，所以限定自己一年只做五本左右。但是最费心的莫过于被熟人或朋友们拜托而难以拒绝。编辑设计的工作不但费用偏低，更需要花上大量的时间来完成，所以我只会选择那些让我产生兴趣的好题材来投入。

中村堪三郎是我最喜爱的演员之一，无论女形、立役、若众、老方、三枚目，任何角色他都演绎自如，无人能及。他的演出得到大家的公认，只要有他出场，我就能感受到歌舞伎自江户、明治、昭和年代流传至今的风韵。

他算不上是美男子，但演美男子的时候却就是有美男子的魅力。而演绎女形时，虽然以男子的体格，却能完美地呈现出古典江户女性的风姿。与如今受欢迎的女形所表现的温柔美感不同，他的演绎别具风味。

出版社最初和我联系中村堪三郎追悼写真集的编辑事宜的时候，我正处于忙碌时期，所以就将它搁置在一边。但是一着手开始这项工作，我就感觉很有意思。特别是从别册中大正五年的初次登台开始，直到昭和结束为止，这七十年之间的年表，从史料角度看，俨然一部昭和歌舞伎史。于是我对这项工作的兴趣就越发浓厚而不可自拔了。

这本书由资料集和舞台影集两个分册构成。但是由于一些条件的制约，由福田尚武所拍摄的近几年的照片并不全面，数量也比想象中要少得多。记得以前我参与由筱山纪信拍摄，一九七九年由讲谈社出版，一九八八年由朝日新闻社出版的坂东玉三郎的两本书的发行时，照片品质和数量都多得让人难以取舍。而老实说这次的情况却完全相反，所以编辑设计时不得不花费了更多的心力。不过不管怎样，书还是要以题材为第一位的，而再好的设计似乎也无法将平庸的书变为一级品。

[《皮卡比亚》 1990年8月 六耀社]

三宅一生、高田贤三、森英惠

这是一个格外炎热的夏天。就在八月即将结束的时候，定居在巴黎的朋友安齐敦子和记者增井和子一起来到了我这里。他们是为九月一日高田贤三 [译者注：高田贤三，Kenzo品牌的创始人，他将东方的沉静与拉丁的热烈完美熔于一炉，善用出其不意的色彩和缤纷的花朵图案创造独特效果] 的展览目录册而前来帮忙的。

展览会场是位于有乐町西武的ART FORMUM ，那正是我日常负责的工作。海报、招牌等无一不需要进行设计。而目录册的编辑工作就需要其他力量的支援了。况且目录册的内容主要是纪念高田贤三三十年的设计生涯，需要将他的所有设计精华都总结到一本八十页B4大小的精装册里去。而我实在抽不出时间再去做这些工作了。

今年八月所有印刷厂、制版厂、装订厂都会放暑假，我估算了一下，如果预留出装订、印刷、制版、排字等这些流程的时间，我自己的设计时间就相当于零了。所以以个人经验来看，这些工作是不可能完成的。但这既是法国大革命二百周年纪念展，又是高田贤三许久未曾举办的回乡展，所以面对安齐热烈兴奋的表情，我想，如果此时我拒绝了她的帮助，估计再没有别人会愿意承接时间如此紧迫的工作了。

编辑与海报不同，如果不是每一页细心地检查，很可能会导致巨大的差错。照片、插画、文字，这些素材必须全部掌握才能着手去做。随后还有设计构架、页面组织、版面设计、交稿说明、文字校对、色彩校正和进度设定等，这些日程会排得满满当当，这个夏天看来已经完全没有假期可言了。

然而，安齐敦子对我的恩惠却马上使这些事情显得微不足道起来。记得去年在巴黎的广告美术馆筹备个展时，安齐给了我很大的帮助，从测量会场，到展览举行，直到闭馆撤展，方方面面都为我出了不少的主意。她还从塞纳河租来了小船，用香槟、手风琴和勒诺特的佳肴为我开场。也许我的助手们也对这些事情有所了解吧，他们个个放弃了休假，兴致高昂地出现在工作现场。

然而更重要的是，这个目录册的素材准备得出奇的好，不愧是安齐从春天就斟酌构思的东西。有四谷SIMON的模特人偶、女摄影家玛丽安娜·丘梅朵夫 [Marianne

Chemetov〕充满情感的作品，还有由一些工匠掌握着的巴黎现存的黑白相纸着色技术，和能画出照片背景的舞台美术背景画家等。果然都是出自巴黎的构思，这其中的热情震撼了我们的心灵。

安齐敦子是1960年后半期定居巴黎的，她和当时并不知名的高田贤三早在创办"Jungle Jap"小型女装店时就成为了朋友，所以这个展览对她来说也承载着在巴黎多年的生活记忆。

幸运的是，我们得到了印刷人员默契的配合，仅仅用了二十七天的时间就完成了精装本的目录册，不愧是日本的效率！在九月一日开展之前完成了这些工作，真可以说是一个奇迹。

其实，让这个夏天火热起来的还不只高田贤三一人，在我的办公桌上，还摆放着另外两样重要的东西。

其中之一，是森英惠的作品集 *HANAE MORI 1960 - 1989*。这本书是我从四月起开始筹备并预备在九月十日出版的，于是它也在这个夏天进入了最后的阶段。现在，英国的斯诺顿勋爵〔Lord Snowdon〕、法国的盖·伯丁〔Guy Bourdin〕、美国的理查德·阿维顿〔Richard Avedon〕、希洛〔Hiro〕，再加上日本的横须贺功光、小暮徹等，这些杰出摄影家们的独特摄影作品，已摆满了我的办公桌。

从森英惠在日本创造时尚开始，到她成为世界的"英惠·森"为止，将这四十年来的历程浓缩到一本六十页的彩色图解年表中，是一件很有难度的工作。从1968年我和成岛东一郎、奈良原一高共同参与制作电影《森英惠的世界》开始，到之后森英惠纽约女装店设立、表参道 HANAE MORI 大厦的建造等，在这些过程中我都曾与森英惠有过长久的交流，所以在这次总结她经历的过程中，每一页都让我有很多的感触。

另一样重要的东西，则是一本叫做*ISSEY MIYAKE BY PENN*的册子。欧文·佩恩从1986年开始持续地拍摄三宅一生，作为摄影师，他从1940年起就开始为*Bazaar*、*Vogue*等时尚杂志提供优秀的摄影作品，那些作品曾经感动了我们很多人，但他几乎从来没有做过广告摄影这样的工作。然而他却为三宅一生每期、每年地拍摄这样的照片，应该是对三宅的工作产生了相当的共鸣吧。这个系列的工作我是从海报开始接触的，到现在已是第五次。只是海报缺乏保存价值和资料价值，所以这次三宅一生先生决定改用册子的形式。而且这次又恰好是他第二次获得每日时尚大赏，因而在褶皱"PLEATS PLEASE"系列中，充满了无以复制的"三宅一生样式"的独特之美。

总而言之，时尚界的人物总是有着强烈的个性，而且他们每个人都是著名的艺术总监，所以在方方面面我都需要特别谨慎用心。这也使得这次的工作状态与平常很不同，我仿佛只是在纸上将他们脑中已形成的意象具体化而已，这让我难免产生了在给他们帮忙的感觉。然而，为这三位顶级的时尚设计师做编辑与设计的工作，却使1989年的这个夏天变得如此令人难忘。

[《皮卡比亚》 1989年12月 六耀社]

平面艺术的时间

此时，我的书桌上被彩纸、画稿、素描等东西满满地堆积着，已经完全见不到空白了。

在剪下的红色、绿色、粉色色纸的空隙间，依稀可见一个平面设计师日常工作的片断。画满了商标、标志或海报等概念的草图，编辑进度表、设计比赛资料、画廊企划书、剧场剧本、国外出差日程等，还有出版纪念会、颁奖礼、展览会的邀请函等。如此繁多的东西我实在没法整理，任其在我的书桌上乱成一团。

虽然我也觉得太忙不好，但是好像每年还是会进入这样的状态。为什么在工作日最少的一二月份，我又要答应举办平面艺术个展的事呢？每当看到混乱的书桌，我就对此无比地后悔起来。

在展览的邀请函上，我写上了"平面艺术可以让被设计污染了的头脑变得清明"这句评语。但说实话，当桌上摊着如此多的设计作业和其他琐事时，脑袋是不可能一片清明的。

设计这种工作，思考方向常会因来自雇主不到几分钟的电话而完全改变。即便是在上次的碰面中确定的很缜密的概念，也会因对方小小的联络错误、定位错误，或是内容变更而脆弱地完全崩溃。

好不容易完成的创意和造型在一瞬间就变得毫无用处，这种遗憾可能不做平面设计师的人是不会明白的。

特别是近几年，为了更好地实现目的，图形处理师，插画师和字体处理师通常会组成团队来进行协作。所以遇到这种路线变更的时候，光是将层层堆叠的意见在各方间进行统一，就要耗费很多心力。

我的工作台上，这几年总是同时进行着十个或二十个项目，所以并不是每一个都会平安无事地直达目标。

内容的判断是否贴切，制作的东西是否美丽，是否具有说服人心的力量，完成截止日、生产合理性等事项的检查和评分，使我的脑袋不得停歇。

如此紧张的日常工作真的会有结束的一天吗？也许清空头脑终究只会是个愿望，就像是一直努力靠近却永远无法到达的绿洲吧。

话说回来，既然每天都如此紧张，那为什么还要从事平面艺术呢？答案只有一个：平日里的设计工作首先要考虑的是普遍性审美，平面艺术却可以释放我身体里被一直压制着的个性审美。

　　我从1960年开始在位于大阪船厂的今桥画廊设计版画类的东西。今天与白画廊的关系就是自那时起建立的。而和白画廊的主人岛山也是在那个时期结识的。他还在今桥画廊的时候，就帮我企划过不赚钱的版画、海报、陶器等个人展。不记得是什么时候的事了，岛山独自开办了如今位于老松町的白画廊，为了表示庆贺，我也和大家一样拿出作品来展览，并约定每隔两年就举办一次这样的个展。

　　这次的个展其实是前年就预定了要举办的。只是由于洛杉矶和巴黎的设计展接踵而至所以延期了好几次。所以今年我觉得无论如何都要遵守约定了。

　　这样写就仿佛我很喜欢开个展一样。但是事实上即使撇开作品的创作不谈，光是面对画廊这种空间我都会觉得很不适应。先把作品在墙上挂好，然后自己坐到室内角落的沙发上，小口小口地喝着已经冷掉的茶，一边等着进场的客人，这种有些悲凉的感觉我可不喜欢。

　　设计是要全面考虑目的与功能的，所以做出的解决办法通常很客观，这也使个人的本质得以隐蔽起来。但是绘画和版画就不同了，挂在那感觉就像赤裸裸地接受别人参观，会感受到强烈的羞耻心。个人和才能都无处躲藏，这很让人羞愧。

　　特别是每当接触到非专业者那纯真的视线或提问时，都会感到全身发热般的害羞。所以在展览中我尽量不在人前出现，即使偶尔在场也会装作参观者般冷笑着观看，仿佛那是别人的作品。

　　话虽如此，我的平面艺术个展也已经有过十几次了。如果加上小川正隆策划的东京中央美术馆的五人展，这次正好是第十六次。

　　以往，我加入印数编号的作品基本都是使用丝网印刷的。这是自日宣美展以来在齐藤久寿雄的印刷厂养成的习惯，因为一直以来我对版画和印刷的要求都非常严苛。但是自从五年前老板去世后，我就改为拜托其他印厂来做丝网印刷，但效果总是差强人意。所以这次就干脆下决心用胶版印制，因为纸张正好是B1大小，所以这次也可以说是海报印制的习作。因为我的坚持，这次给大日本印刷的小野、田岛，凸版印刷的小岛和植田提出了比较困难的订单，给他们增添了不少麻烦。如果平面艺术是非做到这般不可的，干脆直接做成海报好了，可一旦变成设计就不能这样做了。这可能是我本身的弱点吧。 [《皮卡比亚》 1990年6月 六耀社]

书桌上的三个商标

从去年秋天到今年夏天，一直陪伴在我书桌上的，是三个商标。它们分别是Sezon美术馆的SMA、东陶机器新展示厅中使用的Toto，以及在福冈中洲开业的酒店IL PALAZZO。

然而，最大的问题并不在书桌上，而是在书桌之外。就在这个夏天，我不得不考虑对工作室进行再次装修。这个被粗暴地使用了十三年的房间早已经伤痕累累，以至连地板都逃脱不了重装的命运。而如果更换地板的话，就意味着地板上所有的东西都要被清空。这简直是和搬家一样浩大的工程了。

事实上，装修房间比搬家还要麻烦。如果只是搬家，那么预备好目的地，将行李搬过去即可。装修却意味着要把那些挪走的行李再度搬回来，因此需要折腾两次。虽然力气活可以让年轻人来干，可一想到要去处理行李搬运这么多复杂的东西，我便不觉地有些心力交瘁了。

原本计划装修要在暑假的两周内完成，最后却发现这短短的时间着实是不够的。数十年的工作资料需要被逐一清理，各种各样的收纳物乱作一团，简直叫人无从下手。这么巨大的工作量真是要压得我喘不过气来了。

西武美术馆原本是位于池袋的西武百货商场的十二楼，现在就要移到商场大楼的左侧去了。那里过去是个运动馆。然而这不是一次简单的搬迁，美术馆自此将从百货商场的各种纷繁的庆祝活动中解脱出来而获得一个名副其实的存在。它被赋予了一个新的名字："Sezon美术馆"。

今年九月，在原址拆除之前，美术馆举办了一个小型的纪念派对。想想从1975年西武美术馆成立至今，不知不觉已有十五个年头。从最初的"日本现代美术的展望"，到收尾的"尼日利亚贝宁王国美术展"，美术馆一共举办了一百七十多场展览和展出。

西武美术馆原来的场馆虽然不是一个独立的建筑，却由于汇聚了从世界各国收集来的充满了历史气息的名家经典及艺术力作，而散发出只有在西欧老剧场及美术馆中才可以感受得到的浓密灵气。时间的记忆散落在美术馆中的各个角落，使它到处都弥漫着不同寻常的味道。

从美术馆开馆到1986年的十一年中，我着手制作了包括美术馆庆典海报在内的众多海报。三年前，银座开办了Sezon剧场。同时为美术馆和剧场做设计的我感到有些力不从心，因此从1987年1月的"第三十届安井奖展"起，我将美术馆的工作转交给松永真负责。

然而，闭馆派对时会场正面的白色立柱、代表着展览会根基的长长的玻璃墙、与理直德·阿维顿一起的合影留念、Alman为我赠予他木制的书法作品而喜出望外的神情、作为东京ADC总动员召开的"媒体艺术展"、石原泰博的"曼陀兰展"、三宅一生的展览以及1987年我自己的个人展览，这一切的一切都像闪回的电影镜头一般，深深地印刻在我的脑海中了。

我书桌上的"SMA"的商标，正是新美术馆"Sezon Museum Of Art"的简称。据说是为了效仿纽约的MOMA，以及洛杉矶的MOCA这些称谓，才取了SMA这样的名字。事实上，这个商标最初由松永真着手设计，并且已经投入了实施。然而到了校对印刷的阶段，却突然发生了变故。SAISON变成了SEZON，而且需要使用与SEZON集团相同的字体。由于我曾经设计过SAISON的商标，因此马上被找来着手商标的修改工作。

想来是很同情松永君的，整个七八月份都在做这些事情。而我自己也要在距美术馆开业仅余近十天的日子里，完成商标的制作，以及运营所必需的印刷品、外部标志以及开幕仪式等相关工作。可想而知，我为此忙得不可开交。

九月的初秋，工作有如被迅猛点燃的急火，与炎热难耐的天气搅合在了一起。在刚刚装修过的工作间里，我埋头于堆积如山的纸箱中，忙得几乎和人说不上一句话。

所要做的还不只是这些。今年秋天在福冈的中洲，由内田繁企划，从内部装修到外部建筑被统称作是"太阳伞下的酒店"开业了。虽然只是个中等规模的酒店，工作人员却都不可小窥。奥多·罗西 [Aldo Rossi] 外加内田繁和三桥行代负责酒店的室内装修，建筑物左右两侧的酒吧则由米兰的埃托·索特萨斯 [译者注：索特萨斯当属意大利国宝级设计师，他早年为奥利维蒂公司设计过一系列经典作品，他在1980年代创办的孟菲斯设计公司颠覆了现代设计的单调形象，将通俗文化引入设计，是后现代设计风格的代表]和日本的仓吴史明各自完成。以上这些还仅仅是建筑方面，事实上不管是绘画还是音乐，酒店都有完美的策划，企划中甚至还包括了巴塞罗那的设计师参与。即便是在东京，这也称得上是一个史无前例的国际性项目了。

11月20日公布的"TOTO SUPER SPACE"的商标，之前也一直放在我的书桌上。位于新宿西口的新高层大厦的第二十六、二十七层被打通后，便有了前面所说的超级秀场。

秀场的室内设计是由大师级人物杉本贵志完成的。除了我和杉本君外，还有黑川雅之、安藤忠雄、川上元美等人加入到公司设计委员会的队伍中来。从项目开始到现在已有整整五年的时间，我们的想法逐渐在其中变成了现实。这个秀场虽说只迈出了第一步，然而环顾会场，已经可以让人真切地感受到——日本人真的富起来了。

[《皮卡比亚》 1990年2月 六耀社]

年历的变迁

每到年末，我都会收到来自四面八方的各式年历。通常我都会边看边想"这个有点意思"，"那个也不错"，"这个可以留下以后做参考"……眼看着桌上的年历渐渐地堆成了小山，连工作都没办法做了。其实如果只是当年历来用，顶多也就需要两三本，所以每次到了最后我还要想办法把其他的年历送给别人。

近年来，年历的佳作多是那种每月一页共十二页组成的样式。这些年历上的公司名称和商品名称已经做得越来越小，不再有那种明显的广告感，所以作为新年或是圣诞的新颖礼物都很不错。

以前的年历，大多是印着女演员手举玻璃杯，甜美微笑地夸赞商品的样式。而现在，这种宣传痕迹浓重的年历已经销声匿迹了。

再有就是以往那些印着商品照片或插画，且浓妆艳抹的年历也越来越少了。特别是今年，所有的年历都十分素雅，似乎一种理智的构思渐渐开始成为主流。

以西方名画来说，比起雷诺阿 [Renoir]、玛丽·洛朗桑 [Marie Laurencin] 等有名的画家，保罗·塞尚 [Paul Cezanne]、康定斯基 [Wassily Kandinsky]、本·尼科尔森 [Ben Nicholson] 等这些以往并不特别受大众欢迎的艺术家们，最近也开始浮出水面。

名家的笔迹也是其中题材之一。去年和今年连续两年获得全国年历展最高奖项的"MISAWA之家"，就是以舒伯特和贝多芬的乐谱中提取出的亲笔数字制作。

今年也是如此，他们选择了近松左卫门和光琳等人的和风数字来制作年历。这种类似智能型犯罪的构思，也是在最近出现的。

与单纯的提高公司与产品的知名度不同，这种方式是通过体现企业的知性水准和文化内涵来使公司的形象得到提升。

总的来说，年历的表现手法已不再是原来的海报风格，而是更接近于书籍式的构思了。一方面内容更具文化性与知性，一方面表现手法却更为内敛。华丽和直接的设计，连同新油画风格的绚烂插画，已经不知从何时起悄悄地退出了历史的舞台。

如今的年历色调舒缓、画面小巧，使用的多是素色的正统字体。这种品质优良、成熟感性的年历渐渐成为了人们的新宠，年历的角色也从室内的装饰重点，转而成为不会干扰空间的安静物件。

这样一来，纸面上信息的活性就减弱了，反而纸张的质感被凸显了出来。随着近年来制版精度的提高，可以使用的纸张种类是越来越多了。与从前常用的光亮铜版纸相比，现在的人们更喜欢使用带着肌理感的哑光纸张。这种纸虽然在显色和再现上的表现稍差一些，但是那种给人以沉静感的纸面还是很受青睐。

近年来纸张的种类不断地增长，光是每周送来的纸样就多得让人根本无法记住。这样一来，做设计的时候倒是不必为原材料发愁，可是真正使用起来会发现它们非常类似，所以总感到缺少了个性。

也有的年历，在上等的铜版纸上又附上一张用不同类型的纸印好的复制画，感觉就像是从前原色版时代的"张贴"工艺被复活了。还有一些大型年历采用了起凸、压印、烫金等工艺，使得品质感得到提升。这一切都显示着，年历正在从以往对纸面信息的强调，向着追求纸张的质感与存在感的方向发展了。

从这个变化中我发现，其实年历已经从宣传品的领域跨入了产品的范畴。当日本人的生活逐步迈向更加成熟的方向，各种物品的高级感也都被相应地提升了。可是另一方面，当我置身于那挂有赏心悦目的年历的优雅环境中时，也同时感到创造和表现中那疯狂的一面已渐渐流失。

在长篇大论了年历的话题后，再来谈自己的年历作品让我感到有些不好意思。从1972年起，我开始为MORISAWA排字公司制作年历，这也是我在年历设计方面合作最久的一家公司。当时还是海外信息匮乏的时代，所以我们选择了一些设计师们在国外旅行时以设计的视角拍摄的与文字有关的照片。

1974年到1984年，随着日本插图画家们的加入，我以现代诗和摇篮曲等为题材，制作了书法式的年历。1983年，身处纽约的我在山崎英介的引领下有幸看到了SOHO区的涂鸦，并立刻被它们深深地打动了。次月，我就在得到社长的首肯后，带上摄影师畠山崇再次回到纽约拍摄。而那完美的涂鸦在第二年就从街道上消失了，所以我们拍摄的照片现在都成了珍贵的资料。

然而，如何把这一系列继续发展下去却成了一个难题。因为无论多么有趣的东西，如果只有一两次暂时的计划，肯定是不成气候的。

语言学家矢岛文夫教授建议我做一个世界"文字博物馆"。于是第二年，我去了埃及的路克索［Luxor］。之后，1986年是希腊，1987年是韩国，1988年是以色列的耶路撒冷，1989年是印度。1990年，我决定以意大利的伊特鲁利亚文字为主题。这项工作需要得到博物馆的许可，所以要以相当的耐力去完成。不仅如此，在酷热的夏天到偏远的地区工作，一定会经受身体及语言等多方面的考验。好在从1988年开始摄影师换成了广川泰士，这让我感觉仿佛被注入了力量般振奋起来。

今后，还将会有阿拉伯文字、叙利亚文字、中国汉字等更多的挑战等待着我。MORISAWA公司也把这作为一项大事业特意为我做出了预算。我想至少在未来的五年内，这都会是我的一项重要工作。

［《皮卡比亚》 1990年4月 六耀社］

店铺设计

今年入春以来，我就一直沉浸在店铺设计和视觉策划的工作中。除了制作海报与设计书籍，我其余的全部时间基本都被桌上的设计图和模型占据了。

两年前，Loft的第一家店铺在东京开张。先是由建筑学家菊竹清训带领大阪的Loft设计智囊团进行了为期六个月的研究，紧接着在之后到来的夏天，我们便带着安全帽频繁地穿梭于迷宫般的工作现场。因为Loft的理念非常清晰，所以在设计构思方面完全不会像施工现场这样让人感到迷乱。

众所周知，Loft是以新潮而丰富的货品著称的，它拥有近二十万种日用杂货。所以自1987年初创以来，很快就成为了东京的知名店铺。据关西的一些报纸报道，这次的Loft大阪梅田店，在开店第一天就迎来了五万多名顾客，这使得我也不由地开始对年轻人的"限量商品"抱有浓厚的兴趣了。

Loft店铺带给人的，是如"城市超市"般的功能美，它很好地体现出"合理性至上"的原则。装饰性的物品被撕下，露出了建筑材料的本来面目。而在这样一个纯粹而功能性的空间里，又如何能展现出其中的"乐趣"？这正是这次策划需要解答的。涩谷店的墙壁全部都是钢筋混凝土原本的面貌，这当然不是最初的设计，而是在经过多次商讨之后最终作出的决定：将建筑材料原原本本地表现出来，回归自然。我们告诉施工单位，墙壁涂抹了混凝土后就可以收工了，现场的工人们听后非常吃惊和抵触。

而事实上，裸露着管线的天花板有着抽象画般的形式，粗糙的混凝土墙也拥有漂亮的纹路和质地，它们是相当具有Loft感觉的。店铺的货架满满当当地向着天花板伸展而上，就连库存的商品也成了组成空间的重要角色。可以说Loft的这一设计和那些做作的百货商店装潢完全相左，它将原来绝不会示人的仓库几乎完全地展现在人们面前。

而在视觉策划上也是一样，它一反目前流行的后现代主义中间色，果断地使用了被百货商店和零售业视为禁忌的"铬黄"，更大胆地运用"大红"等醒目的原色。在散发着野性美的原材料空间中，这鲜明锐利的黄色发挥出了生动的作用，立刻显现了现代主义的氛围。

在另一个方面，札幌五番馆的西武百货则呈现出与Loft相左的特质。这个由坂仓建筑研究所的布川俊次设计的建筑物，仿佛温暖地抒写着乡愁。还记得1981年在函馆进行西武百货工作的时候，我曾和布川先生有过一次激烈的探讨，至今仍难以忘怀。无论如何，五番馆西武百货的成功，都要归功于在这座北海道开拓时代就极为著名的历史性百货商店中使用了同样历史悠久的野幌砖。

在改造原有大楼的同时，这个项目还要隔街再建一座新馆，似乎担负着某种城区再开发的使命。而得知这个地方将有一座象征札幌文化的红砖建筑被复原，市民们的关注度就格外地高涨起来。

我在五番馆的工作中虽只是个顾问，但也需要至少出差去札幌的现场三次以上。而要是在以前，我通常会每周出差一次且当天返回。

由于我一次又一次地在现场出现，当时西友的开发官员就对我开玩笑地说："您也很喜欢这个建筑啊！"其实我倒不是因为喜欢才去现场，而是因为在那里可以即刻地出主意、提建议，这也是我的职责所在。特别是对于施工方面的错误，如果不及时纠正，工程就会向错误的方向一直推进下去。建筑不像平面设计那样有初稿可以试验，而是一旦建成就会直矗立在那里，直至被拆毁。这一点，相当可怕。

然而随着建筑物一点一点地成型，街道也跟着渐渐变化了模样，我们仿佛在地面上构建了一个热闹的世界。这个过程实在是让人充满期待与欣喜。或许我原本就喜欢这种处于幕后施工中的感觉吧。

越是临近开张日期，负责人和新店长的脸上就越发显现出紧张的表情。话题性、客流量、销售额，还有更重要的是在吉日当天平安无事地顺利开业，这些都是当事者由衷的愿望。

真到了开业的当天，之前的喧嚣仿佛立刻就变得从未发生过一样。现场灯火通明、花团锦簇、气球飞舞，还摆出了用白色的桌布点缀着的热闹筵席。随后便是市长等各界名人千篇一律的致辞，就这样，曾经让我如此兴奋和疼爱的地方一夜之间仿佛变成了别人的东西。我感觉到自己已很难再踏入一步，仿佛有那么一条界限横在了我的面前，虽然肉眼看不到，但只要我一不留神触碰到它，就会感觉自己像小偷一般。

一种空虚夹杂着满足和疲劳，就在这难以言表的心境中，我离开了这座城市，渐渐远离了那隆重典礼上的掌声。就像戏剧大幕落下的时候，曾经的主人公消失在茫茫人海之中，进入一个流浪的世界。

回想那时在西友、西武的时候，我曾与那些负责建筑、室内、照明、装饰和宣传的设计者们一起组成团队，互相帮助地提高着创作意识并为工作服务，感觉大家的关系仿佛就如同班同学一般。

我与SEASON集团的合作自1975年西武美术馆建成、西武百货商店第九次装修以来，已经持续了十七年。前几天我回顾了一下，发现光是大型的项目我们就做了四十五个，这个数字连我自己都感到吃惊。就算一个项目平均去八次，那么我也已经戴着安全帽在现场徘徊了不下三百六十次了。

这其中的每一个项目都给我留下了难以忘怀的工作经历，但如果一旦有人问我做了些什么，我却无论如何也无法明确地告诉人家哪些是我个人的作品。因为建筑、室内、照明、招牌、宣传、装饰等方方面面都是由不同的工作人员完成的，而我则是横向地在其中推动大家将各自的实力充分发挥出来。把这叫做"指挥者"固然很威风，但在若干年的兴奋过后，却会空虚地意识到其实自己也只是一个做策划的工作者而已！

[《皮卡比亚》 1990年10月 原题为《环境设计》 六耀社]

从平面艺术的"植物园"说起

在我的平面艺术"植物园"里，并没有写生般的绘画作品。我只是在其中想象出花朵应有的姿态，和可能发生在这些姿态上的事情。这就像是日常体验的拼贴，或是孩子们享受剪切画的乐趣一样，两者本质上并没有区别。

百合花　百合在花蕾的时候是最美的。大朵的铁炮百合在变为白色之前那带着淡淡青色的状态，正是最饱含力量的时候。到了花开时，厚重的花瓣绽放，沾满黄色花粉的雄蕊便探出脑袋，释放出与茉莉花相似的强烈花香。与其说是日本的味道，不如说更像是热带雨林中那带着甜甜感官享受的香味。

正月里，我收到一些来自北海道的食用的百合根，吃后还剩下三个。刚入春，百合根的上部就突然凸起，并且发出了嫩芽，我立即紧张地将它们移栽到花盆里。春天以后，如针叶般的嫩芽开始陆续探出头来，看上去就像是绿色的针鼠一样。慢慢地它们终于长大了，花茎上结出了许多橙色红色的鲜艳花蕾。没想到吃剩下的百合根，却变成了意想不到的彩色花朵。我忍不住想要立即将这样的惊喜告诉赠送者，他还什么都不知道呢。

牡丹花　这幅画虽然是以牡丹为名，但说的决不是牡丹，也不是芍药或香椿，而只是想描绘一种大朵绽放的花朵。

中国将牡丹尊为花王，那些硕大的舒展的重重叠叠的花瓣，有着豪华的膨胀感。半透明的花瓣重重叠加在一起，使颜色的密度也增加了。在那绚烂到极致充满了绽放的骄傲美丽中，蕴藏了傲视群雄的气度。

从能剧"石桥"里的狮子和牡丹这两个中心人物身上，就可以看出百兽之王与百花之王的风格。

然而，这幅画上的牡丹也并不是以这样的植物牡丹为对象而作的写生。在花瓣的重叠之间，我创造了抽象的造型，这个形象与其说是牡丹，不如说是从江户时代园艺图鉴中的香椿得到的灵感，红、白色斑点的香椿花瓣重重叠叠，展现出牡丹那样的艳丽，并且比牡丹更多了几分可爱的感觉。

将香椿创作成牡丹，这简直是超越了常识的恶作剧，然而不管怎样我就是受到了丰满的诱惑，想要画出一种大朵的花。

菖蒲 菖蒲科有三种代表性植物，即菖蒲、杜若、花菖蒲这三种。其实我也分不清它们谁是谁，只大概知道其中花菖蒲是最厉害也是最高的。也许因为花菖蒲的花瓣颜色很多，并且许多都长有斑点，因此是最容易识别的。而菖蒲、杜若这两种则都是以紫色为主，因此很难进行区分。然而，那种厚重的深深的紫色，仿佛带有日本文化的芳香。

说到杜若，眼前总是会浮现出尾形光琳的作品。其中以"八桥园"以及"燕子花图"为题的屏风，展现了艳丽的日本之美的真髓。

光琳以《伊势物语》中业平向东走的那一段八桥为题材，创作过很多次。也不知何时起，业平和八桥就都被去掉了，而只是描写了凛然绽放的杜若。光琳从对故事的解说中解脱了出来，在初夏闷热的空气中，从那布满画面、灿烂盛开的杜若上，业平恋爱的感觉也似乎呼之欲出。然而遗憾的是，我所创作的这个菖蒲就只是一朵花而已。

龙舌草 取了"龙舌草"这个名字，并不是因为真有这样的花，它只是我在当时不知以何作为画题的情况下非常即兴地想到的。我的"植物园"版画系列并不都是以花的原生为原型，而是以小孩子自由画画的心情，把用锐利的刀具切开的纸片进行组合而已。

这个龙舌草也与现实生活中的花相去甚远。我只是想看看这有趣的空想之花盛开时的样子。然而头脑中还是无端地想象着水边盛开的水芭蕉、白鹤芋等植物。

如果将那些突出的叶子组合在一起的话，那么叶子和花即使是同样的形态也没有问题了，甚至于加上颜色以后，雄蕊和雌蕊如果拥有像手风琴那样可以伸缩自如的舌头一定也很有意思。

日本舞蹈里有一个叫做《长舌头的三番叟》的外题，歌舞伎和舞蹈中都有很多夸张的伸出舌头的节目。只是稍微一想，脑中就出现了《关卡的门》的大伴黑主、《土蜘》里的妖精、《赏红叶》里的女鬼等，每种都带有浓厚的日本妖怪味道，看到那红色的舌头"唰"地一下伸出，我就深切感受到了江户时代的平民艺术。像爬虫类那样用舌头的魔力震慑对方，这种表现形式真的很有意思。因此我让这朵花也拥有了一点这种厚颜无耻的感觉，不能不说是成功了的。

[《无限大》 1990年9月－1991年8月]

通向"茶美会·然"之道

我托建筑师安藤忠雄来设计我在富士山山中湖的别墅，现在回想起来，那已是几年前的事了。

我是本来就打心底里喜欢散发在茶室里的那种独特氛围的，趁着这次别墅修建，干脆异想天开地用混凝土和三合板这样的现代材料，做了一个简洁的茶室。

每年夏天，我和我那几个老朋友内田繁、黑川雅之、伊东顺二等都会结伴来山中湖开个欢谈派对。去年的一天，我们迎来了一位贵宾——茶道里千家的掌门人伊住政和先生。

还记得，那天突然下起了雨，我们只好待在屋里，于是便商量起来："既然有茶室，我们何不办个茶会呢？"只是，茶室里除了有还算好的抹茶外，茶碗、茶筅和茶炉却都很老旧了，倒还用得，再要其他的，就什么都没有了。明知道这种条件是开不成茶会的，但我还是抱着试试看的心情投入到对它的即兴准备中。

我先把软木杯垫切成盖子，盖在北欧设计师弗兰克设计的玻璃杯上，当作抹茶罐来用；再在信乐产的陶器边口上，放上一片从自家院子里拾得的树叶，用作水壶；然后把英国产的鸡尾酒搅拌匙，即兴拿来做茶杓；最后在屋角的小钵盂里点上支蜡烛……当怀着忐忑的心情做完这些布置，不谙茶道的我们兴奋异常。

之后，我在这即兴的场景中体验了即兴的茶会乐趣，这场不知能否被称之为"茶会"的活动，竟意外地让我们体会到了更接近茶道本质的精神，同时，它也成了后来我倡导结成"茶美会·然"的契机。

茶艺以"道"的形式介入人们的生活，已有四百多年的历史了，但越发展到现代，它的思想却越偏离了最初的坐标。史料就有记载，千利休崇尚幽静灵空的"侘茶"，以形式感激发好奇心是他的追求，他曾将朝鲜李氏王朝的手作陶碗用作茶碗，又把来自菲律宾的普通陶瓶用作茶罐，并赋予这种手作的不经意之美以美学价值，这种独特的美学价值，我在这次茶会上深切地体会到了。

这使得我对茶道有了重新的认识，我发现无论是把杂物当成珍贵的器物使用，还是随意地将其他物品带进茶室来参与茶道，都体现出茶道中的某种"选择"。这让我联想到我们做设计时的情形，也同样是在面对选择。但相比之下，似乎现代艺术家与设计师的做法反倒比讲究技艺、崇尚礼法的传统"茶道"更加接近利休的精神。

我把这些想法与伊住政和谈起，惊喜地发现原来他也有同感。于是，我们便结成了共识，于一九九二年在东京原宿举办了"茶美会·然"展览。我们先邀请内田繁、喜多俊之、杉本贵志、崔在银及今日庵营缮部的根岸照彦这几位分别设计了五个茶室，然后再请黑川雅之做空间设计，将五个茶室包容成为一个整体的大茶室。

之后，一个新的念头冒了出来：有什么办法能让更多的设计师参与进来，而又不占空间呢？对，茶杓和挂轴！于是，我开始呼吁更多的艺术家和设计师向我们提供作品。出乎意料的是，几乎没有任何人拒绝这样的邀请。

为什么当代的艺术家和设计师们会对这些与传统茶道相关的设计感兴趣呢？我想大概源于两重背景。

第一重背景是在战后单纯的欧美文化环境中成长起来的设计师们开始逐渐地走向了成熟。也就是说，曾经盲从过欧美风格的他们不得不开始重新审视自己的位置。在这种重新审视的过程中，设计师们意识到了日本风格的东西其实会有更丰厚的设计生命力。

另一重背景在于，物质文明和消费文化的高度发展迫使人们开始重新看待人与自然之间的关系，进而促发了人们对朴素之美的再认识。除去茶道本身，与茶道相关的庭院、建筑、室内、器物等所有环境因素都是重要的阐释艺术的道具，而茶事本身的进行也恰似一项舞台艺术。这与现代艺术的发展方向是十分相近的。

所以，不管是内田繁先生还是喜多俊之先生，这些年都对茶室的空间设计产生兴趣并举办了自己的茶室设计展，这些行为并不是偶然的现象。而这次众多艺术家和设计师们在展览中产生了共鸣，也是出于相似的原因吧！

这次举办的茶美会已经是第三届了。之前在京都举办过的两次，我都没有参加，所以很多情况并不好说，但有一个感觉是京都的工艺设计师们似乎都在倾向采用改良的茶室用具。里千家的十种工具都有着固定的供货商，他们被称作"千家十职"，比如乐吉左卫门的茶碗和中村宗哲的漆等。这些供货商都是新一辈的继承人，其中不乏年轻的设计者。他们在各自的领域创作着充满着时代气息的新作品，比如不锈钢的水指之类的从传统设计中脱胎而来的先进用具。这是发生在看似毫无关联的传统工艺与现代设计之间的可喜的融合。我们大张旗鼓地举办这次茶美会，其实也隐含有这样的野心。

为期三天的茶美会结束后，庆功宴上看到的一幕令我感动万分。京都的新生代传统工艺技师与东京的年轻设计师站在同一地平线上亲切地交谈。我终于欣喜地看到了两者的"对话"。

我觉得，这种"对话"比任何一种形式都更加地面向世界。因为，我们的茶道曾经被无数次地介绍到了海外，但都没有摆脱异国情调与西欧人眼中所谓的日本文化的神秘感。我们饮茶的行为本身具备将各个领域的美结合在一起的可能性。很多人还没有意识到这一点，即茶道与艺术是密切相关的，并且是各种艺术争奇斗艳的绝妙载体。

西欧文化常常被喻为矿物质，其珍贵的本质在于它拥有类似宝石或贵金属那样持久的价值。与此相对的，包括茶道在内的日本文化的美则会给人易逝的感受。茶道的器具一直受到很高的赞誉，但其材质却远远不能和贵金属相提并论。比如茶杓，造型再怎样优美，也不过是薄薄的一段竹片。这些都是不符合国际化的价值评判标准的。

事实上，茶道的世界是以其蕴藏的精神性与情趣性取胜的，本就不讲究材质的豪华与否。如果能够向世界输出这样一种文化观念，进而建立一种别样的价值体系的话，我们的美意识的立足会更少地依赖于外在资源。从这个意义上讲，我们也应当把茶道的精神作为这个世界的共同财富传播开来。

就像我们的茶美会，如果能够挪到巴黎或者纽约举办，并邀请当地的艺术家和设计师参与进来的话，想必也会很有意思。此次"茶美会·然"上，我们就高兴地看到了意大利的埃托·索特萨斯先生与韩国的崔在银先生的影子，大家产生了一些共鸣。

很明显，茶美会绝没有破坏传统的意思，更没有否定传统的手法和形式。它是将茶道的精神美学与现代文化相融合的一次实验，是日本文化对外传播的最日本化的表现形式。它是一个运动体。

几个已经在里千家学习了十余年茶道的美国人出现在原宿的会场上。他们穿着津村耕佑先生〔三宅一生事务所〕设计的服装，伴着三枝成彰先生静寂的乐曲，在内田繁先生布置的茶室里为面前的客人静静地表演茶道。那是多么令人动容的场面！它让我深深地体味到了茶道与现代的衔接，或者说茶道与世界的交流。它让我看到了古今文化的完美融合。

〔《茶美会·然》 1993年9月〕

接近浮世绘

去年年末，一位叫做白仓的美术制作人邀请我与另外五位漫画帅一起制作木版画。当然，我们要做的并不是那种现代的木版画。现代木版画不论是画草图还是雕刻上色都由一人完成，而江户时代的浮世绘体系，则是由发行方做好企划后交给画版师，然后再依次经过雕刻、上色师的手最后完成作品。

据白仓先生讲，现代木版画以栋方志功先生为代表，无论绘画雕刻还是上色都由作者一人完成，因而带有浓厚的个性。然而在色彩方面多是用手工上色，并且大多是涂抹上色这样较为简单的技巧。这样当然并无不妥，然而，让拥有三百年历史的江户时代的锦绘传统就这样消失还是让人觉得惋惜不已。

另一方面，木板的雕刻及上色技术虽然在歌麿和写乐的浮世绘繁盛时代因为接到了许多复制的订单而得到磨练，然而由于在复制的过程中没有创新，因此这种技术在今后的发展颇让人担忧。

众所周知，日本的浮世绘是在平民的爱戴下发展起来的。那时，歌舞伎与作为宫廷艺术的雅乐、作为武士家族的能乐就有着本质的不同，浮世绘也是如此，最初只是为了满足平民世俗的好奇心。当时从中国传入的水墨画作为一种翻译型文化成为了知识分子修养的表现，而浮世绘却是与平民的歌舞伎、游玩的欢乐场面紧密相连的，它是非常煽情的。师宣、春信、歌麿就是当时著名的浮世绘画师。可以说当时没有哪个画师没有描写过色情场面。

要想让这种新兴的江户平民阶层艺术在现代生长，与其找那些受过太多西方伦理道德洗礼的纯艺术家们，还不如找我们这些在企业的信息竞争中生存下来的，更能理解其中意义的设计师、漫画师。也许白仓策划师就是这样考虑的。

另外，在合作这个问题上我们也更具优势。虽然在近代，制版、印刷已经是密不可分的条件了，然而在我们的工作中下订单、指示、量产这些部分也一样非常具有专业性。需要理解任务的意图和主题，在规定的时间内绘制草图，并且提供色彩范本与指示图交到别人手中，接下来再进行量产化摆放到街头。况且近年来艺术总监、摄影师、漫画师的合作已经非常频繁了，因此创作时的合作氛围也是越来越浓。

当然，在得到订单之后开始协作完成任务，这也是设计师所具备的社会功能性。而相对的，从十九世纪以后西欧近代绘画的个性主义来看，现代的纯艺术作品真的有点不太可靠。绘画已经远离了建筑，并对工艺表现出了轻蔑的态度，甚至将那些遵从风俗和用途的人作为手工业者撇开了，他们已经成为了孤独的艺术家。更加个别性、更加自由并且反形式，纯艺术越发地陷入了孤独的深渊。而相反，浮世绘必备的猥杂及锦绘的工艺技巧、协作的连带感等，这一切都已把纯艺术的知性抛弃得一干二净了。

早春晴朗的天气，我带着画好的版去参观合作的木版工厂。在安静的住宅区中走过了一段曲折的小路以后，我被带到一个看起来古色古香的两层建筑小屋。几名负责上色的手工艺人沿着光线良好的窗户边坐成一排，他们盘腿坐在垫子上默默地上色。里面的一个上色师正在给和田诚的*Humphrey Deforest "Bogie" Bogart*〔译者注：美国著名的男演员，生于纽约，1999年被AFI评为"美国电影史上一百个最好的电影明星"之一〕上色。这真是一个将好莱坞题材与江户风格进行了完美融合的跨界合作。透过浮世绘我仿佛回到了日本的1970年代。

四方形的操作台古色古香，刷毛以及马簾〔译者注：给木版画上色时使用的工具，通常用竹皮搓成旋涡状的纸芯，用大量的纸张重叠并涂抹上漆，在上色时将其放在木版后面，将木版上的油墨附着到纸张上进行印刷〕也像是手工制作的。特别是马簾，就像是江户时代用的东西一般，是在一个用纸张层叠构成并用油漆固定的圆形台子上将竹芯搓成线紧紧地绕成漩涡形的。然后在上面照例贴上竹皮，用手的力量调整到合适状态，并且反映出上色时的微妙感觉。

他们并不使用已调好的颜色，而是每次用蓝色的时候就用一点点蓝颜料放到台面上，再用水刷毛将颜料舒展开，瞬间调出几乎没有偏差的中间色。他们早已练就了那种完全不需要思考的熟练手感。同时我也深切地感受到，原来图画的生死都取决于上色师的手指，与其说他们是在上色还不如说是在绘画。

在江户时代，无论多么复杂的东西，绘画师都会自己将彩色的样本交给上色师进行参考。我看着上色师手中的东西，突然感到恍然大悟。一直以来我们看到的都是那种用机器自动印出的均质的印刷物，但今天我却切实地感受到了人类手工的伟大之处。

我的原画是用绘图笔绘制的几何线条与照片组合。然而将这无机的内容与如此温暖而人情十足的手工放在一起，我不禁感到一种罪恶感。就好像感觉自己背弃了人类的爱，有一种离开了父母般的苦涩。将浮世绘和现在的视觉表现看做同样的东西未免有些太过天真了，我不禁疑惑，设计这个行为是否已经混入了过多无味而枯燥的机械感？我在与时代同步走来的这条路上是否已经有了重大的错误？一种前所未有的不安笼罩着我。我仿佛迷失在了自己的路上。

泰然的质感

把一家酒吧的设计，集合成册出版，这本身就是一件不寻常的事情。建筑是租来的，内部空间是按照自己的意愿装修的。

这家店的设计者是杉本贵志，正如名字上体现的那样，他是一个志向高贵的人，在这人情冷漠的东京他偏要传达出一种信息。想要真正了解这种信息和主张，那就有必要亲自来到这家叫做"春秋"的店里花上一些时间体验一下。

这本书里的照片都是相当优秀的专业摄影，而且是以当前最高的印刷水准制作的，然而这些表现形式与杉本贵志所说的"春秋"概念其实是相去甚远并充满反差的。也就是说，"春秋"追求的是物体最真实的存在，是先有至高无上的质感再有这样的空间。不论木、土、竹、铁，都是最原本的样子未经雕琢。这里没有现在流行的表面视觉，也没用皮膜包装着的信息，全部的素材都以天然、强韧的状态泰然地存在着。它们绝不企图伪装成其他的东西，就连表面也都是最真实的自己。如果用食物来做比方，这样的空间仿佛就是无添加、无农药、百分百鲜榨的果汁。而后，设计师杉本贵志又在这些物体沉默的表情上以自己独特的技法加入了现代的东西，这一切就巧妙地融合在一起形成了这个1990年代式的空间。

栗子树上残留着参差不齐的斧痕，土壁中随意地埋着流木，古老的船板仿若天然生成的现代抽象画，就像是用钢铁做成的蕾丝，来自伦敦地铁的废品踏板也被使用了起来，天井里的竹子轻盈摇曳，而微弱的灯光则烘托出了信乐烧的陶瓷质地。抚摸着这些令人怀念的记忆触感，一种伟大的东西冲破了现代设计的伪饰表面来到了我的眼前。与设计世界里那种闪亮光洁的"新"完全不同，这是一种在人类生生不息的持续呵护中产生出来的"新"。这就是"春秋"，一个美丽的集合体。

杉本在这个空间里最尊重的就是：自然和时间、纯粹的质感、厚重的个性。在他拒绝软弱的坚强思想中，一个使现代人的内心得到温暖的空间终于出现了。它仿佛在世界的另一头，与那些不断飞射出多彩信息的计算机视觉对立着。也许杉本贵志最想在这本书里传达的就是：将化了浓妆的二十世纪末的设计媚态，以迅猛的速度剥离下来吧！

[《春秋》 1992年12月]

第三章

我的古典

上个月底，一位住在巴西圣保罗的旧友突然来访。我与这位建筑师结识于1960年的东京世界设计会，但自从东京奥运会那年，他结束了六年的旅日生活返回家乡圣保罗之后，我们就失去了联系。然而在今年二月往亚马逊和格兰德河的随性旅行中，我再次遇见了他。也许是重逢勾起了"思乡之情"，这次，他不远千里飞来东京看我。

我在遥见富士山的家中接待他，在日本秋日里如织如锦的红叶中与他畅谈。聊至间隙，我拿出投影仪，向他展示二月巴西之行拍下的照片。原始森林中新辟出来的巴西利亚建筑群、丰富多彩的狂欢节、奔放的桑巴舞者，以及最后从亚马逊河马瑙斯乘船游历而下时拍摄的格兰德河河岸景色……这时，他突然大声道："对了，你果然是日本人！"起初我并不理解他的感慨，因为我拍下了许多光影交织形态奇妙的照片，比如清澈的水面上倒映着郁郁葱葱的热带丛林，以及行船经过划出的奇妙弧线，等等。但是并没有向他细问原因，我就半反射地关闭了投影仪。因为这句话突然在我心中产生了强烈的震撼，让我不得不下意识地抑制。

亚马逊是一条宽阔如海的河流，它发源于安第斯山脉，长度远远超过北海道至冲绳的距离。这条巨大的河流，就连其支流格兰德河都让人一眼望不见对岸，虽然它的两岸都是热带雨林。而面对如此原始壮阔的河流，我怎么会看出日本的"花鸟风月"来，并为此多次按下快门呢？这种无意识状态第一次被人指出，让我感到莫名的忧虑。这虽然是种细微和敏感的想法，但其中的象征性还是使我感觉受到了伤害。

于明镜般的水面上，垂落着青翠的树枝，点缀着无名的小花，不时听见树木发出轻柔的沙沙声。这种景象至少体现着日本人游玩时的情趣，而不是那种在保津川或熊野川下游所拍摄的普通纪念照，而我也只是在最纯粹的感动下按下了快门。纵然眼前是巧克力色的亚马逊河，但体内的某种东西还是使我不由地拍出了这样的照片。

亚马逊河的花鸟风月事件也许只是巧合。但仔细想来，我也确实几乎不受西洋古典文化的影响。就算有，也是极少的。我也对达·芬奇、安吉列科和博斯感兴趣，但仅止于兴趣，未曾将自己深入和沉浸其中。在接触其他文化的过程中，每当触及其深层部分，人们就会本能地戒备起来，而我的戒备似乎比常人还要强上一倍。

特别是接触到洛可可风格、巴洛克风格时，我从生理上产生了厌恶。它们散发着血、财富和权势的臭味，却又不具备自然而然流畅于体内的美，因而我总是反射性地避开。而对我影响强烈的，反倒是工业革命后出现的作家们。从那明亮的太阳和他们沉浸于个性表现的作品中，西欧就这样无可抗拒地潜入了我的心里。

缺乏构筑性是日本文化的特质之一。相对的，西欧文化则是将要素集中后再进行无数的修整，最终得出洗练的结论。我觉得日本人恰恰欠缺这种说服力和构筑性。日本人制造物品的时候通常按照直觉 — 燃烧 — 聚集的顺序，短时间地完成作业。而油画与水墨画，交响乐与和乐等，如果用颜色来形容，那就是"反差"与"和谐"的区别，两种思想从根本上就不相同。

以简单聚集为特征的形式，可以在日本的许多传统里见到。前田家流传下来的阵羽织 ［译者注：阵羽织是日本战国时武将所穿的一种绢织衣物，外罩铠甲］，即是一个典型。用这个最容易理解的例子，与先累积小单位再构筑大量感的西方方法论进行对比，两者的不同就显而易见了。

谈到古典之前，我不得不提及我的出生地奈良。提起奈良，如果让你联想到清净和纯朴之地，那我反而就有些窘迫了。近三十岁之前，我都居住在从猿泽池延伸到国铁奈良车站的三条大街，也就是奈良市内主干道上的繁华地区内。其实，在移居东京以前，我对于真实的奈良可说是一点都不了解。奈良的伟大和韵味都是我后来在京都、大阪和东京时从认识的朋友们那里得知的。他们经常向我描述奈良，由此我的了解也多了起来。像秋条寺、法华寺，还有三轮神社等这些名字，在此前都只是被我记作与生活琐事相关的地名。同样，后来在东京发行的土门拳、藤本四八等摄影集上，我也才有了比如"佛像作为雕刻和美术是超越了宗教的伟大艺术"这样的认知。

但是另一方面，东京的朋友对古典和传统所抱有的敬畏与盲信，却又让我不由得苦笑。那些佛像在他们眼里是体现文化人修养的代言体。但于我而言，无论是兴佛寺还是东大寺，都只是小时候玩耍嬉戏的场所，是每个月祖母牵看我的手至少要去参拜一两次的寺院。

就连如今已成为国宝的兴福寺的三重塔和北圆堂，也不过是我小学归家沿路必经的风景。那时的三重塔没有被围护起来，周围杂草丛生，还是一个荒凉之地。记得小时候听说绕塔三圈后再朝塔扔石子的话，就会有母夜叉出来。于是常常有扔完石头后，大家作鸟兽散的场面。无论是早春东大寺的取水仪式，还是之后举行的达陀帽法事，以及春日大社的雅乐新能等，都是奈良市民的日常仪式，他们就这样无意识地与千百年前的古典保持着平凡而紧密的接触。

兴福寺的东金堂被奈良人叫做"文殊先生"，而文殊菩萨坐像和天满宫的道真公一样，是智慧之佛。每到春天的升学时期，各人就会在二十厘米长的纸上写上一字供献给菩萨，到了八十人八十字时，便一齐拿来挂在寺院的屋檐下并装饰上整整一年。

这样的记忆片段如——摆开就没有尽头了，恐怕还会有类似观光手册的感觉吧。但总的来说，无论是飞鸟、天平，抑或平安、镰仓，古典都是我的近邻。所以我不似东京的朋友们那样对古典抱有敬畏之意，或许正是与我幼时成长的环境有关。

继续这样抒写下去，很容易就会将故乡美化。但是终究奈良是没有文化的。它的文化止于由寺院原封不动地保留下来的几个世纪前的佛教艺术。这于市民是一种信仰，也是观光遗产，但它最终却没有深入奈良人的日常生活而形成集体的美感意识。从这个意义上，可以说奈良是一个伟大的乡村，远离了都市性，一直保全至今。但即便如此，我也觉得已经很好了。

奈良的话题往往在看完神社寺院后就结束了，而京都却与此大不相同。那种从古典到传统全都渗入到市民的美意识中，并由他们继续发展的自觉，是我到了京都进入美术学院之后体会到的。

京都以它浓厚的文化底蕴散发出无限的魅力。自政治权力中心随幕府迁离京都后，留在这座故都中的日本雅致的美意识便从朝廷转移入民间，逐渐形成了日本文化的本质。它不同于西欧近代都市文明，它是质朴而不具威慑性的，也是发源于生活层面并由创造力紧紧依托而成的。

从染色、织锦、建筑、家具、漆器、陶器等工业，到料理、艺能等表演艺术，典雅的设计与精巧的技术，高品质与合理性，都体现在这平凡的日常生活中。而这正是日本设计的源头。据我所知，这种平民美学的根本观念在奈良是没有的。

1615年 [元和元年]，本阿弥光悦在洛北的鹰峰建立了艺术家村。在那里实践的艺术之综合与跨领域合作、设计与工匠分离、头脑与双手分离等全新理念，其实比工业革命后的包豪斯设计学院要远远超前许多。

同样，俵屋宗达在"嵯峨本"与"谣本"中对信息的视觉化，光悦在"舟桥莳绘砚箱"里造型与功能的一体化，以及后世光琳与乾山在陶艺中的绘画性等，也都早已惊人地对发生在今天的设计问题做了完美的解答。

江户时代的京都在脱离了政治后，曾有过对朝廷传统古典的复兴。相对于当时武家艺术崇尚的外来学院式，平民的生活却是在本质上悠然自得地向古典靠近，他们大胆豁达地创造并独立诠释出作品。日本人对优雅自然的怜恤，略带微醺的色彩，轻快的幽默演变成了流畅的线条、颜色和形状。最后这些富有情感的丰满造型终由"和风"的样式承接了下来，得到继续的发展。

翻阅光悦的"舟桥莳绘砚箱"，只见日本人的文学诗情、精致工艺和华丽造型在其中融为一体酝酿出美的境地，重叠以将思想物化的鹰峰，使人产生一股强烈的感动之情。光悦的思想被后世的光琳、乾山发扬光大，确立了"琳派"的风格。但另一方面，我对酒井抱一、深江芦舟、铃木其一等传承下来的绘画性方向倒是完全没有兴趣。或者说，我更感兴趣的是在友禅、京都烧、漆碗等设计流派中所展现出的琳派最生动的部分。

京都的民众格外地喜爱光琳。"光琳纹样" 连同光琳留下的各式纹样集、设计和操作手册等，至今仍是京都的巨大财产。这汇集着京都民众美意识的设计，融入了浓重的王朝女性的感性。不仅仅体现在器具上，还从照明器具、家具、日常用品、点心，甚至料理装盘等各个侧面深深地渗入民众的生活中，暗含着量产时代里艺术的"无署名性"。所以，现在京都人还说着"光琳氏"这样的称谓，就仿佛他依然活着一样，这样的心情完全可以体会。

京都的街道外表虽被黑瓦的屋顶深深覆盖，但它的内部，却有着令人惊叹、分工细化的生产系统。单以织染来说，就有白布屋、粉浆屋、染色屋、蒸煮屋、染红色的专店、制带子的专店等一系列分工，一条街即一个流水作业。这个合理的系统直教人叹为观止。西欧贵族的社会直到二十世纪都仍由上层统率着美的意识，而日本却早已在平民中实现了艺术与产业的独立自足。不得不承认，即使在已得到高速成长的今天的日本，这种潜在的古典系统依然在无意识地运作着。

对着亚马逊却感受出日本的花鸟风月，大概也是因为我身体里流淌着同样的血吧。因而我强烈地感受到，所谓古典，并不仅仅与某个时代或某样名作有关，而是包含了深深栖息在人体某处的灵魂。

[《草月》 第22号 1998年]

美丽而封闭的故乡

同乡会　存有众多著名神社与寺庙古迹的历史之城奈良，常会被拿来与京都做比较。然而一座古典老城，一个现代城市，他们之间至今存在巨大的差异和隔膜。在生活文化与城市的精致感上，奈良比起京都、大阪是有不小差距的。总之，奈良更像是一个伟大的乡村。

没有什么好吃的东西，人也不时尚，街道有些昏暗，市民心态相对封闭，对进步的生活方式还有相当的抵触……这些话题在大家第一次见面的今天就成为了聊天的中心。

这次来到同乡会的，多是在自己的事业领域里以拼搏的姿态赌上个人的才能，而后得以在东京这个大都市中生存的人。所以虽然他们仍然依恋着美丽的奈良，但至少都是抱着"精神上脱离农村"的想法离开奈良的。

这其中最德高望重的是早稻田大学的大西铁之祐先生，他说当年他舍弃公立学校而选择学费颇高的私立学校时，就曾受到过强烈的反对。由早年开始发展日本橄榄球运动至今的大西先生，直到现在身上还透露着当年新潮生活的影子。还有出生在大和高田市的女演员奈美悦子，受过多年严格的芭蕾舞和歌唱训练的她，就连端坐在那里的姿态都给人以清新爽朗的亲和感。还有备受年轻人追捧的漫画家楳图一雄、在红酒研究领域也颇为著名的设计师麹谷宏，以及多年活跃在各领域美术书籍出版业的清水原彦等，他们每个人都行走在现代生活的前列，但在他们身上却又依然散发着奈良人那种不加修饰、朴素大方的气息。

还有绢谷幸二，他曾以现代壁画作品一人独得安井奖和每日艺术奖。我很想知道长期生活在意大利的绢谷先生对故乡奈良以及东西洋的结合点抱有怎样的感受。

不过虽然我们对奈良有这般那般的抱怨，但这就像是在说自己的亲人一般。而无论如何，故乡始终是人们永远不可能拂去的印记。

我家二三事 从JR奈良站往猿泽池方向走有一条商业街，叫做三条大街。我出生的三条东町就位于三条大街上，虽然它明明是在路的西边，但却不知为何叫了"东町"这个名字。当时我家的隔壁是奈良最大的棉被店，它对面是弁天饼和造酒屋，而我家的正对面是制作味增和酱油的铺子。这里的每户都超过二百坪，而且一户挨着一户。当然，现在这条街早已是高楼林立，改头换面了。

我家经营的是一个鱼糕作坊，叫做"鱼万"，所以屋里的鱼腥味很重。记得祖父常跟我说，他的父亲叫鱼谷万吉，是一位相当有名的商人，在这附近拥有一大片家产。而现在每当我去比较邻居们的房子时，总觉得自己的家显得非常破烂不堪。

祖父因为是家里九个兄弟中最小的，所以名字叫做末吉。他是接了无恶不作的长兄的班来经营鱼糕店的。不过，祖父曾经作为近卫兵驻扎在东京的麻布连队，所以继承鱼糕店应该是他到了相当年岁之后的事了吧。而我小时候，每天早晨都是从祖父一早打电话到大阪中央市场打听鱼货行情，好决定当天采购货品的声音中醒来的。

就在最近，我决定修缮一下东京的房子。在整理壁橱的时候突然翻出了几张混杂在旧文件中的证书和奖状。那些大多还是由堺县而不是奈良颁发的。因为家里以前是鱼屋，所以我想或许祖先是堺县人吧，而奈良似乎在明治初期是隶属于堺县的。

可是从佛教传入的奈良时代到堺县发展的桃山时代之间，明明有一千年的时间差，明治的官员们为什么要把奈良编入堺县呢？这真是令人费解。

回味记忆　最近我回到奈良，不由地被"柿叶寿司"吸引了。吉野这个地方离大海很远，所以当地的人们发明了一种便于保存的寿司，就是在米饭团上放上青花鱼，然后用尚未结出果实的柿树叶子包起来吃。它不仅渗透着柿子的清香而且还可以长久保存不易腐烂，真不愧是前人的智慧。

为了探寻"柿叶寿司"的起源，我在樱花烂漫的春日造访了吉野。

所谓木条寿司，应该就是以文乐和歌舞伎〔译者注：歌舞伎是日本典型的民族表演艺术，起源于十七世纪的江户时期：歌，代表音乐；舞，表示舞蹈；伎，则是表演的技巧的意思〕著称的"义太夫"，《义经千本樱》中提到的吊桶寿司吧。那一段讲的是大恶人权太贼头贼脑地拿错了藏着人头的木桶的故事，充满戏剧化的创意。

吉野山的入口处有一个叫做下市的街道，那里至今还留存着吊桶寿司的名店——"弥助"。但遗憾的是，那儿并没有"柿叶寿司"，他们的特产是用吉野河里的香鱼做出的木条寿司。

香鱼木条寿司的做法有两种，一是用清澈的小溪中捉来的生香鱼制作，一是用烹调过的香鱼来做。后者的味道简直棒极了！用吉野的杉木模具压制出来的饭团不仅相当柔软，而且还带有丝丝木头的清香。略微烧焦的香鱼渗透着爽脆的甘苦，美妙至极。

弥助是维盛为了避开仇人的追杀所藏身的寿司店名称，这是狂言名作《义经千本樱》里的桥段。但至于他和实际存在的"弥助寿司"有什么关系，我们就不得而知了。

坐在餐馆的走廊上一边品尝香鱼寿司的美味，一边眺望远处悬崖上耸立的庭院，我仿佛体会到那个爱上弥助的乡村姑娘的思念之情。

[《东京人》 1989年3月 增添并改题]

绢制樱花

我已经很久没有回到奈良了。在这个晚春时节，南圆堂的紫藤应该还垂着点点淡紫色的花朵，周围的树木在春雨的洗礼下也要萌发出新芽了吧。住在烟雾缭绕的东京，我的脑海里常会浮现出家乡这种充满诗意的景色。

在昭和四十四年大阪世界博览会召开前的那个夏天，我曾腾出时间去过一趟奈良。当时我作为日本馆之"历史"部分的展示设计者，需要频繁地往来于东京和关西之间，以至于我甚至购买了新干线的月票。

那次的展品筹备工作难度很高，比如复制药师寺的圣观音、修补百济观音的仿制品，以及展示文乐人偶的自动表演等。而其中最难做的，要数用塑料制作大佛上的莲花瓣模型。要制作那围绕在巨型大佛膝下的莲花瓣，就必须接触其原型，但是否能得到东大寺的许可却是个大问题。以通产省为首的相关工作人员向我们传达了做这件事情的难度，甚至都向我们发出了修改设计的通知。然而，如果没有这莲花瓣的细部图纸，我们怎么能够去表现奈良朝伟大的佛教思想呢？

东大寺一带是我无比眷恋的地方，即便是设计事务所的同事们已经灰心丧气的时候，在我的心中仍不可思议地有一种坚定在扩张，而支撑着这种坚定的仿佛是我从少年时代就开始的梦想。

昭和四十五年一月，大佛莲花瓣终于在呼啸着寒风的京都淀河工作室里完成了。在我们临时搭设的帐篷中，莲花瓣绽放出高贵的风姿，直至被运到世博会的会场。在最后确认颜色的时候，也许没有人发觉，我是在场所有人中最高兴的那个，在我的胸中回荡着一种最最纯粹的 "奈良是我的故乡" 的感慨。

十六岁的时候我离开奈良去京都上学，所以纯粹呼吸奈良空气的时光也只有那短短的十几年。十四岁到十六岁，我在奈良商校渡过了人生中相当重要的高中时期。然而昭和十七年到二十年，日本突然陷入了黑暗的战争时代，加上我的身体也十分孱弱，那时根本没有想到自己将来会胖成现在这个样子。

我非常怕热，特别是在夏天。如果被耀眼的阳光长时间照射，我就会像枯萎的植物一样失去生机。当时奈良商校的学生大多都是农村的孩子，所以无论是身体上还是精神上，他们都如田里作物般健康结实。我总会想起暑假结束以后，我坐在校舍旁边的水泥台阶上，远远看着运动场上那些露出晒后黝黑臂膀的同学们的情景。对于因扁桃体手术住院，且出血过多而肤色苍白的我来说，那场面就像是令人炫目的另一个世界，让我羡慕极了。

也因为身体的这种状况，我不得不停止了体操和军训。那时的军训是模仿带枪部队进行的训练，在那个战争时代却不参加军训，使我总有着无法减轻的罪恶感，每天都要忍受周围人轻视的目光，日子过得像坐牢般难受。

正因为这些，奈良商校的时光并没有给我留下美好的记忆。对我而言，和那些战后的和平唯心论者相比，我与身体的抗争其实要可怕得多。我宁愿去冲锋陷阵，哪怕在突击的战场上战死也比这样要好。

战争将要结束的时候，我们被调到了郊外郡山市的松下电器工厂。我们原来的校舍则变为了松下的分厂，据说原先的武道场成了组装无线发报机的地方，裹着国防色绑腿每天路过的那条通到学校的道路则成了种植白薯、南瓜之类的菜地。而从工厂运来的机器就散落在校舍的各个角落中。

不可思议的是，从战争结束到我毕业那半年的事情我居然完全没有印象了。而且我也并没有关于什么时候复课、复课的时候多么激动的记忆，可能是因为我的学习并不太好吧。

大约在临近春天的时候，中学恢复了五年制。当然如果想要按战时的四年制按时毕业也是可以的。一些成绩好的同学都早早地去考大阪、京都等地的高中或大学了。所以我们这一级的学生后来大概变成了两类，一类留了下来继续念五年级，一类为了升学而选择了毕业。

因为在黑暗的战争时代共同体验过严酷的工厂工作，所以在互相离别的时候心情也格外悲伤。但比起那些被拉去做海上飞行预科的练习生、被拉去当兵的朋友们诀别时的情形来，毕业时的分别还是相对自由和美好的。但与此同时，战争时期形成的绝对平等地位也似乎被打破了，大家不得不和战前的旧制度恢复联系。一时间，每个人的家境背景、个人才能和青春期对社会的担心等又变得敏感起来。

在四年级学生的毕业典礼之后，紧接着就将是我们的送别会。不知道这算是一个已经中断了太久的活动还是一个战后的特别集会，更不知道是谁选中了害羞而屡弱的我来准备和组织这场送别会。

幸好，我在昏暗的仓库里找到了绢制樱花和灯笼。也不知道是不是战前举办运动会和艺术节时用过的，它们散发着和平时代的幸福气息。那红灯笼一定是出自技艺高超的制作者之手，颜色一点儿也没褪，从那灯笼上我又感受到了因长年战争而几乎被遗忘的"高级"二字。拴在金银丝线上的绢制樱花泛着淡淡的粉红色，它那娇艳欲滴的模样让我欣喜若狂，那不正是一场"春之舞"吗？我们已经穿过了禁欲的灰色年代，在这个阴暗的仓库一角，我分明看到了和平的曙光。

我把教室的讲台用做送别会的舞台，再将绢制樱花挂成一排当作幕帘，而演员们则一个个拨开这个花门帘出场。最后，这场送别会结束得非常成功。这更坚定了我即使家人反对也要去上美术学校的决心。

申请书拿在手上时，心情就如同要跨出国门一样不安。最后的那场特殊的入学考试在四月份举行，我的作品是一张黄色中略带红色斑点的郁金香写生画和一张以"绢制樱花"为主题的书籍封面设计。于是，完全是门外汉的我就这样混在退伍的学生中，成了当时京都美专［现在的京都艺术大学］年纪最小的学生。

由于是从奈良商校留下来念五年级的班级中毕业的，且这些班级的学生后来都半路退学了，所以我并没有过毕业典礼。而当我一个人再回学校去取毕业证书的时候，夏日耀眼的阳光已经洒满了校园的操场。

［《奈良县立商业高校五十年历程》 1971年］

来自日记

无名性 不知该说是意外还是期盼已久，在我自己设计的标题下现在刊出了我自己的文章。《朝日新闻》的文化版包含了"文化"、"美术"、"音乐"、"点描"等各式栏目，它们都并列地排在页面的最上方。而这个"来自日记"的标题，是我三年前在匆忙之间赶制出来的。通常只要是出现在报纸版面上的，不管是小说插图、书法，还是找来的现成漫画，也不管是以多么小的尺寸使用的，都会在文尾注明作者的名字，然而像这样长期使用的字体设计在原则上却是不可以署名的。

虽然这只是一个两三英寸大、非常小而不起眼的单纯标题而已，但是设计起来我却感到很有难度。既要表现出一点点自己的个性，能够成为页面的焦点，又要有百看不厌的品味，还要能和任何领域的内容都和谐搭配，要注意的因素有这么多，这让我绞尽脑汁却还是想不出来。

设计师也分两种。一种是执拗地追求自己的风格，不管是什么样的主题都以强韧的个性斗争到完全掌控内容；另外一种则是像处处照顾自己的太太一样，根据主题努力地考虑塑造主题的办法。而在"主题"的目的性与"订购方"的妥协性之间常常会发生问题，这对于设计师来说简直是恐怖的泥沼。

设计本来就具有无署名性，也许就是因为这样，设计师们才会在无数次反复论证之后最终还是无法达成一致的意见。

舌尖的感觉　今年夏大，一个偶然的机会，我得以在法国里昂博物馆里品尝到Paul Bocuse的晚宴，这真的是非常幸运。众所周知，Bocuse不仅是全法有名的厨师，而且还是一位亲日派。

前菜一入口，找就有一种直觉：这个人一定研究了日本料理的制作方法！首先，从用鸡肉包裹鹅肝酱卷成香肠的造型这点上就已经显而易见，紧接着无论舌头的感觉还是食物入口时的触觉也都极具日本风味。带着几分韧劲的鸡肉加上有些奶油状的黏性鹅肝酱，在口中上演了一首完美的二重奏。

这让我立刻就想起了手卷寿司。海苔的爽脆、米饭的黏韧、加上黄瓜的清爽，在舌尖展开了新鲜的竞技赛。以我贫乏的经验来看，日本菜在舌头上的材料感觉真的是很丰富。

不管是纳豆、芋头这样绵绵的东西，还是鲜贝那样脆脆的东西，以及豆腐、海草、蘑菇、莼菜、像线一样细的素面等，日本日常的食材搭配可以让舌头享受一场触觉的盛宴。而西餐却没有这些有意识的变化。

这么说起来，日本的活字印刷里面也有片假名、平假名和汉字，文字上的种类也是西方文字所无法比拟的。

日本人是如此的纤细而敏感，这也是因为他们所过的是这样的日常生活吧！

音乐专辑　今年夏天我去了位于巴黎香榭丽舍的音像店，结果大吃一惊。那些1950年代被称为北国爵士乐名盘的专辑竟全都是在日本灌制的。专辑外壳上附有日本特有的一种被称为"tasuki"的袋子，在上面用很大的日语写着专辑的主标题。

日本战后饥饿的一代是对美国现代爵士乐无比热衷的一代，我就是其中很典型的一个。也许是因为我们这样的人出于怀念还在购买这样的专辑，也许是因为这个年代的人已经到了可以在音像公司做企划决策的年龄了，因此那些以前卖都卖不出去的土气的东西竟然持续地在日本发行。

在我发烧地沉迷于爵士乐的那个年代，虽然每个月的收入只有两万日元，然而却还要购买三千日元一张的进口碟，那种艰辛是无法言说的。当时我还住在奈良，所以甚至会以一种悲壮的气势坐夜班长途车去新宿的专卖店购买专辑。

现在的工资发放都是直接汇到银行里了，年轻的设计师可以在午休的时间去银行，虽然不知道他们取出了几千日元，但是也看得出他们一定觉得很少。勇敢地将工资的大半部分浪费掉，即使自己的将来毫无着落也无所谓。从这点来看，在我们那个年代，虽然什么都没有，但是拥有永不枯竭的旺盛的好奇心，可能是更幸福一点的。

外人 肯·弗莱克林是我的好朋友。他因为被日本的歌舞伎所吸引，因此成为了国立剧场的研修生。弯曲着长长的腿日夜忍受着长时间的正座［译者注：日本式的一种礼仪，保持上身正直跪坐的姿势］，专心地学习鼓、三味弦以及长哨等，不做他想。经过了一年的时间，他已经可以用流畅的日语讲述蜻蜓的切法以及清元和常盘津的区别了。

最近肯告诉我这样一件事。他和其他研修生一起去了一个食堂，服务员马上出来问："请问你们有几位？"于是其中一个同伴就开始数人数，服务员马上回答说："八个人和一个外人对吧？"然后离开了。并没有点什么特别的东西，为什么不说是九个人呢？肯显得特别失落。

日本是一个不可思议的国家，不管在日本住了多少年，只要是不同的人种，不管什么时候都会被当作外人。

不管日语说得多么流畅，不管多么按照日本的风俗习惯来生活，总是会在某个地方被人当作是"外人"。反过来说虽然我连用英语打招呼都结结巴巴的，然而当我到了纽约在酒店放下行李，转身出来站到街头就会突然有人来向我问路。虽然不能告诉他怎么走，然而突然就被当作了这个城市的一分子，这种感觉让我的步伐也轻松了起来。

然而在日本，外国人不管什么时候都永远被当作外国人，这真的是很可怜。

万花筒 摄影师石原泰博先生三年前开始接触东寺的曼陀罗。他利用镜头的机械性能将金刚、胎藏的两界绘图角角落落地进行了拍摄。

那些原本只有五英寸的部分被放大到几十倍以后，曼陀罗以令人恐惧的密度以及佛像的感官性，在二十世纪的我们面前展现出了华丽的面貌。我接到了编排展示这些作品的工作，那些感官性的佛像占据了整整一个屋子，被这一切围绕的我突然想到了万花筒。中央八叶院经过三面的镜面变成上下左右连续的画面，其中火红的莲花瓣在我眼前无限地延伸。

这个镜子的魔术，不可思议地竟然与密教那悠久永恒的思想紧密相连，取得了预料以外的效果。

社会各界发来了很多疑问，其中甚至于还有地板挖了多深这样罕见的问题，让人捧腹大笑，结果，秘藏有本尊的东寺里也导入了这个装置。

万花筒在1976年召开的蒙特利尔世博会时期获得了长足的发展，当时在大阪世博会的宣传上随处可见的"科学与技术的结合"，到了七年以后的现在，依然没有让我们看到什么实质性的东西。

落语与设计　据说可以在国立馆的寄席观看落语表演［译者注：寄席，为在城市中观看表演节目而常设的小屋；落语，日本的单口相声］。关于这件事情，第一个受到平民广泛支持的落语艺人元乐师匠曾经说过，如果用国家的预算来保护落语，那么艺术的多样性就会慢慢腐朽，我深有同感。无须赘言，日本的表演艺术，包括歌舞伎以及文乐在内，都不是当时的体制培育出来的。或者说当时的统治阶层对于这些通过平民的努力而创造出来的东西，更多的是忍耐，而不是观赏和品味。

歌舞伎中重要的题材都是由妓院、殉情、小偷、杀人等事件组成的，仔细地想想，其实都是文部省所不支持的戏剧。

在这一点上，西欧的芭蕾及歌剧，就是由每个时代的王侯贵族亲手培育出来的，而这些表演形式到了现代，从上流社会普及到普通阶层也没有半点的不自然。

　　然而在日本，现代的大众社会中不可缺少的门面与大众社会发达的历史是截然不同的。我们国家从来就是在民间拥有着更大的创造力，而设计的视觉传达方法也是其中的一种。相比较由国家进行研究开发而言，国家会更倾向于在民间进行简单的调配来进行处理。

　　撇开那些与贸易以及商品有直接关系的深层次的工业设计不提，日本的设计，包括视觉以及广告等类型，都是与国立机构没有任何关系的。就好像是风中的野狼一样，必须以不输于落语的速度保持活力向前冲。

平面艺术　　我从工作间的窗口无意中向下看，结果看到了自己创作的版画。在之前刚刚开业的大楼的一楼展示厅里，那木版画熠熠生辉。

　　下面是车水马龙的喧闹街头，而我每次拉开椅子站起来的时候都可以看到那幅画。那个人也许是很喜欢那幅画吧。设计这份工作就好像是扮演角色的演员一样，要经过化妆，为了满足目的而进行变身，而那些无偿的、无目的的、自主性高的版画工作就好像赤裸着见人一样，会让人觉得十分羞耻。

　　大约十年前，我第一次开个人画展。当时我坐在狭小的画廊沙发上等待前来的客人。不安和羞耻折磨着我，最终我连一个小时也无法忍耐下去了。虽然最近脸皮多少已经有点变厚了，但我仍然品尝得到画家这一孤独世界的滋味。

　　在经济高速成长期，绘画作品被那些投机分子当作一沓沓的纸币来看待，就像是那些从收音机里传出来的音乐一样，复制的绘画作品最开始的出发点是为了满足多数人可以得到这一愿望。然而，日本处于空间饥饿的状态，生活空间里的绝大多数的墙壁都用于收纳物品或者放置电器产品了。那些房间足够宽敞到可以挂画的人们，也许会装饰更为昂贵的作品。

户外广告 假日的时候我去了富士五湖。夏天的绿色还没有褪去，凉爽的秋色已经让空气变得十分清爽。从朝雾高原到本栖湖这一代，有一种很浓重的，本州很少看到的野生表情。而被夕阳染成葡萄酒红的富士山与湖面的深蓝色形成对比，那简直是一种语言所无法表达的绝美景色。

五湖中的本栖湖由于还没有作为景点开发出来，因此非常安静。然而到了精进湖、西湖以后视觉上就渐渐变得喧嚣了。到了河口湖、山中湖，那些广告牌以及标志已经泛滥到几乎都要遮盖住视线的地步了。

与几年前相比，地下停车场以及歌厅等设施的数量已经增多了好几倍，多少有一些机灵的人不甘落于人后，于是标志又盖过了标志，差距变得越来越严重了。这真是令人感到悲哀。也不知道究竟是因为经营者不好，还是因为设计师不行，或者是因为使用的人感觉迟钝，标志在自然中异常醒目的时代已经一去不复返了。

这种像毒草一样在全国蔓延开来的现象，仅靠那些给优秀作品颁奖这样程度的设计运动是不能解决的。

这是一件发生在东京的事。由于消防栓上用日文标满了各种厂家的名字，所以那些居住在日本不懂日语的外国人在很长时间内都以为那是一个广告塔。而那些建筑物外的广告与标志就更是纷繁不堪了。

电视以及彩色杂志充斥着空间，日本已经到了一个不缺乏媒体的时代。而户外广告的设计真的需要深思熟虑了。

造型家的孤独 刚刚看完之前召开的"今天的造型·建筑+美术"的展览会，在回家的路上我总觉得好像缺了点什么。

今天不但有代表日本的四位建筑师，还有画家、雕塑家、设计师这些前卫的人物汇聚一堂，而且展出的作品也都是能够展现个性的东西，然而在会场转了转，却没有发现什么可以让人热切感动的东西。

一边想要揭示现代造型最缺乏的东西，一边各个孤独的壁垒依然一步都不让地局限于自己的经历和代表作，这可能就是原因所在。然而大家毕竟都是独立的个体，也许也是因为我自己对标题上的加号期待太多了吧。

寺院和宫殿的例子自不必提，一直到本世纪初的装饰艺术和新艺术运动的时代，空间和美术都还是一种浑然一体的美。

而今却已不是这样了。为了发现自己的形式，似乎必须否定其他所有的东西，而从属则是最大的侮辱。由于自由是最可贵的，因此都竞相追求自立。不管是才能异于常人还是在密室中花费上一生的时间，无论如何都要在与众不同这一点上赌上一把。

在考虑这些事情的时候，我的头脑中不由得想起了光悦和宗达的合作。双方都能够充分展现出自己的个性，那种合作的快乐就像春天的阳光一样美丽。

从历史的必然性来说，现代的造型家们看来会一直孤独下去了。

江户的设计　据说在今年内，曲尺、径尺的制造许可就可以批复下来了。永六辅先生的努力终于有了回报，这真是令人无比开心。永先生虽然是连游玩及赛马都羞于参加的人，却在这样的市民运动中修成正果，这在日本真是一件稀罕事。有不少手工艺人因为尺度被认可了，进而对自己的技术以及生存方式也有了信心。

江户时代是日本设计的原典。撇开众多的工艺及设计不谈，光说住这一方面，一旦搬家甚至连家具、榻榻米、建筑工具等都可以拿走，现代都没有这样合理的系统。和服也是这样，重复的清洗过很多次以后，最后变成了被子、尿布、抹布等，真是最节约资源的衣服了。

然而江户看似平和的资源使用方法里面其实也蕴藏技巧。将金鱼、绯鲤、盆栽、牵牛花等从改良开始逐渐转变成趣味化的艺术。就像野菊花要开满一片悬崖，没有战火的和平是绝对需要的条件。布匹以及绳结、折纸、玩具、焰火、舞台装置等，那些不再无趣的创意真是数不尽数。

最近，潮流宣言、新生活方式等虽然不绝于耳，然而在这之中还是隐藏着能觉察出的一种劣于欧美社会美学的态度。光是佩戴上东西并不是时尚，而用这样的机会脚踏实地，开阔视野，充分呼吸时代的空气，才是生动的生活方式吧。

[《朝日新闻》 1977年10月号]

我与歌舞伎

从小，我就对剧场有着无比的喜爱。小学二三年级开始，我就常常背着书包一人出入电影院。在我出生的奈良，当时只有两家电影院，一家是松竹，另一家较小一些的则会同时放映日活 [译者注：日本最早的大制片公司之一] 和一些新兴电影。

昭和十二三年正是战争时代，那时古装电影的剧本大多是由评书和歌舞伎改编而来的，比如《伽罗先代萩》、《锅岛和有马猫的后宫轶事》、《自雷也》等。铃木澄子、森静子、国友和歌子都是当时的明星。而还是个孩子的我，对八汐、岩藤那样的坏女人和妖女是既感到害怕又感到好玩，就像是在家里看浮世绘和漫画小说一样入迷。

如果想看真正的歌舞伎，我们就要花近一个小时的时间坐大轨铁路 [就是现在的近铁电车] 去大阪才行。记忆当中我也曾跟着大人去过几次，但只记得拿着大大的木拖鞋号码牌，还有拿着火盆和坐垫把我们引领到座位上的女服务生给了我一些零食，而对于舞台上的内容却完全没有印象了。可是即使这样，我还是很喜欢道顿堀、千日前那些地方插满了彩旗的华丽热闹。而如果那时父母要拉我去动物园或者游乐场的话，我总会赖在剧场前撒娇缠磨好一会儿。

记得我第一次自己主动去看歌舞伎，是在战争结束后的第二个月。我先坐上人满为患的电车到达大阪。然后再穿过从上本町到滩波那片一眼到头的焦土，走到千日前去。一路上满是碎成糖渣般的玻璃和凌乱的瓦砾。

道顿堀和千日前已经面目全非，昔日的热闹斑斓全都化成了灰色的残骸，只有中间的一座写着"大剧"的地方在向人们展示着战后初期的影像。我去看的歌舞伎是岚雏助的《娘道成寺》，它其实是为松竹印画的电影《伊豆的舞女》所做的助兴表演。回想起来，那和现在浓艳华丽的大部头《京鹿子娘道成寺》是完全不同的，似乎只是淡薄而简短的一幕罢了。大概因为它是电影的助兴节目，所以自然做过了改编。但即便是这样，它在当时仍然给了我过电一般的震撼感受。

其实第一次看歌舞伎舞蹈，不可能看得出好坏来，但我却还是感到了无比的欣喜。也许是因为白拍子 [译者注：白拍子是平安时代末到镰仓时代流行的一种歌舞，表演者女扮男装，边唱边跳当时的歌谣，是一种无伴奏的即兴歌舞] 那搭配绣着金线的红色华丽戏服实在太美了，它让我在萧索的战争后第一次看到了美好，就如同看见了"和平"的来临，所以我才会觉得如此幸福吧。

不过，当时的舞台上连幕布都没有。灯光也只是从葡萄架上垂下几根黑色电线，再装上电灯泡而已。而那五六个一百瓦左右的电灯泡，就是当时全部的照明了。一想到不久前这里还上演着豪华而又炫目的歌舞剧，就会感到现在的剧场与其说是贫乏，还不如说是令人心疼。当然，舞台上也不会有绯红的毛毡。而因为没有幕布的关系，所以选择的都是适合一个人表演的剧目。至于观看的环境，墙壁就不用说了，就连天花板都布满了黑色的煤灰，到处是红色溃烂的污垢。观众席也没有椅子，大家都站着观看。没有喝彩声，没有掌声，一切都像凝固了一般没有任何动响，有的只是一群用眼睛直勾勾地看着舞台，且"站无虚席"的观众！

然而在返回的路上，我一个人走在昏暗的野地里，竟仍觉得自己看了一场绝美的演出。我记得当时的心中涌动着一种说不清的感受，像是充实也像是希望。虽然发生在久远之前的十五岁，但那些细节至今却仍像是近在眼前。

从通晓戏剧之人所写的随笔中，常常可以看到他们对以前的著名演员与表演的描写。比如第五代、第九代的团菊，以及大正年间出生的人们还有幸可以看到的第六代的羽左卫门、第十五代的吉右卫门等，在这些谈论名角演出的话题中，我仿佛可以看到作者们得意的神情。而我这个年代的人却只能写出关于废墟的话题，所以对他们的羡慕之情真是无以言表。

仔细想想，恐怕我们是日本人里看歌舞伎最少的一代。如果谈论与设计有关的领域，如爵士和摇滚，我们的渊博程度会让美国人瞠目结舌，但是如果说起歌舞伎，我们所知的反而与外国人相差无几了。前辈的事暂且不提，喜欢歌舞伎的年轻人最近倒是多了起来，和这些年轻人一起，我看了许多值得骄傲的表演。像先代吉右卫门的《俊宽》、梅玉的《忠臣藏》、户无濑、先代延若的《石川五右卫门》、先先代三津五郎的《喜撰》以及《渔樵问答》等，都是很优秀的剧目。

在京都上美术学校时，我曾加入过一个叫做"画室座"的演剧研究会。那时我对戏剧的热衷程度甚至超过了学业。入学后一年级的那个秋天，研究会决定在京都报纸会馆演出冈本绮堂的《修禅寺物语》，我被学长点名表演北条行亲的角色。我仿佛第一次上战场的武士那样毫无经验，在贵川衅跳到赖家面前的那一幕时，我的双脚竟然始终无法停止地颤抖着，而且声音也不自然地提高了许多。

那次公演之后我还有幸跟着学长们去了"南座"，在那里我见识到吉右卫门、时藏、染五郎的《平安家女护岛》。那该算是我第一次欣赏真正的歌舞伎。还记得最后一幕俊宽凄惨地留在孤岛上时，座位上的我已经泪湿双眼无法动弹了。

　　还有一段时间我曾痴迷于一份小型周报，现在已记不清出版单位，只记得名字是《银幕和舞台》。以现在信息过剩的时代，绝对无法想象当时我看到那份报纸时的兴奋之情。从每一期的第一页到最后一页的编辑后记，我都会一字不落地看个遍，什么东京秦丰吉的配乐、草和新宿的剧场轶事、染五郎开始活跃的歌舞伎剧评等，这些信息都被我如饥似渴地阅读并吸收了。也正是从中，我了解到梅玉的绝妙，认识了先先代三津五郎被奉为绝品的舞蹈。最后，我还看了好几遍由上一代的岩若演出的《楼门五三桐》，那浓烈的歌舞伎之美，就如同欣赏浮世绘时那五分钟之间的感受，在事后是无法回味的。

　　而我真正为歌舞伎沉溺以至于开始一次不落地观看，大概是从昭和三十四年开始的。那时我已经居住到东京，而回想起来，那时正是歌舞伎最颓靡的一段时间。

　　当时因为东京世界设计会议的关系，我认识了说英文的夏威夷留学生M君，我们很快地相熟起来。他曾经在夏威夷大学演出过《弁天小僧》，也是一个深深地被歌舞伎吸引的人，后来就到了早稻田大学郡司正胜老师的教室工作。有趣的是，从这个有着日本血统的美国朋友身上，我反而学到了不少关于歌舞伎的见解和乐趣。除了英语的练习，我们从早上就开始看当时在东横会馆，还属于团子时代的猿之助歌舞伎。他回国后，有很长一段时间我仍然会一个人去看歌舞伎，然后在剧场的小册子和《演剧界》上写下自己的感受，寄到美国给他。那时的歌舞伎演出并不像现在这么频繁，所以这种邮寄我持续了大概两年时间。

　　我对歌舞伎的兴趣，其实顶多只是到早期的默阿弥为止，而对社会剧我就不太喜欢了。而如果依喜爱程度，接着就是丸本或者南北、所做物和十八幡这样的顺序了。虽然会觉得对不起那些作家的心血，但我真的是几乎不看而今新编的歌舞伎！

　　歌舞伎的乐趣，归根于它的表演与剧场感。写实与幻想，谎言与真实，美丽与丑陋，一切都融入到舞台上那浓郁的氛围中。当每个人走出剧场回到现实的街道，那豁然强烈的对比仿佛会使人晕眩。而对我而言，那正是最为幸福的时刻！

[《演剧界》 1978年2月刊]

俯瞰的风景

我想，战后日本最丑陋的风景大概就是那些屋顶上的新瓦了。

如果坐上新干线向西行进，我就会看到一幅典型的现代日本景象。浓浓的红褐色以及闪闪发光的天蓝色彩色瓦片混杂在白色砂浆的房屋群中。

近年来日本人的生活逐渐富裕了起来，但仍然还有一些民居保留着传统的黑灰色屋顶。然而不知从何时起，在那些漂亮的房子周围开始出现了许多蓝色屋顶和褐色屋顶的住宅。于是由黑、蓝和褐三种颜色掺杂在一起构成的视觉环境就一点儿也不美了。

特别是那种既不像蔚蓝也不算佛青的淡蓝色瓦片，它那突出的光亮效果让周围田园的绿色植物都黯然失色，似乎在骄傲地展示着现代新式建筑的胜利。

可遗憾的是，我并不能理解那些彩色瓦片的功能效果，与原先那种不挂釉的素色瓦相比，这种挂满彩釉的瓦砾最多也只能让人感到它在耐水性上的一点优势而已。如今的日本烧窑技术日新月异，而那些冷色调的棕色和蓝色恐怕是六十年代日本高速发展时期出产的新品流行色吧。

虽然作为一个现代主义者我丝毫不觉得一定要保留自古就有的那种脆弱的屋顶瓦，但我还是有一点遗憾，如果现在的人们在生产彩瓦的时候能在色样中追加一个黑色或者灰色就好了。

木质民居的寿命大概是八十至一百年，所以这种混杂着褐、蓝、黑的景色在短时间内想来是不会有什么变化了。那些没有见过传统日本黑瓦屋顶的外国游客们看到这景色时，说不定还会惊呼"哦，广重青！"然后为这世界上独一无二、闪亮滑溜的青瓦而欢呼吧。想到这里，我不禁想要苦笑。

从清晨纯白色的雪景中，从烟雨朦胧的山脉中，我们可以清楚地发现环境中单一色彩带来的美感。当然，这两个例子使原本有色的风景因为无色事物而失去了颜色，这样的美景中其实含有很大的心理因素。特别是在过分地充斥着彩色的现在，单一色调带来的统一感就更能静悄悄地深入人心了。

一提起单一色调，很容易让人想到黑、白、灰等非彩色的颜色，其实蓝色、黄色等彩色单色也是一样的。单一色调之所以美丽，是因为映入眼帘的主色会给人留下强烈的存在感。

看来话题都局限在环境的颜色上了。还记得几年前，美国新墨西哥州圣达菲的一条纯红褐色的街道曾让我震撼不已。那条街仍顽强地保留着印第安人的泥砖房风格，然而这种传统的东西却让我感觉到了强烈的现代感。粘土工艺品般的完美曲线和红土，在我眼前呈现出一幅性感的风景。

希腊的米克诺斯岛，全部是如同砂糖点心般的纯白色；从空中俯瞰的印度尼西亚雅加达街道，则是橘色的瓦块连成一片，美不胜收；长时间处于荷兰占领下的爪哇岛，则在土壤材质本身的颜色里面混合了荷兰人的传统。

可是遗憾的是，日本的街道却已经失去了能够俯瞰的风景。从高空向下看到的，只是砖瓦、金属、玻璃、混凝土、塑料等这些现代工艺催生的原材料凹凸不平地拼凑在 起的景象。

日本人一直是传统的，日本这个民族原本也不善于协调众多的色彩，而人们却对现在的多色化倾向抱有十分宽容的态度。对这一点我至今仍没能理解。

日本这个民族其实可以说是单一色调的。首先，日本人身体的颜色是单一的。

想象一下在欧洲街头出现一群日本观光者的景象吧，他们的样子肯定和美国等国家的人群非常不同。正如人们所形容的那样，东洋人聚集在一起就像是一个"黑山人堆"，所有人的脑袋上都顶着黑黑的头发，这看起来甚至有些吓人。对于那些头发颜色有红、有金、有银的欧美人来说，看到这些全都头顶黑发、整齐划一地穿着鼠灰色西装的日本人时，难免会觉得这是一个恐怖的集团吧。在眼下世界范围内讨论日本的风潮中，国际上对日本人连带意识的误解也许正是由这单一发色引发的。

也许正因为日本民族自身的单一性，所以日本人在喜爱水墨画单纯色调的同时，也非常喜爱绚烂多色的事物，并热衷于堆砌那些五花八门的色彩，比方说制作红、绿、蓝、黄多彩的便当等。

日本人的多彩概念可能是源于佛教五彩的思想，而单色意识却出乎意料地属于神道范畴。可以想象，在日本人对单色调的崇尚中似乎还透着几分追求神秘境界的禁欲愿望。

其实神和佛这两个深层概念一直深埋在日本人的心中，可是为什么日本屋顶的瓦片色彩却不能向神道式的单调再靠近一些呢？我感到深深的惋惜。

[《东洋INKT NEWS》 1982年5月]

日本人的审美观

当我在报纸上看到《雁治郎演出〈心中天网岛〉》时，突然就想去看看了。于是难得一次，我去看了正月里的第一场戏剧。为了捧场，中村雁治郎的《河庄》我已看过好几遍了。知道上一辈的纸屋治兵卫的人们，总是会挑"纸治"的毛病，然而直到今天，要说传承了上一辈和事 [译者注：日本传统戏剧歌舞伎中的一种角色，通常为成年男子进行演出。扮演爱情剧中青年男性的角色]的正统演技的,也只有这一个人了。况且我这个年代的人还可以从他的表演中了解一些上一辈的情况。

在傍晚京都的颜见世[译者注:歌舞伎表演中一年一次的角色移交,是新人第一次露面的机会,在歌舞伎的各种形式的仪式中是最重要的仪式]中,雁治郎把这个角色转移给了他的儿子扇雀,而自己则转向表演孙右卫门一角。雁治郎并没有太多年老的痕迹,虽已经到了七十多岁的年纪,然而装扮作美男子出场的时候还是吸引了所有人的注意,那深厚、独特且不同一般的美使观众从内心深处对即将邂逅的歌舞伎产生向往。也许是因为歌舞伎特有的厚重感,或是一种观看浮世绘浓墨部分时的江户气息,让人不自觉地屏住呼吸去等待那一瞬间,因此看歌舞伎的时间段一直都是按捺着激动度过的。

以通常的眼光来看,著名演员雁治郎是一个已经老了的治兵卫。然而,他那被恋情夺走了内心后的空洞眼神,以及步履蹒跚的演出,在开幕的情节开始之前却始终盘旋在我的脑海里。

在舞台上也是如此,不再滋润的皮肤上涂抹的白粉不时掉落,在强烈的灯光下,一个老人的形象残酷地展现在观众面前。这个时候也会忍不住想,如果由一个更年轻的演员来演出或许会跟故事的情景更为契合,同时也更能表达近松原作的意思。但尽管是这样,在脑海里想象可以替代他的其他演员时,却发现既能表现出那个时代的时代感,又能体现出上一辈人魅力的人选,实在是不容易找到。

仔细考虑一下,在看歌舞伎表演时,我并不想追求歌剧般的宏大音量,也不需要芭蕾那匀称肉体跳跃的美,我追求的是那种不可妥协同时也不被宽容的"暧昧"的东西,通过那个无法被替代的对象,发现了那个沉醉于超越现象的深渊中的自己。

这不仅限于上一辈的和事,在荒事[译者注:日本传统戏剧歌舞伎中的一种角色,通常由成年男子扮演具有超人力量的正义勇者]这一角色上,这种感觉则更为强烈。舞蹈也是一样。然而这一切是无法仅仅用"艺术的力量"来概括的，那更多的是审美观碰撞的结果。准确地说，日本的艺术中可能并不存在西欧国家的那种怪诞形变，而是不论老丑、妖怪、幽灵都在最深处与美紧紧相连。这就是日本艺术中让人不可思议之处。

说起来，最近在欧美各国以日本为专题的活动很多。去年秋天，在巴黎召开的大型展览中也展出了表现日本时间和空间的"间"的内容。参与企划的有建筑界的矶崎新先生以及音乐界的武满彻先生，两个专业的领域却用一个"间"字就表现了出来，是一个很好地运用了日语独特性的标题。在日语中，"间"这个字不管在时间上还是空间上都有深远而微妙的意义。然而这也是一个并不能简单地进行概念化的审美世界。虽然不知有多少法国人理解了这个深奥的"间"字，然而展览结束的时间被推迟了一个月，可见还是受到了他们的广泛欢迎。

另外，今年在美国科罗拉多州召开的第二十九届国际设计会议上，也出乎意料地用日本及日本人作为了题目。标题是"日本——矛盾和融合"。美国CBS广播的托马斯先生和日本建筑界的黑川纪章先生担任本次会议的主席，负责推进会议内容。由于要制作这个会议的小册子"THE IROHA OF JAPAN"，今天我去了位于驹场的日本民艺馆确认摄影效果，拍摄的对象是名为"鉴定"的项目中的一个茶碗。

冷飕飕的空气中，快门的声音仿佛是在刻录着时间的流逝。那个从三层的桐木箱子里取出来的秘藏名品"井户茶碗"，乍一看是个并不特别的普通陶器。

大大的茶碗上布满了略微偏红的灰釉，不知是不是因为用了好几代，破损的地方用金子修补过，使这个茶碗有了一种不同的感觉。茶碗上的铭文写的是"山伏"，箱子上还写着西行鉴赏时说的一句话，由于过于大家风采，我感到无力解读。这个名品"井户茶碗"原本是一个吃饭喝汤用的朝鲜手作，后来它被用于茶道才出乎意料地升格为名品。去年因NHK的电视剧而出名的利休的"吕宋茶壶"，也具有类似的经历。

　　制作者从没有特别用意的普通东西中发现美，进行选择，给它命名，甚至向其注入精神，它就成为了一个名品。光是听到这个过程，也许你会像听到《皇帝的新装》那样付之一笑，然而这个过程正是对暧昧的对象赋予美的价值，让它具有超过具象的意义。把一个既没有花纹也没有颜色的普通的碗放在手心里，重新认识它的不同寻常，品味它的颜色，体会它的触感，鉴赏它那毫无特别之处。对没有特别主张的形态的观察，就像是一种在观测预兆的鉴赏美学，就是日本人特有的心理特征。

　　不去赞赏西欧式那主张构筑的人类力量，而是更欣赏这种放弃人类挑战的境界，将视线集中在一个被自然征服的茶碗上，解读岁月，思考人生，这样的美意识是近代以后的人难以体会的哲学。

　　"鉴定"指的不仅仅是从大量的东西中挑选出一个造型漂亮的器具。从一个小小的器具中看到世界的感受力和有韧性的凝视力，同样身为日本人的我也还是感到有些震惊。

　　老年演员来扮演年轻演员，将一个普通手作当作宝贝来珍视，从西欧的审美观来看，这一切简直是难以想象，就像花开花谢是人之常情，他们当然也觉得这并不是很美的东西。而且，东洋一直都不过是"神秘的面纱"而已。然而，现在的日本人似乎变得比西欧人还要现实了，用物质的尺度来衡量一切。也许，确实是已经到了东西方感受性没有区别的时代了吧。

设计与日本文化

　　每当提起"设计"，总会有很多人将它理解为"构思"或"图案"。可是，我想让人们了解的是，设计其实是一个"概念"。如果没有图案会很好，那么去掉图案的行为就是一种设计。极端一点说，就是在发现造型和工艺不好的时候，果断地将其终止或舍弃，这也可以说是设计。我的办公室就是这样，房顶的装饰模板被全部拆走了，混凝土墙面上暴露着设备管线，以思考方式而言，这也是设计。

拥有极佳的思考能力和出色构思的人，即使不画线不上色，也可以说是设计师。只要是对人类的生活方式有着认真的思考，那么即使是做行政或是商务工作的人，也会具有与时代同行的设计感受。而如果在社会和生活中适当发挥出这种感受，就会增添生活的设计感并形成高度的文化。

从江户时代开始，日本就有了相当浓厚的庶民文化。浮世绘与十八世纪欧洲王侯贵族们创造的文化是不同的，东洲斋写乐等人画的演员像相当于现在的明星照，安藤广重创作的东海道五十三次则类似于明信片，当时是作为一种旅游纪念品发行的。这些浮世绘在十九世纪末的欧洲受到很高的评价，被升格为了美术品。而它们原本只是存在于百姓生活中的普通物件。

歌舞伎也是如此，它和欧洲的王侯贵族们用金钱培育出来的皇室芭蕾和戏剧有本质的不同。古时在四条河原所出现的活动，就很像现在的戏剧演出，那是从很小的窝棚中发展起来的。而现在那里虽然已经建起了气派的剧场，但其中的演出依旧残留着浓郁的人间气息。如果将日本文化与世界文化放置在一起比较，就会发现日本文化有着浓厚的市民文化土壤，而掌权者的文化政策反而显得有些薄弱。

因此对于日本人来说，似乎设计要比艺术更加贴近生活。观察江户初期光悦、宗达及后来的光琳形成的"琳派"，就会发现他们的作品大多都是在日常生活中可以使用的东西，无论是隔扇画，屏风，还是杉木门和工具都是如此。光悦和宗达的"嵯峨本"是出版界的先驱，而宗达的画作在某种意义上看就像是今日的插画。这些作品不但都有各自的用途，而且同时具备了美感、装饰性和精神性。而我认为这是非常重要的。

当然，进入二十世纪后的日本也开始推进工业化和大规模生产，而设计中的精神性却似乎被剔除了。因此我感到"日本文化设计会议"的召开其实具有重大的意义。将日本在建筑和工具中曾经蕴含的精神性融入现代生产是很有必要的。如果物品只能发挥用途和功能，那是很容易变得廉价而乏味。我想如果能在工业产品中更加强调创造性，更加注重渲染我们独特的文化，那么日本的商品也许就不会产生那么多贸易摩擦了。

在日本，只要有一个企业开发出了大受欢迎的产品，那么其他的企业马上就会一窝蜂地也去生产这类产品，然后向全世界销售。然而欧洲的企业却更倾向于创造独具匠心的产品，这些产品以它们的独特性受到特定人群的喜爱。我想如果能坚持不懈地创造出有特色的产品，并且让每一件都具有文化内涵，那么就可以摆脱制造大国的形象了吧。

其实日本人的感知力原本一点也不迟钝。就像我们在阅读日本的文学作品时所感到的那样，在日本文化的根基中，充满了紫式部和清少纳言式的淡淡忧伤与怜悯温柔，以及优雅的审美意识。

例如每到秋天，日本人就会推出一些以"吹叶"〔译者注："吹叶"用在料理上是指将不同颜色和口味的食材融合在一起的什锦拼盘〕为名的料理和点心。它描绘了这个季节落叶纷飞、蘑菇长成、果实滚落，以及落叶被秋风吹到一起时的独特美感。这一幕在西洋人的眼中也许只是一堆无用的垃圾，而日本人却把这些看似不得不扫掉的枯叶比作栗子、银杏和蘑菇，美不胜收地放在盘中。这种美感意识并非来自大陆型文化，它是日本人所独有的。因此我们应该重新审视和再认识这种典雅的美感。

另一方面，由于日本文化太偏重感性而不够理论化，所以很难发展出系统性的思想或主义。现在在日本比较明确的一些主义——以美术为例，如印象主义、达达主义、波普艺术等——基本上都是从国外引进的。日本本土产生的思想和主义由于未成体系，所以明明有很好的艺术却不能推向全世界，反倒是后发的欧美艺术被率先纳入了历史。如果我们早些创造出理论的话，就不会被说成是模仿别人了。

如果今后日本在经济上更加富裕，文化也可以逐渐被世界认识的话，那么什么才是日本可以向世界传达的？这将成为一个非常重要的课题。我想我们不该忽视了明治以后的现代主义，而应当更加珍惜它。比如在国外介绍日本的时候，总是禅学、茶道、花道、歌舞伎或能乐这一类的东西，而之后却突然变成汽车、电视、电脑等内容的话，会让人感觉日本像是个神秘的国家，就是因为少了中间的部分。

而介绍泉镜花、福田平八郎等人在现代化过程中的作用也很重要。如果泉镜花的戏剧在法国上演，我想它那强烈的超现实主义理念或许会受到好评。如果让人们认识到日本也有这样的审美意识，那么我们在现代化工业上的进步也就不会显得那么神秘了。

日本从十八世纪开始，市民们就拥有了高度的文化，这其中正蕴含了推动经济发展的力量。我想，必须要把这些完完整整地介绍给外国的人们。

近百年来，我们的生活当中处处存在着"和与洋"的结合，筷子与叉子、和服与西服、和室与西式房间、日本画与西洋画等等。在和风与西洋的相遇过程中，曾有过痛苦的经历和操作的失误，也有过不可思议的体验。逐渐地，和风与西洋终于在日本一点点融合起来，可是西方人却很少能接触东方的文化。所以，体验着综合性文化的东方人在文化方面其实是处在领先位置的。

也就是说，我们和大米等作物一样，不同品种之间杂交后会产出更好的品种，而现在的我们正处于这种非常好的状态中。或许接下来，就会换作欧美人开始学习东方的、日本的东西了，当他们也为了文化隔膜而痛苦思考时，地球的文化就又会发出新芽，更加焕发出活力了。

[《信浓每日新闻》 1987年10月20日]

日本的城市与色彩

近几年，日本城市的混乱颜色已经越来越成为了讨论的中心，就好像日本的颜色已经被坏人操控了似的。

我这个年代的人，由于内心最深处还残留着战后那灰暗世界的记忆，因此对于美丽颜色的渴望总要比旁人来得强烈些。去年，在苏联及东欧旅行返回的路上，我转移到了飞机的西侧，机上那些颜色鲜艳的座椅餐具和椅套口袋里的印刷物就吸引了我的视线，使我当时的心情一下子灿烂了起来。

颜色本身是一种很客观的东西，它并没有美与不美之分。对颜色的好恶完全是每个人根据自己的本能来进行判断的，对颜色的感觉也因人而异。有人最不喜欢红色的汽车，而有人则觉得红色是世界上最美的颜色。有人认为绿色无论涂在哪里都是好看的，因为它接近自然色，而有人却觉得黑色或是茶色这些带有日本地方特色的颜色才是好看的。

对街道风景的偏好也同样是见仁见智。有人偏爱瑞士那样的城市，觉得那种整洁得不见一片纸屑的状态才是理想中的美。当然也有人更喜欢新宿的歌舞伎町，觉得在灯红酒绿的色彩中才能体验到人类特有的活力。在感觉如此不同的色彩方面想要让所有人都统一走向一处几乎是不可能的。

在这个时代要创造城市颜色比以往任何时候都更困难。从前那各具特色的城市表情与姿态正在极为迅速地消失。站在日本的地方火车站前，我简直难以分辨自己现在身在何处。房屋在一座座被逐渐更新换代，同时，原本多姿多彩的风景也在以令人惊诧的速度在全日本范围内走向整齐划一。

在步入近代之前，城市在获取建筑材料上还有许多的限制条件。而出于经济的考虑，每个村落通常都会选择本地出产的材料来建造自己的房屋。有些地方是石墙，有些地方是土墙，甚至有些地方是稻草和木板。然后在这些墙上加上瓦片及砖块这些物品，整个村落就从格式到色彩上形成了一个美丽的整体。

然而，现代社会要获得世界上的任何一种材料都是十分容易的。自然材料或许还有一些限制，但从工厂大规模制造出来的建筑材料则有数以万计的种类，使得最终每个建筑物的颜色也会是几乎让人难以推测的色彩斑斓。

那么一个典型的日本城镇是怎样的呢？我家的屋子涂的是灰浆，邻居家的是数寄屋风格〔译者注：日本的一种建筑形式，多为按照茶室的感觉而制造的住宅模式。引申为"按照自己喜欢的模式"〕，而对面的各家呢，有瓷砖的、玻璃的、油漆的、塑料的、钢铁的、石材的、砖制的……狭小的地区集合了各种各样的材料、颜色和样式，将整个城镇变得熙熙攘攘。

从便当中就可以看出，日本人本就喜欢将各种各样的东西一点点排列起来。此外，自从明治时代以来，日本人就同时使用筷子和叉子，平静地在和与洋这两种对立的模式中生活着。

更为宿命性的是日本的文字——汉字、平假名、片假名，最近几年又加上了西文。这四种文字有时竖着写，有时又横着写。文字如此多样化的国家，除了日本恐怕全世界也找不出来了。然而若是再说到广告牌及签名的种类，那么恐怕日本正在逐步走向更为复杂的表情，任何一个国家都无法匹敌。

然而这种种倾向，从城市的色彩和都市的美感上看却并非是好事。不止如此，日本社会对于商业主义现在有着过分的宽容，整个城市就像是打翻的玩具箱一般，变得极度杂乱不堪。

当然各种元素的混合及信息化也是一个城市活力的源泉之一，街道中错落的颜色组成自己的音阶，像这样的国家的确十分罕见。五花八门的东西，都在随意地奏响属于自己的声音。

但是在以连锁店为首的企业CI化进程中，他们完全不考虑与周边的关系，这种情况越来越恶化。小商店的遮阳伞都变成了广告媒体，感觉就像是电视普及前遗留下的坏习惯。既然电波媒体已如此普及了，有心的大企业似乎该主动从户外广告撤退下来才对。城市的色彩依然还是不能如设计好的那样进行统一。如果他们能主动地想到这一点，自觉地为都市的整体美观做出些贡献，那该有多好啊！

解决了温饱问题后，才会开始考虑健康的问题，我想色彩方面也是一样的道理吧。在色彩的洪流中吃得过饱后，自然到了开始重新看待色彩美感的时候了。

[《朝日新闻》 1986年10月23日 朝日新闻社]

日本与平面设计

日本，常常被认为是一个精神十足的国家，因为日本人拥有贪婪的好奇心和旺盛的咀嚼力。在日本，中学生里没有不知道莎士比亚的，因为《罗密欧与朱丽叶》和《哈姆雷特》早已不知上演了多少场。披头士是自然不用说的，还有本杰明·布里顿的《为青少年所做的音乐》、戏剧界的阿诺德·威斯克也都拥有不少的爱好者，听说最近指挥家科林·戴维斯的乐迷队伍也开始庞大起来。如果再列举英国的舞台艺术，估计也会不相上下。

战败后的三十五年里，日本人在莫名的自卑之苦中，从欧美学到了很多东西。不仅在科技上，在文化思想领域也勤奋地吸收着欧美的长处。现在的日本发展成了世界性的工业大国，受到各国的瞩目，也应该归功于那些年蓄势待发的努力。

再看今天的日本，其实是以东西方两条腿在前进。东方和西方这两种完全不同的性质分别存在于两条腿上，共同迈开了不可阻挡的现代化步伐。这样的一对矛盾体，却反而使日本显现出令世界感到惊叹的无限活力。

　　日本人可以分别熟练地使用筷子和叉子。而如果非要在二者中选择一样，却也并不会感到困难。这是人们从出生以来一直伴随他们的两种工具。早餐是日式的，午餐可以是中国风味，而到了晚餐则会像欧美人那样将正宗的西餐送入口中。有人会先在西式浴池里沐浴，再到榻榻米的房间就寝，也有人先使用日式的卫生间，再睡倒在西式的大床上。无论哪一种习惯，都不算少见。

　　文字也不例外，横向与纵向书写皆视需要而定。书籍、杂志、教科书等也同时存在左翻和右翻的两种习惯。而语言中，汉字表形、平假名表音、片假名则书写英语等外语。数字也分为两种，加上布满招牌和广告的英语、法语的罗马字，日本人就生活在这四种文字之中。

　　从早上五点半直到半夜两点，电视都在不停歇地播放着丰富的节目。从武士剧到意大利歌剧，从相扑到棒球比赛，从演歌到摇滚乐，六七个频道里这些不同的内容交替出现。

　　近来在日常生活中穿日本民族服装的人渐渐少了，但是在婚礼等场合，却常能见到新娘的和服装扮与新郎的礼服搭配同时出现的情景。好像日本人就是喜爱这种混合式的生活，对能够带来便利、兴趣的其他文化，他们不但不抵触，还会将它们吸收到自己的生活中，完美地同步发展，这似乎体现了日本人某种不寻常的能力。

　　街道上，民谣酒吧与迪斯科舞厅并肩排开；购物中心里，法国奢侈名品店和本地女士们自己经营的"茶浴"与"插花"店互相依偎；美术馆中，有西洋画展也有日本画展；音乐厅里，有西洋乐团的演出，也有日本传统的邦乐〔译者注：邦乐和邦舞是日本传统音乐和古典舞蹈的统称〕表演；舞台上，有西方舞剧也有日本舞蹈；而建筑上，西式房间与日式和屋也是同时存在的，还有新剧和歌舞伎等等。对于这一切，日本人从未感到过任何不妥。

而观看现在的日本平面设计，就仿佛是浏览当今日本文化的缩影一般，各种内容的丰富与重叠都一览无余。

设计的主题并不局限于运动、时尚、娱乐、工业、饮食、器具和风光等题材。表现手法也不止于照片，而是从油画、彩粉画、钢笔画、蚀刻画等西方手法到水墨画、木版画、剪纸画等东方手段都被相得益彰地使用着。载体也从报纸、杂志、海报横跨广告、社论、电视等多样化的媒体。而网络这一高密度的媒体，最终将超大量的信息传送到日本的每一个角落，信息传播的广度和深度由此已经越来越显著了。

1603年到1860年的将近三百年，日本经历了漫长的闭关锁国，那是历史上难得的几乎没有战争的和平年代。日本独特的文化就是在这特殊的三百年和平中慢慢地沉淀而成的。在这漫长而和平的时间里，人们渐渐地学会了将时间充实地利用起来。他们发展出了技艺精湛的工艺、宏伟壮丽的演剧，还学会了如何将花卉盆栽等植物变种、如何培育观赏鱼等，而这些文化不是依靠贵族王侯的强大后盾，而是完全由平民自己创造出的。

并且我发现，在日本这个国家，完全没有像英国那样的皇家芭蕾和皇家歌剧。除了中世纪的雅乐和能乐，歌舞伎、文乐、邦乐、邦舞等无一不是平民们从愉快的生活中创造出来的。在饮食方面，日本也没有西欧那种王室菜系。像寿司、天妇罗、鸡素烧等这些日本特色的代表性食物，也全是出自民间。"浮世绘"版画在十九世纪末风靡欧洲以前，也只是歌舞伎明星的肖像画、情色画和风景名胜的明信片而已。从那时起，日本的老百姓就已经练就出了好与坏、有趣与无聊或华丽与素雅的鉴赏能力了。这些都帮助日本人形成了那种对现代平面设计的苛刻鉴别力。

第二次世界大战后的日本，大量的农村人口涌入城市。自江户时代起，城市中的商人就开始混合了农村情感，这使得日本更加朝着活跃的大众化社会发展。从战败后的废墟中走出，日本的设计师们积极地去海外考察，向欧美学习。但我却从未听说过这些平面设计师中有哪一位是依靠着国家的资金支持去留学的，他们大多是自费或是由企业派遣出去的。从这点，就可以看到日本民间力量的积极活力，以及日本商业的自立精神。

在单一民族和单一语言构成的环境中，日本人自然是厌倦了乏味和无聊，他们向往一种富于变化的氛围。于是，季节、文学等因素被融入到纹样、图案的设计中，在多样化的过程中寻求丰富的情感表现。日本料理也是如此，它不是奉上单一而大量的食物，而是让你能够将各式各样的食物都品尝一点。这就已经不知不觉地流露出了日本文化的本质。所以平面设计也不会例外，日本人有自己的长处和短处。比如日本人并不擅长外国人那种大胆直接的宣传，他们更喜欢委婉和耐人寻味的手法。而由于好奇心旺盛，他们缺乏对大胆思想进行佐证，并以强烈的样式进行统一、建构秩序的能力。虽然可以说日本人是在传达意识，但也不能否认其中存在沉溺于装饰性的成分。平面、城市招牌中出现的欧洲文字，与其说是在传递语言信息还不如说更像是为了营造西欧氛围而做的装饰。日本平面设计中对西文的使用，和瑞士那些同时混杂着英文、法文、德文的设计有本质上的不同。

而除了装饰性，日本的设计还有平面化的传统背景。与雕刻相比，日本人更偏爱绘画，与书相比，他们又更喜欢卷轴。再看看鞋子与木屐、椅子与榻榻米的对比吧，不难发现这其中对平面的偏好。再比如和服，它不像西方那种把布料剪裁成多片，再按照人体曲线来立体地缝制，而是将直线剪裁的布料尽可能少地缝合，让人体去配合衣服。虽然款式相对固定，但那不同质地的布料和不断变化的图案花纹仍然让人感到无限的乐趣与享受。

在色彩上，比起用丰富的色点构筑出阳光下的形体，日本人则选择用多种平面色彩来进行对比。而在西欧交响乐追求立体混声结构的时候，日本乐器却在用古琴和尺八探索直线性音色的美感。

这一切让我不禁感叹，日本文化的独特性与平面设计这一工作是多么契合。而日本人的好奇心、在装饰与平面上强烈的创造性与感受性，至今还在延绵不断地灌注到平面设计之中。

[*SD* 1980年]

写乐的大首绘

无论怎么看，东洲斋写乐的大首绘 [译者注：大首绘是浮世绘的一种，即描绘脸部特写的半身胸像] 都是很有意思的。在他无比短暂的绘画生涯中，第一阶段的大首绘系列是最为出色的。而且我认为，在所有时期且数量有限的浮世绘作品中，再找不到能与写乐的大首绘媲美的作品了。

写乐是个谜一般的人物，他的生卒年代至今仍无人知晓。而那些旷世绝美的作品又使他越发地显得深不可测。而我对他的兴趣，则是更多地来源于他作品中那若隐若现的时代感。

宽政六年 [1794年]，写乐接连发表了许多作品，有的描绘即将到来的时代观点，有的则挖掘当代人的视角和生存方式，可以说这些作品在那时已经具有了明显的预见性。令人惊叹的是，写乐虽然使用了讽刺的笔法，但他的大首绘却没有停留在单纯的滑稽或幽默层面，在他描绘的人物背后似乎还隐约透着一丝哀婉。

我第一次注意到写乐的作品，是在一九六四年东京近代美术馆举办的第三届国际版画双年展上。那时恰是写乐作品诞生一百七十年，所以展会特别展出了以大首绘为首的部分写乐作品。在我的记忆中，写乐的作品比当时那些入围的现代版画给我留下的印象更为深刻。

第一届双年展的宣传海报由原弘设计，第二届是山城隆一。而继这两位老前辈之后，第三届的海报设计任务竟意外地传到了我的手中，这让我感到非常紧张。最终，我的设计提取了写乐大首绘《第二代大谷鬼次扮演仆人江户兵卫》中人物的眉毛、眼睛、嘴巴，错落地贴于纯黑的背景之上，并从中浮现出绿和红等原色。

于是从那以后，写乐成了为数不多的浮世绘作家中最让我感到亲切的一位。

而写乐吸引我的最主要原因，是他的作品摆脱了"典型"。

歌麿、清长、春信等这些浮世绘作家的作品虽然也展示了非同一般的绘画天赋，然而粗略分类的话，他们的作品都属于江户美人画的范畴，而说到描画美女，大家使用的方法都是差不多的。

相对与以上三人的美女图，广重的旅途风景则可归于浮世绘典型的风景画范畴。此外，丰国、国芳所画的则分别是典型的歌舞伎演员像和典型的武士像。而到了写乐这里，虽然他的作品也含有浓厚的歌舞伎气息，但若把他的大首绘划归为典型的歌舞伎演员画像就不太恰当了。

歌舞伎的表演中，每个角色都有自己的身份与性格，但同时表演者本人的性格也不尽相同。进一步说，写乐的作品实际上更像是对生活在江户、宽政时代的演员本人的生动描绘，那已经不单纯是流于表面的歌舞伎角色画像了。

对于描绘歌舞伎演员或角色的典型形象，写乐并无兴趣，这一点使他的作品与其他的演员画像有了本质的不同。他把演员当作一个个活生生的人来描绘，以这种独特的视角描画出每个人不同的内在性格。也正因为如此，他的作品到今天还能深深地将我们打动。

让我们看看那幅《旦角中山富三郎扮演的美女宫城野》吧。富三郎的表情中分明有着一种虚无的哀婉。以男性的身体来扮演女性角色，毕竟和真正娇美的女子还是相去甚远，在画中我们就隐约可以看见富三郎没能掩盖的生硬下巴和突出骨骼。于是，富三郎人生中些许的不如意仿佛也写在了这幅画上。可以说写乐甚至描绘出了那些不该被描绘出的内容。

写乐的绘画在造型和色彩方面的精彩自不必说，而在这之上，他还让我们窥视到了演员在角色深处所具有的哀伤形象。即便对歌舞伎演员水平或是江户时代的浮世绘一点也不了解，在写乐的大首绘中我们也能够感受到超越地域、时代和民族的强烈触动。

都说写乐能被推崇为世界级画家，要归功于德国的美术研究者朱莉斯·库斯[Julius Kurth]。而我觉得，正因写乐作品中所蕴藏的如凡·高《自画像》般的现代派视角震惊了十九世纪末的欧洲，影响了一大批画家，所以才促使库斯写出了那篇论文。

虽然这些带有讽刺感的演员画只发表过很短的一段时间，却还是使板元、茑屋重三郎的时尚感都不得不低下了头。写乐只活跃了十个月，之后就突然销声匿迹了，我想他一定有自己的理由吧。写乐所描绘的，是一个真实的世界。

[《创意》 1995年2月]

信贵山的缘起

《信贵山缘起绘卷》第一卷《飞仓之卷》的有趣，在于它那直接从高潮部分展开故事的独特冲击力。一般的演剧和物语都有"序、破、急"[译者注："序、破、急"是日本古典戏剧的结构，序即乐曲开始的乐段；破即乐曲速度的逐渐加快；急则是乐曲速度的最高点]的构造定式，而这一画卷却完全没有序章。而翻阅该卷的其余部分也同样看不见任何的卷首说明，它就这样将人们突然推置到地震般的惊慌失措中，并从那一刻开始了故事的讲述。

不知从何处突然飞来的金色钵盂，将日本人作为主食的大米一仓一仓地掠走了。于是长者家的人们惊讶地看着米仓飞向了空中，失去了大米的他们感受到生命受到了威胁。

卷首绘制的屋内九人，可以看出他们的吃惊是对仓库突然移动产生的悲鸣。而随着米仓飞到淀之川的上空，画中人们的表情也开始在对自然怪象的惊恐之余透露出了对饥荒的担忧。

如果用电影镜头来说明的话，平民们震惊的这一幕应该就是从长者的家开始一直到河边的长距离移动拍摄，期间不时有各种人的表情如特写镜头般点缀在流动的画面中，每个人都有着不一样的心理表现。再加上绘画超越于镜头的笔尖气势和行云流水，这一幕的描写真是堪称精湛。

以比沙门天的信仰传说为基础的《信贵山缘起绘卷》，是用来向众人劝说信奉之道的，因而绝不能使人看时感到厌烦，因此它就需要用强烈的冲击力在一开始就将人们吸引到故事中来。这让我联想到现代的电视广告要抓住人们眼球的道理。

"得大山崎而得天下"，在京都往西十公里处，坐落着因丰臣秀吉和明智光秀的交战而闻名的山崎城。

日本榨油的发源地——离宫八幡宫就位于山崎车站前的小树林里。大约从距今1110年的清和天皇贞观年间第一批芝麻油被榨出开始，这里就以天下油仓的身份享有所有经济、政治方面的特殊待遇，并以财富和权力为傲。所以人们认为《信贵山缘起绘卷》第一卷中的山崎长者指的就是这个山崎，这种猜想基本已成定论。

不得不说名僧命莲能够注意到这一急速成长的山崎长者，是相当有眼光的，可能当时在舆论上已经兴起了对油商暴富的羡慕之潮了。

米袋再次从空中飞回归还给山崎长者，而米仓却没有回来，这一情节也很合乎人情，不由令人敬佩。而在卷首，榨油的柱子和灶台也被用米仓飞向空中的相同手法做了描绘，这一细节也暗示了当时在场的果然是榨油的长者。

在第二卷《延喜加持之卷》中，有一幕剑铠童子在皇帝的病床前英姿飒爽地登场的场景。这是一个连美术教科书都转载了的经典画面。在这次《国宝之旅》的取材中，对这一场景前后关系的推断也是我们话题的焦点。

在这一场景之前，是童子乘坐云朵在清凉殿登场的画面，而后段又有童子腾空向京城飞去的场面。这个部分的时间似乎有些颠倒，加上该处的纸张粘合不自然的迹象，让我不禁猜想，这是否是后世所进行的修订呢？但这一推理可能还存在问题。

因为在同样描写江户时代并流传在朝护孙子寺的另一卷《信贵山缘起绘卷》里，我们发现有一段前言安插在童子登场和空中飞行的画面之间。

但是，如果在这里加入文字的话，就会消减童子如疾风一样出现的扣人心弦之感。所以原版中的两张画虽然时间颠倒，但是对于我们这些视觉型的设计师而言，反而更加偏爱这被文字打破的直排连贯画面。

在日本画卷的表现方法中，存在一种"异时同图法"，也就是依照时间的推进将不同的插画安排在同一个画面中。显然童子登场也属于这种排法，但是童子却是从左边登场的，这才产生出了矛盾。可是如果让童子随着画卷的展开从右边登场的话，这一物语的神秘性也就消失了。这果然如同能剧中的走廊和歌舞伎中的花道都在左侧一样，从舞台左侧出现的童子也存在心理上的必然性。

转动着金环疾走的童子，铠甲上悬挂着几十把剑迎风起舞，我仿佛能够听见金属碰撞发出的响声。英姿飒爽、腾空而至带来紧迫感的威猛童子，与悄无声息已到达外廊的童子，虽然时间上前后颠倒，但却觉得不会有比这更好的编排方式了。这是第二卷中，我最喜欢的场景。

第三卷《尼公之卷》，则能够令人真切地感受到人生的安静、深奥。

弟弟和拜访命莲的姐姐，令尼公不由得联想到人生的旅程。与人之间的接触，动物们和自然的美，大佛慈爱的表情，无论哪一幕都饱含着令人心情平静与安详的温柔情感。

《信贵山缘起绘卷》在人物描写上非常优秀，官府、僧侣、长者、平民、妇女、孩子，所有阶层的人都可以见到，并且每个人都带着浓烈的生活气息。这一卷也是如此，在尼公步行去拜访奈良的场景里，驼背的老人、哺乳的妇女、在井口洗衣服的女人、择菜的女人、纺织的女人，就连吠叫的狗也被栩栩如生地描绘了出来，以至于我可以感觉出村中每一个人的不同个性。

而画卷在风景插画上也有着别样的志趣。从山谷婉转渐入水声潺潺，在小鹿经过后，东大寺就出现了眼前。在这险峻的大自然中，我感到宁静的大和画情绪飘然而至，不知不觉地就被引入了日本独特的美意识之中。

最后，命莲与尼公在信贵山的深处重逢，这一幕似乎安静地将人生的幸福结局预示了出来，接着场景再次转入连绵不绝的山脉，仿佛还能听见远处传来鸟叫声一般，这真是一个让人意犹未尽的卷尾啊！　　　　［《寻找国宝之旅》 1981年3月 玛丽亚书房］

日本画的文学性

我在日本画方面的知识是非常匮乏的，所以常常会表现出独断与偏见。像这样子写或许有几分现代性的帅气感觉，但我的情况，却是只有狭隘的偏见而已。

谈到对日本画的好恶，我个人最溺爱的还是正统的大和画。还记得很早以前我第一次看到雪舟［译者注：雪舟出生于中国，室町时代的画僧，著名的水墨画家，被誉为画圣，他是十五世纪中日绘画交流的关键人物，他的画至今被视为日本国宝］作品《四季山水图》时的情景，也许是对天才雪舟抱有的期望太高了，所以我的第一反应竟然是：雪舟原来不过如此啊！从这样的画中我感觉不到任何作为日本画的独特，于是就很快走开了。对中国画的了解比日本画还要少的我，虽然并不知道那幅画是中国汉代绘画的变体，却也直觉地感受到雪舟《四季山水图》中外来文化的气息。

而要说最能体现出日本画独特的大和民族风格的，我认为还是非大和画莫属。十七世纪也就是江户时代初期，俵屋宗达等人复兴了大和画的传统并使其开花结果，他们的作品更让我觉得那才是真正震撼人心的日本画。

要说大和画为何如此吸引我，恐怕三言两语是无法说清的，但这其中或许有些先天体制上的因素吧。日本人原本就存在绳文时代与弥生时代这两种对立的禀性，那些对绳文时代感到不适，而喜爱弥生时代博爱亲和感的人们是更能够理解这种先天的感性的。

宗达一派的落款中常出现"伊年"这个标记，也有人认为这个印记就是宗达本人的落款，但更普遍的看法则认为这是一个以宗达为核心的团队性标志。在印有"伊年"标记的杰作中有一幅叫做《茑之细道》，这幅画曾在很长一段时间里深深吸引着我。

大概在十七八年前，在日本桥的百货商店里我第一次接触到六曲一双构成的屏风。还记得那是一幅在绚烂的金箔上用青绿一色绘制而成的画面，我立刻被震撼在它的力度与品味之中，激动得寸步难移。

屏风右双的一半，是大小几个绿色山丘中显现的小径般的圆弧，而以琳派独特的没骨画法描绘出的爬山虎的叶子被大胆地进行了裁切，使得山坡上金色的空间仿佛扩展到无限的宇宙中。画面右上方出现被截断的另一侧叶子暗示出爬山虎这种植物的生长状态，并在此处导入了被称为"乌丸光广"的柔和书法。这是多么微妙的文字变化啊，在这幅巨大的金箔作品上要用一种毫不炫耀且不慌不忙的状态进行书写，才可能流泻出如此自由而优雅的文字吧。

而左边半双则更为大胆地在金箔质底上将横向的文字一分为二，绿色的山丘在其右侧缓缓下降。看着那典雅曲线内部显现的平和绿色，就有如看到了深夜的表情。

然而令我惊讶的还不仅是它崭新的构图与大胆的色彩对比。在这装饰风格的画面中，还描绘了《伊势物语》第八段中业平东下路过宇津山满是爬山虎布满的小径的场景。我想那是一种只有日本人才能领会的一种圆润而无忧的文学性。

宗达和光琳的时代大概相差八十年左右，而光琳最优秀的代表作，被称为日本绘画史上屈指可数的名画《燕子花图屏风》也是以《伊势物语》的内容为题材的。它取的是《伊势物语》中八桥一段：三和郡国有处被称为八桥之地，水流至此便如蜘蛛腿般分流而走。因桥分设八座以渡，故名曰八桥。一行人到此择畔树荫之下，饮水进食。泽畔有燕子花盛开绽放。光琳很喜欢以业平的爱情经历为主题作画，曾画过许多与八桥有关的作品。

然而根津美术馆收藏的这幅《燕子花》里八桥却消失了。站在屏风前的人，会感觉自己仿佛正置身八桥之上观赏着绚烂盛开的燕子花，而这屏风就像是展现景色的舞台装置一般。

即便如此，无论是伊年的《茑之细道》还是光琳的《燕子花》，都不需要任何的说明，如同音乐一样，抽象和优美就是它的主题。这种萃取出的美正是日本人特有的东西。将自然生命的精髓抽象为一种造型，让其中蕴含的文学性心情不露痕迹地深埋于金箔之下。即便只有一支花朵，它也不会枯萎或者折断，而是会快快乐乐地盛开，这种效果呈现出的正是一个成熟而饱满的美感世界。

再试着将此与十七、十八世纪同时代的西欧宗教画做一个比较，不难发现，在西欧宗教画中我们常可以见到耶稣满身是血地倒在地上并被悲伤的人们包围的场面。这之中可以明显地体会到西欧当时彻底的启蒙和说服力量。

另一方面，在日本文化的文学性上，不论是在四季山水、风花雪月、久远离奇的故事之中，还是在退一步海阔天空的乐天性格之中，我都感到从《源氏物语》以来女性文学的传统一直在其中源源不绝地流淌着。

无论如何，最能够体现日本人特性的当然还是要数日本的绘画了，而它带给我们的是一个惊人的官能世界。

[《季刊艺术》 1981年3月]

爵士乐与色彩

我很喜欢听音乐，这不仅限于爵士乐。办公室、起居室、卧室等任何地方都被我专门动过手脚，好让自己随时随地都能听到喜欢的音乐。哪怕是出差或旅行，只要需要过夜，我都会备上磁带。宾馆的背景音乐可是无论如何也不能滋养我的一天的。不过虽然如此，也不是每一首我都会特别深入地去听，只是喜欢让这些音乐像空气一样将我围绕着。

这其中，爵士乐一直以来都是我日常生活中不可或缺的。每当听到塞罗尼斯·蒙克的钢琴与迈尔斯·戴维斯丁涩的小号音色，我就仿佛被拉回了躁动不安的年轻时代。

我最喜欢的是1955年到1960年间的现代爵士乐。那时的黑人还没有现在这样的行动力，而是正为反抗美国近代文明而热血沸腾、蠢蠢欲动着。他们的不满与激情化作音乐，仿佛是在厚厚的地层下隐藏的汩汩岩浆，从很小的缝隙中飞溅出来。而一旦与空气接触又会化作无比的感伤，回荡在干燥而虚无的世界中。

就算没有被那忧伤的美所感动，光是乐曲本身也足以令人沉迷其中。这就是即兴创作的魅力，相同的曲子在每一次不同的演奏中有了不一样的灵魂，反复聆听都不觉厌烦。

从这个角度看，爵士乐是流动的，你无法肯定哪里是终点，哪里是顶点。如果把它转换成视觉的感受，那么似乎用"色彩"来诉说会比"形状"更加贴切。

演奏者仿佛迎着"色彩"出发，进入了一个独自的冥想世界。时而奔放，时而焦躁，多彩的遐想被融汇在特定的时间中并描绘出各种层次。它是自由的，这种自由呼唤着人类的肉体与感性向着极限燃烧。

由爵士乐陪伴的时光就像开车兜风一般畅快。一幕幕风景从身边掠过，此时此刻的时间似乎完全被它所吸收，音乐吞噬了一秒又一秒。对我来说，爵士乐就是有这样的魔力。

比起按乐谱构成的古典西洋音乐，我觉得爵士乐其实更接近于日本音乐。它们都不会把时间刻意地分割成规律的区间，而是将它融入到笛子、尺八、小鼓在演奏中偶尔出现的停顿中去，于当场、当时决定并流泻出音乐。

如果把管弦乐比作乔治·修拉的点彩，那么尺八和小鼓的演奏就是书法。墨汁于笔锋回转之间在纸面上留下痕迹，之后任何的描画或修改都将是对前面时间的侮辱，使得作品完全失去生命的价值。爵士乐也有这种神秘，它燃烧着人类创作的火焰，且同样在演奏中把时间奉为神灵。也许这就是为什么日本人是全世界最喜欢爵士乐的民族吧。

约翰·科尔在临死之前灌制了《至高的爱》和《神秘园》，这两部宏伟的曲子都有着这样的"时间"。聆听这些音乐就像是欣赏行动派画家波洛克的创作，虽然各处都充满了自由随性的挥洒，但又全体协调于一张画中，仿佛只有黑白两色一般和谐。难怪即使是我这样五音不全、目不识谱的人，也能够用感情和知觉从爵士乐中体会到这一切，并对它产生纯粹而自然的喜爱，丝毫不带一点自卑。音乐可真是神奇的东西啊。

但客观地说，从曲子和音乐中我倒并没有过直接得到设计灵感的经历，因为音乐对我来说只是让我从日常工作的视觉感受中解脱出来的一种听觉享受。而我的灵感还是更多地受到现代艺术家们提出的共同问题、思考与实验的启发。不但设计师如此，工程师和企业经营者也都是这样。

所以，如果有人说桑尼·罗林斯的演奏是黄色的、莫扎特的音乐是紫色的，这类从曲子中听出具体形状颜色的说法，恐怕是有些装模作样了。正如色彩的魅力无法用语言形容一样，音乐同样也不可言传。或许表达一种声音可以不通过语言而直接借助于颜色，但我没有试验过，也不打算这么做。比起那样刻意的事情，我更喜欢在日常生活中享受音乐，让它温暖我、净化我，甚至燃烧起我重新投入工作的激情，这才是我这个创作人能感受到的真实。

音乐的美也是不稳定而容易消逝的。听觉的感动最终化作了一种虚幻的记忆而铭刻在我们脑海中。这一点也和色彩十分相似。

在演奏会上深深震撼了我们的音乐，一旦被刻录到无机的黑胶唱盘上，那种感动的情绪就好像打了折扣一般平淡了。颜色久了会褪却，唱片久了会磨损，这些只是微妙的物理现象。然而颜色的隐匿、音乐的流逝却还会因为观众和听众这方的不同而出现变化。所以我觉得，真正的美无法被分析和管理所保存，而只能永远存于幻想中。

无论如何，如果以一种颜色代表爵士乐，那么蓝色似乎是理所当然的。可能是因为布鲁斯［Blues］本就是蓝色的命名，又或者因为英文中蓝色也代表着"忧郁"吧。许多爵士乐名曲和著名唱片的名称中都含有"蓝"，如Kenny的Blue、Monk的Blue等。当然肯定还有更多的著名演奏中有"蓝"的命名。此外，也有一些以"褐"与"黑"命名的曲子，如肯尼迪·埃林顿的名曲《黑色与棕色幻想曲》，但那可能是出于黑人音乐的自豪感，在色彩上或许并没有什么具体的深意。

1965年之后，摇滚乐迅速卷土重来。当我还在想着"它应该不会像爵士乐这样喧闹"的时候，电子乐就出场了。突然间，爵士乐反而变成了悠闲安静的事了。这就好像是在喷气式飞机的时代，人们反而怀念起蒸汽机车时代的噪音一样。如果说爵士乐是原色，那么电吉他就是萤光色。就像电音是通过放大器放大的一样，萤光色也是借助紫外线灯管而增幅的，它们同样都产生了高于肉体的力量。我感到，无论音乐还是色彩，现在都仿佛被人工地暴露在了阳光下，不再内敛了。

[《流行色》 1971年8月]

关于火

很久以前，火就被称作是地面上的太阳。无论什么时候，火都与"暖""灯""炊"这些人类生活不可或缺的基本行为有着不可分割的联系。可以说是火的发现点燃了人类文明的开端。

关于火的神话很多，不论东方还是西方，地球上任何一个民族都有着自己关于火的神话。火不仅是人类生活中不可缺少的要素，而且也经常是一种神圣的存在。此外，人们常感觉火具有一种神力，对它保持着莫名的敬畏。

京都至今依然留存着一个风俗，那就是在除夕的夜晚要从祗园神社拿回新一年的火种。到了晚上，看着人们拿着点燃的绳子一边来回旋转，一边着急地往家里赶，就不禁感叹，火绳这个象征物将神圣的火种与生活中的火联系了起来。

这种共享火种的概念在奥林匹克的圣火传递中也得以体现。从远古开始，在生产、结婚、丧葬这些人类重要的活动中，火种就作为生命的象征被广泛使用。不论是柴火和松明燃烧的光明，或者是顺着水流而去的盆中火苗，火与人生都有着千丝万缕的联系。

渔火以及狩猎之火，烧山或是开田，火在发挥其作用的同时，火焰跃动的美及高扬的精神，亦成为了一个整体和一种力量。

不过，在这能量背后，火还有着破坏与消灭一切的张力，人们一方面希望火能越烧越旺，一方面又要求它可以很容易地被熄灭。这个违反二律命题的正负调整问题几乎成为了近代能源的重要课题，而现在已经是任何时候都可以安全供给光源和热源的时代了。只需要用手指轻轻触碰，不管是暖气、照明还是煤气，都可以很容易地获得。

当然，可见的火已经从现代都市人的生活中渐渐消失了。"烧煮"领域里的柴火、炭、煤、蜂窝煤逐渐转换成了石油、煤气、电、电磁，在不断的发展中火焰逐渐离开了我们的生活。对火焰那神圣而美丽的认知，也机能性地转移到了热源和光源中。如今都市生活中的人们已然不再需要燃烧的美了。

大街上的霓虹灯闪闪烁烁，汽车的车灯形成了洪流，亮如白昼的球场，温暖的地毯，暖气里传来的柔和暖风，只需要接通电源就可以煮沸清水，按一下按键就可以煮熟米饭。在这样安全而又便利的用火氛围中，人类却怀念起那些跃动的明火了。

表演家Peter Brook今年在世界各地演出印度的叙事史诗"Mahabharata"，在舞台上他尽可能地避开了灯光照明，而创造出燃烧着的灯火倒映在水面的美丽景象。看过这场表演的大多数观众都被这没有电光，只有纯粹的火焰之美的场景深深地吸引住了。

灯火的使用在日本也还可以找到。例如薪能以及茶室的露地行灯、念佛时用的千灯供养以及各地的火把节等等。这些几乎已经被人们忘却了的火焰的体验，在Brook的演出中又让人们的血液沸腾了起来。既要让火苗越烧越高又要能镇住火势，既要自在又要安全，既要现代又要浪漫，大概不会有这样使用火焰的方法吧！

[《设计》 1989年12月 "财"国际设计交流协会]

品尝设计

虽已记不清吃的是比目鱼还是鲽鱼，但那次于京都品尝的料理着实令我印象深刻。那里的寿司一如既往用昆布入味再配上酸味的汁来品尝，但随后端上的一盘餐点却颇为特别，它专门用刚才制作生鱼片后所剩下的鱼骨炸制而成。装点着两根松针的和纸上，茶褐色的鱼骨如黑白画一般美丽。感官上的绝佳享受衬托着芳香四溢的味道，让我忍不住感叹：真不愧是京都，吃的都是设计。而与此相比，关东的生鱼片就像是满载着装饰的大渔船，虽然鲜味是固有的，但设计却不尽人意。

京都的人们就是有这样卓越的才能和功夫，即使是洋芋、鱼干、豆子之类的下等材料，也能被演绎成一流的食物。正如法国料理即使用牛的尾巴、胸腺、咽喉、舌头和脑髓这些杂样也能做出与牛扒不相上下的高档菜品一样，京都也具有同样的膳食智慧。当然，在京都不仅仅是料理，木头、竹子、纸张等所有的东西都有自己的用法和感觉。

然而完成度如此之高的料理，这不仅在味觉，而且在视觉、听觉、触觉上都非常完美的创造物却不能成为艺术品。我想大概是因为它要从人的体内通过的缘故吧。虽然人类在料理创意上花费的工夫并不亚于其他艺术，然而这在历史长河中给予了人们许多快乐的"料理"却并未得到很高的评价。我想这可能是因为它最终会变成人类最讨厌的排泄物。

　　或许还有另外一个原因，即不管是料理美丽的外形还是香味都无法长久地保存。在这方面绘画自不必说，音乐也可以通过乐谱的形式留存下来。而食物就不同了，不管外形和味觉如何佳美，都只能存在于人类舌头至咽喉的短短距离中。随着时间的流逝，温度消失，颜色褪去，香味也不见了，留下的只有凄惨的残骸。因此，食物给人们的感动仅仅局限于从盘或碗到达咽喉的短暂时间里。也正因为此，如此与人类生命息息相关的食物就一直不能迈入艺术殿堂的大门。

　　看劳特累克的《美食三味》时，我常能感觉到他的艺术与料理的关系。他既是举世罕见的画家，又是海报之父，在艺术与生活的关系中不断来回，他是一位熟知人类快乐的伟大设计师。

　　设计这个工作在极尽工夫与技术这一点上与料理非常相似。从厨房的一个小角落向外看着进餐者满足或失望的样子，这就是厨师的职业宿命。不管付出了多少努力和艰辛，如果没能让对方本能地产生赞叹和享受，任何借口都没有用。

　　真正擅长烹饪的高手，即使用冰箱里残留的食材也可以烹调出有趣的料理。而那些一手拿着教科书，一手测量多少克、多少cc的人其实早已输掉了这场竞赛。能够根据已有的材料创造出东西来，拥有这样的灵感才称得上是烹饪高手。依赖教科书的人即使买全了所有材料也不一定做得出美味，而有创造力的人即使面对残留的食材也会有令人惊讶的发现。做出美味食物的最大秘诀就是要看透材料的本质：是突出原本的鲜味，还是制造出丰富的调味？这些都要用直觉判断。打开冰箱以后脑海里却什么也没有浮现，这不正是与设计师在课题和限制条件面前束手无措一样吗？

［《每日生活》 1976年2月］

集中的美学

秋色转浓，树木渐渐枯黄，秋风将染了色的树叶和果实吹落在树木与岩石的影子上，这便是"集中"。

这个文学性观察到底从何而来，我也不太清楚。然而从这种非常日本风格的感性以及这个极其不安定的概念中，可以看出很多设计的演绎。

集中在点心以及料理的演绎中更为流行。

将红色的枫叶、黄色的银杏叶、绿色的松针、白果、蘑菇等都放到竹笼或者簸箕里，集中的素材都是落到地上或是从地里长出的东西，而且终将归还到土地中去。若是以西方的观点或是要求精密功能的现代观点来看，这些近乎于"垃圾"的东西甚至可能会成为污染近代井然有序的环境的公害。

然而集中有一种超越了味觉的华丽。多彩的颜色、形态的变化、季节的香味，以及对于事物渐渐垂败的哀伤等，诗意和造型成了一个整体，从中可以充分地享受日本式的情趣。

集中最初的起源是将各种各样的东西组合起来，而不同种类的东西之间不会互相融合。每一个都是一边张扬着自己的个性，一边共同展现在"秋天的山"这样的统一主题中。与其说是被集中，它们更像是被自然界所协调出的无法计算的美所平衡着。大概这就是日本吧。

去日式小酒吧喝酒。在含有水汽的竹篾上会放着一些容器，志野、备前、秋草、信乐、染付、赤绘、青瓷和陶瓷，人们可以在各种素材各种表情的容器中根据自己的爱好来选择一个。

日本料理的容器再加上漆器、玻璃、竹制等种类，就变得更加多姿多彩了。比起西方食器的大盘、小盘、汤盘、咖啡杯、茶壶这样整齐的系列套装，日本式的东

西真是极其繁多又具有集合的可能。日本文化的特质也就隐藏在这杂然而又多样的
东西背后，并偶尔展现出它的真面目。　　　　　　　　　　　[《艺术新潮》 1991年8月号]

回想爵士乐

达乐·布兰德 [Abdullah Ibrahim-Dollar Brand] 是五六年前突然登上纽约舞台的爵士
乐钢琴家。与之前在美国出版界掀起轩然大波的阿历克斯·哈利 [Alex Haley] 所写
的《根》一样，这位来自非洲的爵士乐者在美国人的传统精神上点燃了一场大火。

虽然来自非洲，但他与那些被抢掠到美国的西非黑人相比，除了皮肤的颜色相
同之外，再没有其他相似之处。他的爵士乐与北欧、西德、日本的爵士乐有同样的
意义和同样的听法。在这个时候对黑人爵士乐进行寻章问典，我突然感觉自己有点
像音像公司的记者了。

爵士乐是黑人的音乐，却不是非洲的音乐。应该说它是扎根于美国历史并从中
渗透出来的文化，在禁酒时代及六十年代黑色力量的历史中具有鲜明的位置。

达乐的钢琴，其实是一种赛罗尼斯·蒙克风格的"呐辫"演奏。在电气化、摇
滚化的爵士乐越米越喧嚣的当卜，他还原了乐器——钢琴原本沉静的音色，那美国
爵士乐所没有的温暖人心的感觉紧紧地抓住了我的心。说起来，最近我并不像从前
那样经常反复地听了，不知不觉达乐也渐渐远离了我。几天前在街上，我无意中买
了他最近的作品，放出来后小禁大吃一惊。达乐本身的成长就很有看头，而这个专
辑的企划更是毫不逊色。在这张专辑里，他与当年已经六十三岁并曾有中音萨克斯
三只鸟美誉的巴迪·塔特 [Buddy Tate] 合作进行了共同的演出。

专辑封套上的说明显示，自1939年开始，巴迪·塔特就已经活跃于贝西伯爵乐

团［Count Basie］，是四十四年之前的老人了。如果在日本，这就好比是让二战前歌唱表演的高手与现在中国或东南亚的新音乐歌手进行同台演出一样，我非常佩服这个大胆的策划，真不愧是美国的制作人。而且，这张专辑在演奏上既能得到我这老爵士乐迷的认可，又可以让那些七十年代以后出生的年轻人感受到新的东西，两者结合得也非常自然。

音乐中那具有巴迪摇滚时代的传统，流露出美好情绪的中音萨克斯音色，以及那超越了巴迪理智控制的富有张力的感性交织在一起，仿佛将我拉回了久违的爵士乐腹地游历了起来。然而这截然不同的两人相逢却并不显得如此突兀，只好像是偶然相遇并互换了演出节目，接着又毫不留恋地相互告别那样的轻松。在这里，爵士乐的历史、地域好像都消失不见了，今天体验的这个片段让我真切地感受到什么才是真正的美国爵士乐。听到这张久违的专辑，仿佛重新勾起了我对爵士乐的思念之情。

说来最近日本的爵士乐也变得越来越丰富了。在日本制作的专辑特意跑去美国录音已是家常便饭，去年我去了巴黎香榭丽舍的音像店，看到店内陈设的爵士乐专辑几乎都在日本的媒体中出现过，特别是看到在这个法语国家里陈设的专辑封套上还挂着夹杂了日语片假名的宣传用侧封，真让人觉得有些不可思议。至于专辑封套所用的瓦楞纸，美国制的不知从何时起已变得越来越薄。以前我总对外国音像品精美炫目的印刷品羡慕不已，并忍不住不停地抚摸，而这种时代现在已经一去不复返了。

我从1953年开始接触爵士乐，那时正是西海岸派的全盛期，一个叫"现代设计"的全新概念吸引了我们全部的注意力。爵士乐的新潮流"现代爵士乐"中的"现代"也是因为这个单纯的原因从"现代设计"中衍生出来的。

这两个"现代"都有一个相同的新鲜概念，即设计师脱离了画家的技法、操作工的工作而与近代产业紧密相连，并开始自立；而爵士乐也是脱离了舞乐以及夜总会的余兴，进入到纯粹的鉴赏音乐领域，两者在这一点上是一样的。现在回想起来或许有些滑稽，这两者在五十年代初期极为迅速地在理论上武装了自己。LP的出现使得爵士乐的即兴演出变得更容易记录，将五十年代的现代爵士乐专辑摆放到一起，就可以看出这两者曾经是多么的生机勃勃。

爵士乐和设计，这两者勾起了当时年轻的我的好奇心，并且使我的将来蕴含了无数的可能性。然而爵士乐更加充满让肉体沉醉的官能性魔力，比起做设计，更多的时候我希望能溶化在爵士乐之中。然而，那时并不如今天一般可以随时买到音像专辑，很多专辑都是在驻日美军那里买到的，那些宝石般珍贵的进口专辑，几乎只能在小茶馆里听到。当时坐在爵士茶馆里的客人们经常像修道者一般深深地垂着头，一言不发地默默听着音乐。窗户在夏日夕阳的照射下呈现出好看的金黄色，屋内也因此变得幽暗而闷热。一个个被汗水打湿的肩膀紧紧地排靠在一起，在这个仿佛静止了的空间里，只有声音在记录着时间的流逝。每个人都屏住呼吸抵膝倾听着。当时我甚至还为了得到一张专辑坐十几个小时的夜班汽车奔波到东京去。

那时我每个月的工资只有一万七千日元，要买三千日元一张的进口专辑真是一次大出血。即便如此，我还是像赌上了自己的人生一样购买了一张又一张的专辑。

那些专辑带给我的还不仅仅是音乐。现代爵士乐的封套上更有美国字体设计的最新动向，我不由得怀念起来。

印象派的色彩

当我们年轻的时候，总是多少有点轻视印象派的倾向。

战争结束之后，当时立志于要成为设计师的人，大多以近代功能主义的德国包豪斯为原点，以康定斯基、克利、蒙德里安等人作为崇敬的对象。

而说起印象派，却会让人感觉美好却又缺乏社会性，似乎总带着一些巴黎微醺的喜悦 [Bourgeois]。而无视印象派的那些人，确实会给人比较有型的感觉。

然而，当我初次去海外旅行，站在纽约近代美术馆中面对着莫奈的"睡莲"时，我却感到了一阵巨大的视觉冲击，脑海完全被它占据。不知现在如何，当时的"睡莲"在二楼的一个小房间里占据了三面墙，简直像一个全景立体画。站在房间的中心，我完全醉倒在莫奈那蓝色、绿色、紫色的温柔之乡里。

笔触雄壮，笔尖毫无半点犹豫。凑近一些还会发现一种如不定型艺术的抽象绘画一般的美态。从那以后，我对印象派的看法就彻底改变了。

不光是莫奈，还有雷诺阿以及点彩派的修拉，外加纳比派的勃纳尔，他们也都创作过那种能够让人在色彩中真切沐浴光感的绘画作品。

无需多说的是，日本的色彩对比相对比较简洁。通常会使用相近的颜色，将不同颜色的特征对比出来。比方红色与白色，绿色与金色，蓝色与黑色，比起颜色强弱或者光的反射与阴影，日本人更重视颜色本身的涵义和它带来的感觉。在这一点上，西方的颜色就像是集中了各种各样的乐器音色的管弦乐般，非常协调。

还记得那次我在巴黎圣母院看到的情景，华丽的五彩玻璃在初夏炙热阳光的照射下，在地上投射出无数多彩的光点。我不禁联想到，原来这就是印象派的色彩。日本人并没有这种晃动宝石欣赏光与色的传统，因此在我面对这种透明的色彩洪流时便产生了从未有过的感动。

不说印象派画法，西方人对颜色的思考中还含有物理的根基。在发现三棱镜、光谱的原理之前，他们好像就已经本能地了解了各种颜色的位置。

西方的颜色，是将每种颜色的光谱叠加在一起，就像是马赛克或者是哥白林双面挂毯的织法一样，用一种难以形容的感觉构成了颜色的画面。看了西方的花球装饰方法就可以知道：粉红、橙色、黄色、紫色这些复杂的颜色像乐谱一样地搭配起来，就像是合唱中的男低音、男中音、男高音一般和谐，我想一定是他们脑中有某种特殊的系统才能将颜色变作乐章一般来演奏吧。

[《日本人和印象派》 1987年11月 日本IBM]

床之间和西洋的墙壁

也不知道我家的床之间[译者注：床之间是设置在和室靠墙约半叠或一叠大小的空间，通常是木制地板，比和室榻榻米稍微高一点，古代是祭拜神佛的场所，现代则当做一种装饰空间]是否真的可以称作是床之间，那只是八个榻榻米大小的空间，根本没有那些床柱或者门框之类的东西。天花板也还是同质的平面，房间里铺着的一块长木板是唯一可以称为木板间的最小单位，应该说这是"踏入床"的变形吧。

然而正月的时候我将挂轴改了，只是安上了一个小小的镜饼[译者注：正月等日子里供奉神仙的圆形的饼]，这里就变成了一个神圣的空间，让人觉得神清气爽，这正是床之间不可思议之处。

床之间就像是家里的一个小画廊，只需安上一幅挂轴，再在地板上搭配几个具有立体造型的物件。虽然说是几个物件，但最好还要有一个重点，所以对所有的点都要进行严格的选择。

季节的变换、装饰品的出来典故、为客人准备的小心意、搭配的手法、对藏品的自豪等许多想法，由于要在床之间这个小画廊里进行简洁的展示，因而会被浓缩成一个一个点。而当天主人与客人的话题便会从床之间的艺术品开始。这是一个在第一时刻传达主人所有的教养及情绪感觉的地方。

在这一点上，西方的室内空间会带有些阿拉伯风格。相比较床之间的艺术所追求的孤立感，西方的墙壁会将很多的东西用同一感觉进行整合，将人包围起来。墙壁上装满各种各样的艺术品，肖像画或风景画这类小小的绘画作品，还有那些具有纪念意味的东西，就像在这里展示着家庭的经历与故事。

油彩、素描画、版画、照片、刺绣等各种制作方法和表现形式都在一面墙壁上构成了一个整体，不可思议的是竟然有一种调和的装置美术感。

如果说日本的床之间是严格选择而凝视于一点的艺术，那么西方的墙壁则集中了各种各样的视觉，是一种拼贴的美。

这种单复数的对比，就好像水墨画和油画的区别一样。水墨画是屏息静气，用一气呵成的墨迹表现超现实的优美的花鸟风月和枯淡的人生世界。

而印象派的油画则不然，它将一个个不具含义的色点集合起来形成色块，最终完成一场光的游戏。

用音乐来比喻的话那就像是歌剧，用各种各样的音阶和音色相互交融作用，形成一个浑然天成又无比协调的整体。

这样的和声感觉在日本的床之间中是找不到的。床之间一直都是清淡的，就像是尖锐的笛声和鼓声一样，严格地要求着一种寂静的感觉。它通过一点点地剥离去追求事物的核心部分，是减法的美学。不管是枝条还是树叶都只取最小单位的"一"，这种唤起斯多葛学派式的禁欲精神的色与香就是根植于床之间的姿态美。

[《淡交》 1993年2月号]

在京都俵屋感受日式清凉

日本的四季之中，夏天是最难驾驭的。冬天人们只要把门一关在屋里点上炭火，穿上厚厚的棉衣就可以抵御寒冷。而在夏天的室内，空调普及之前，日本人对于凉爽下来却没有像冬天取暖那样简单的方法。

不过比起冬天，夏天的景象却会让我有一种来自设计的感动。在那些无法轻易凉快下来的日本夏日里，人们为了抵御酷暑创造了许多有趣的小设计：风铃、团扇、夏季和服、蚊帐、蚊香、长板凳、洒水、金鱼、烟花、冲素面……这一切都是日本人在找寻清凉的愿望下凝结出的生活智慧。

然而如今，那种日本夏天的情景已经渐渐远去了。街道上的房屋使用玻璃和混凝土外墙来阻隔外面的热气，墙面上还有一台台空调煞风景地突兀着，发出机械的轰隆隆声，使室外原本就高温的空气变得越发的燥热了。

为躲避马路上的噪音，我躲进了俵屋。这里还悄悄地藏着一些昔日日本夏天的感觉，屋子里不时有穿堂风吹过，让人心旷神怡。

为招待客人，桌子上早已摆好热毛巾和冷茶，还有包裹着红色梅子的透明果冻。梅子上那些细碎的冰碴在阳光下如水晶般透亮，带来冰爽清凉的感觉。

以前，日本的夏天好像总是随着着装的改变到来：从夹衣到单衣，从密实的捻线绸布料到充分透气的罗和纱，从毛料到棉料，从绢到麻……

那些质地紧绷、出汗后不容易粘在皮肤上的布料很受欢迎。像给夏季的和服上浆，在身体和布料之间凿出通风的空间一样，都是最为朴素的设计。

随着季节更换的不只是服装。到了六月份，日本每家每户都会撤掉隔扇和拉门，在门口挂上帘子，吊上苇箔的隔扇和竹帘，整个房子好像变成了像植物般会呼吸的空间。所有的房间眼看着就变成了一整个大间，无论人在房间的什么位置都能够一眼看到底，感觉清爽无比。特别是夏天的傍晚时分，夕阳的余晖洒落下来，庭院的亮度和室内的光线亮度差不多是同一水平，这便会呈现出室外和室内融为一体的偌大空间。而这时正是抵御酷暑的清凉小设计最能发挥出效果的时间。

日本俵屋里的房间在榻榻米朝向院子的部分有一个稍低的平台，它平整地延伸出去与院子相连接，于是院中的光线与室内的灯光就像是蜜月中的男女一般，在隐隐约约的交辉中透出朦胧的美。

帘子的作用是可以让屋里的人看到外面美丽的风景，同时又能遮挡住房间内部。隔着帘子的场面就像是大和绘一样充满美感。

日本的降水量一年大概平均是176毫米。这个数字大约是罗马和巴黎的三倍，就算和降雨较多的纽约相比也有1.5倍之多。如果和非洲、中东之类的沙漠国家相比那就根本不是一个级别了。每当结束海外旅行降落在成田机场的时候，那略微憋闷的潮湿空气就会再一次提醒我已经回到了这个降雨丰沛的国度。

然而梅雨季节，小雨中的日本风景也如同水墨画一般美丽。因此日本文化也不喜好干燥的东西。漆器自不必说，树木、竹子、纸张、布匹甚至庭院都很害怕干燥，对它们来说，保持湿润的状态是最重要的。

于是，将杉木筷子充分浸湿再擦拭后使用，用茶筅往托盘和餐具上洒水等都成了日本人吃茶点时的固定礼仪。

从俵屋的入口处穿过一条狭窄的小路，就来到了散射着阳光的一处便门。从门口到玄关的石板路上洒着引来的活水，那水清澈透亮实在清爽。一块块石头的质感和绝妙的色彩变化清楚地呈现在我面前，感觉就像是走在雕刻作品上一般。迈上玄关，左手边就有一个小小的庭院，在中间宽大的石质洗手盆里一点清水静静地呆着，搭配着象征夏季的小竹百合插花，展示出一幅日式的清凉画卷。

正午之后，夏日的骄阳依然火热，一瞬间街道像是凝固了一般无比寂静。只有路上的遮阳伞和路人的白衬衫像工艺品一样点缀在这画面中。

远离了汽车和空调噪音的我随意翻阅着长条诗笺，耳边传来小小的玻璃风铃碰撞的悦耳声音。微风吹入房间，院里的树木沙沙作响。枫树那如绿色纸片般水平层叠的枝叶，像团扇一样上下摇曳着，透过树叶射进来的阳光斑驳地洒在走廊上，像极了一幅优雅的抽象画。

不知哪里飞来一只山鸠，翻弄了一阵子庭院的树叶后又转身飞走了，我感觉到了傍晚的脚步。时光流淌，浅蓝色门帘里面应该正有人在准备晚饭吧。厨房飘来的若隐若现的香气使怀旧的气氛更加浓厚，人们仿佛回到了当年的日本。

俵屋夏天的寝具是包着棉麻的浅驼色麻布被褥，柔软的白色麻褥单让我们的触觉神经也一并享受着清凉。很快，方形的纸灯也一个个亮了起来，当铺满榻榻米的竹席让我们光着的脚丫感到清凉时，京都夏夜的面容也显得更加完美无瑕了。

即便不去南禅寺，也一样可以看到萤火虫飞舞，一样可以听到青蛙鸣叫。然而这样的清凉盛宴，是要在真正和夏季融为一体之后才能够体会到的。

[《家庭画报》 1985年8月]

对于通俗的认识

从意大利来的F先生在周日吃完中国料理后突然问起，如何才能够买到"蜡质食物"，而且还想买 些作为礼物带回去。他所说的"蜡质食物"其实就是日本饮食店展示柜台里陈列的食物模型。F先生说他曾在一个美国朋友的家里无意中吃了许多奶油卷的假面包，所以这次一定要买一些精巧而诡异的日本食物回去放在自己的屋子里作为装饰。不只是F先生，这几年来到东京的欧美朋友们都非常关注日本的这种饰品流行艺术。

只要是来到日本的英国人，好像都会跑去浅草合羽桥买些"蜡质食物"，比如白色泡沫快要溢出杯口的啤酒、看上去刚切开的鲜艳金枪鱼生鱼片、用叉子刚刚叉起的意大利面等这些滑稽幽默的东西，还有中华冷面、炸猪扒盖饭、奶油苏打……每一样都让人越看越觉得不可思议而有趣好玩。

虽说是"蜡质食物"，但如今的食物模型已不再以蜡作为材料，而是改用了塑料，所以就更加柔软、更加接近于实物了。比如把干瓢、黄瓜和一粒一粒米饭卷起来的紫菜饭团，其食物模型的制作过程几乎跟真正的寿司工艺没有两样。然后再根据自己喜欢的大小用刀切开，因此菜心也得做得很好，这些东西也就这样变得越来越写实和精致了。不腐坏、不变形、不褪色，不管什么时候看起来都像是刚刚做好的一般颜色艳丽，这使得模型拥有了超过真正食物的机能性。而且不管多么接近于原形，制造多么纤细精巧，它都不会变成真正的食物，因此终究是一个模型而不是伪造品，这让我感受到了一种独特的艺术侧面。

无论如何，技术和手工上的精进，满足了平民的想象以及好奇心。食品模型具有能够象征日本文化的一面，这点与以电器产品为首的日本工业设计，以及日本的视觉设计、建筑设计等是具有同等意义的。

说起设计，去年开始我的书桌上就一直放着一项重大工作，那就是1980年春天在伦敦著名的V&A [Victoria and Albert] 美术馆举办的"日本风格"展览会。这个计划是在前年由V&A美术馆向日本国际交流基金提出来的。由各界设计师和评论家组成的委员会最初只是商议将之做成一个对日本近代美术设计的简单展望，然而V&A美术馆的馆长斯特朗到达日本后，所有的构思就发生了天翻地覆的改变。

简单地说，V&A对日本追随欧美的那部分现代设计完全没有兴趣，比起这种禁欲的造型，他们认为在东京的街头逛上一天可能会有更多有趣的东西。街头的霓虹灯、弹子游戏机房、书店里的娱乐周刊杂志、食品模型，还有日本人厨房里那些保存食物的容器、茶壶和电暖炉、学习机等，这些不都是更有趣更有生命力的东西吗？再有寿司吧、地下通道里的显示屏、电视里的商业广告以及海报……为什么不把这些真实又充满活力的设计列入清单里去呢？

对于英国方面这样的提案，不但日本方面的相关人员感到迷惑，连我也大吃了一惊。那些人对莳绘、友禅、鸟居都敬而远之，因此也难怪他们会对佛坛这类东西惊讶不已了，无论是现代设计的推进者，还是传统工艺的保护者，两者骨子里的审美观倾向才是最关键的。而日本的传统主义者或国际主义者在向海外介绍日本时，其实共用的是同一张脸。不将家里的肮脏示人，直接将客人带到最里面的座位去，这种粉饰太平的想法其实也很正常。

日本的舞台艺术在海外公演时，最常出现的是能剧、歌舞伎和文乐，此外还有现代音乐和前卫的安哥拉剧等。这些艺术形式极其频繁地在欧美巡回演出，然而在日本却没有一个获得压倒性的大众支持。回望历史不难发现，从世阿弥、近松到天井栈敷以及无调音乐都没有深入人心。而偶尔出现镜花、长谷川伸以及谷贺政男这样的人其实不也挺好吗？在了解日本大众的思维与生存方式后，就可以对其中间的部分进行全面介绍了。

设计似乎也是如此，正如斯特朗馆长所说，与时代及风俗深深地联系在一起的领域，其通俗性往往出乎每个人的意料。此外，事物本身的内涵与意义以及超越民族差异的共鸣也是非常重要的。

不论怎样，现在的世界在经济和文化上都对日本投以了十分热切的眼神，这有许多的原因，然而最重要的还是因为日本从十八世纪的江户时代开始就踏上了向大众化社会发展的道路。

当今世界，大量的产业、教育、信息在不断进行，在各个民族自立的过程中欧洲的文化启蒙主义也受到了挫折。此外，八十年代还有一个重大的课题也逐渐浮出水面，那就是对于已经逐渐划一化的现代文明进行的"后国际化"。因此在这个时期，世界对传统日本大众化社会的强烈创造力产生关注，也是再自然不过的了。

后混合文化

不知你是否听说过一种叫做"JAWAIIAN"的音乐，那是将我们熟悉的夏威夷音乐与牙买加民族音乐结合起来生成的新型流行乐。

去年，我正在檀香山的大海边远眺冥想，收音机里传来的音乐不经意地进入了我的耳畔。没有摇滚乐式的喧闹，那乐曲让人感到异常的舒适，它那与众不同的韵律与日本的传统民谣颇有几分相似。后来我得知了这种音乐的名字——JAWAIIAN，于是恍然大悟。这个名字取得非常巧妙，它取了牙买加 [Jamaica] 的"Ja"和夏威夷 [Hawaiian] 的"waiian"合成在一起，读来感觉幽默可爱。然而最引起我兴趣的，还是它所饱含的那种新型混合文化。

五六年前我为马自达汽车公司编辑的一本书就叫《混合文化》[Hybrid Culture]，那是一套系列丛书中的一本。也因此我在混合文化方面总比其他人更为敏感，也更容易地就被JAWAIIAN深深感动了。那本书主要讨论的是日本的浮世绘如何在十九世纪对欧洲特别是法国美术界产生巨大的影响。莫奈曾以浮世绘作为主题作画，凡·高也曾在自己的作品中运用过浮世绘式的构图和色彩，而埃米尔·加莱 [Émile Gallé] 还曾把北斋的画作栩栩如生地再现到自己的玻璃作品当中。或许这些在欧洲传统艺术中从未有过的东洋美感确实给欧洲美术界带来了不小的刺激。

直到如今，伦敦仍存有当年日本之风席卷欧洲时留下的痕迹。摆放在摄政街上著名的Liberty商场二楼露台的日本"行者像"，至今仍眺望着伦敦的街道。而那Liberty Print花卉图案中似乎也散发着来自东洋的芬芳。

反过来，日本在受到无数西洋文化影响的同时也走上了迈向现代化的道路。从十九世纪中期起，我们就开始了和式与欧式两种文化并存的生活。至今，日本人仍然使用着六世纪从中国传来的汉字、日本自创的平假名、片假名以及欧洲字母共四种文字，并且还同时保留着横写与竖写两种形式。有趣的是，日本人还创造性地将西洋的面包和东洋的包子结合起来做出了豆沙面包，还有用牛肉来制作的鸡素烧也是如此的东西合璧。这些混合而成的众多事物就这样渐渐深入到了我们的生活中。

然而JAWAIIAN最重要的一点，是这种音乐与西洋文化的信奉或现代文明的普及都毫无关系。牙买加是西印度群岛中的独立小国，而夏威夷虽是美国的一个州，但岛上的波利尼西亚人却仍传承着浓郁的传统风俗文化。如此看来JAWAIIAN似乎和现代西洋文明的进步主义没有任何关系，但在这种音乐中我又分明感到这些因素所起到的启示作用。

前几天的"职业棒球全明星赛"邀请了相扑比赛的人气大力士开球。那位十八岁的年轻人并没有穿运动服出场，而是穿着了日本传统的和服。如果在以前，这种和整体样式不统一的做法必定会遭到耻笑，然而我却觉得比起将较胖的身躯塞入运动服里，这位大力士穿和服的样子其实帅气得多！

在香港现在也出现了一种新式的中国菜，泰国、越南等南部国家饮食文化的影响都出现在这种新式的做法中，并以一种法式的风格体现出来，质量上乘。如今欧式已不再是高品质的唯一代表，中国传统的汤菜中也可以加入热带水果。这些都让我感到如今的东洋是变得越来越有趣了。

十九世纪的巴黎虽然新艺术、装饰艺术、绘画、音乐、芭蕾等新生事物层出不穷，但同时，来自欧洲各地的其他文化——如俄罗斯的斯特拉文斯基、尼金斯基，西班牙的毕加索、胡安·米罗等——对巴黎产生的影响也绝不能被忽略。再者，二十世纪前半期的纽约也出现过各种文化空前活跃的气氛。除了来自欧洲的流亡者，还有以路易斯·阿姆斯特朗〔Louis Armstrong〕、查理·帕克〔Charlie Parker〕等人为象征的黑人文化及爵士乐，再加上墨西哥等中南美风格的文化在之后的融入，才使美国得以催生出二十世纪独特的音乐文化。

我有一种预感，进入二十一世纪之后我们要迎来以东洋文化为首的西亚、东欧、非洲等非主流文化大融合的时代。

东方向西方看齐的时代已宣告结束，下一个时代的文化将会超越纽约、东京等先进文化圈的限制。或许我会看到利马与函馆的结合，或是多伦多与清迈的交流。卫星时代已使信息发生了巨大的变化，今后无论是思想、科技，还是文化、艺术等都会变得全无国界。

而我一直深信，设计这项工作从石器时代起就是人们生活中必不可少的重要因素，因而我已经不由得开始思考新型地球上的设计问题了。　　　　〔*Portfolio*　1992年2月〕

附录一 | **设计的英雄时代**　朱锷

　　在旁人看来，田中一光肯定是个不折不扣的"工作狂"，他有着极狂热的工作热情和极严谨的工作态度。他的每一天，总是被一堆工作围绕着，却又能游刃有余地处理好这些事情。一大早还在和大企业的高层研讨方案，眨眼间又戴着安全帽跑到了施工工地上。"平面设计师"和"艺术指导"这样的称呼，其实已经远远不够用来形容田中一光的工作范围了，那到底又是什么赋予了田中一光超人般的工作能量呢？

1930年 — 1950年 成长期　　[从奈良到京都]

1930年　田中一光于1930年1月13日出生于奈良市，庚午年属马，山羊座，O型血，父亲田中音吉是日本国营铁路的公务员。

　　田中家族世代以"鱼万"[鱼屋万吉]为商号做海产生意，曾是奈良市内屈指可数的海产品批发商，直到二战爆发前还在国营铁路奈良站正门前的奈良三条大街上经营着著名的鱼糕店。直到祖父田中末吉在战后弃商引退，才把生意全盘转给了同在商店街上的亲戚去打理。

　　田中一光就是在那个三条街的老家出生的，田中家族既然世代为商，那我们也就不难想象田中一光在经营自己事业时的商业头脑与对美食的嗜好，是源自何处的了。他的母亲富士枝也是奈良有名的大商人家的千金，生性开朗，并笃信算卦。她在生大儿子田中一光时请人算卦，卦上有"生了一个金娃娃"的神谕，高兴得在左邻右舍间大为宣扬。后来，田中一光每遇到大小事，就习惯性地去翻看黄历，看看适宜与否，这恐怕是受了母亲影响的。田中一光是家里的老大，二弟田中祥介，是个音乐家；三弟田中成典，也在做平面设计；还有个妹妹田中节子，后来嫁给了平面设计家鬼泽帮，按习俗从夫姓成了鬼泽节子。

　　田中一光幼年时，母亲就常背着他在商店街上走，教他认识各个店铺招牌上字的读法和意思，这使得田中一光对文字有特别的兴趣，在上小学时已经认识了很多的汉字。他擅长书法，还得过奖，在学校里的成绩也很优秀，只是对手工课提不起劲来。据说他手工课的作业，经常是拜托附近蔬菜店老板巧手的儿子帮忙完成。即便是到了后来，我们也仿佛可以看到没有助手在身边时，田中一光连照相植字都做不好的窘迫样子。

　　另外，从孩童时代起，田中一光就已经是个十足的电影迷和戏剧狂了。他曾就读的椿井小学位置刚好在被市场和商店包围着的繁华街区的正中央，学校附近就有电影院和剧院，大概是太方便的缘故，小学二年级的时候他就开始迷恋上了电影，每天放学后都拿包袱裹上书包混入电影院去看电影。当时是昭和十二、十三年，奈良还没有西方电影，但据说他把当时能看的松竹、日活、新兴等电影制片厂推出的日本电影几乎看了个遍。

　　一般来说，男生都会对战争片感兴趣，田中一光却有些例外，偏偏喜欢山路美子和高峰三枝子主演的恋爱电影、铃木澄子和森静子主演的关于江户时代的将军夫人的电影、川崎弘子主演的关于母亲的亲情电影，关于妖怪猫的电影是他的最爱。他那时特别喜欢的一个名叫桑野通子的女明星，一有她主演的电影放映的时候，便钻进电影院里上集下集轮番看，直到影院关门。这样回去后自然免不了要挨父母的骂，即便这样，他还是抑制不住对电影的热爱。渐渐地，随着年龄的增长，光看电影已经满足不了田中一光了，他还很想找人一起来谈论电影，可是，同龄的孩子中喜欢那种电影的人没有多少，又没有愿意与小孩子谈论恋爱电影的大人，于是，田中一光便把附近的孩子们召集到家里，偷偷地换上母亲的衣服，模仿武打戏里好玩的段落。他后来自己说："连自己都觉得自己做的事有些与众不同呢！"不过着实是在幻想的世界里过了一把瘾。

当一个人的时候，田中一光还喜欢虚构电影，自己起片名，自己当导演，自己做演员。他对电影杂志了如指掌，有买不到的杂志，他就站在书店里读，久而久之掌握了非常可观的电影信息。紧接着，田中开始尝试自己制作电影的报纸广告，他裁剪照片进行粘贴，附上肖像画，琢磨最吸引人的广告语。他喜欢图案和文字，标题全是自己凭感觉摸索着定的，据说做得还"相当不错"。想想真是令人难以置信，这是一个不满十岁的孩子在当游戏玩的事情。看看田中一光后来的工作，真是应了那句"三岁看老"的老话。

1940年　田中一光对剧场的迷恋程度在逐年升级。小学三四年级的时候他曾随母亲去过几次大阪，对道顿士屈和千日前街上彩旗飘扬、广告林立的热闹场面醉心不已。母亲想带他去动物园和游乐场，他却偏偏在剧场前顿住脚步，软磨硬泡地想要进去。

从东边数，是连成一线的戏剧五座：朝日座、升天座、角座、中座和浪花座，剧场前挂满了彩旗。千日前街上的歌舞伎座、ASHIBE座、常磐座、大剧座、八千代座也是鳞次栉比。胡同里还有说书、相声的专场。至今，我仿佛仍能模糊地回想起当年店外此起彼伏的揽客声。在这个被称作"大阪的百老汇大街"的剧场群里，也会上演很受小学生欢迎的捧场剧，如大阪剧场的"松竹少女歌剧"。当时大阪剧场和宝圳剧场两家都很红火，可谓平分秋色。惯常剧目有《春之舞》和《秋之舞》，那华丽盛大的场面真叫人难以形容。开幕前要进行灯光调试，聚光灯从厚厚的舞台幕布的下端一点点地向上爬，交响乐池里的管弦乐手们也在积极地试音。当然，这些并不会引起大家的注意。直至一声女高音刺破长空，舞台的灯光刹那间全亮了，幕布拉开一派樱花盛放的绚烂景象。年仅十岁的我有着无可自控的激动兴奋，似乎马上便会倒下般的难以自持。这种嗑药般的眩晕感远不是去游乐场、动物园或者下饭馆可以比拟的。在我升中学后，战争越发激烈了，但这里并未中断演出。当时的我经常独自从奈良的家里乘电车奔到这儿来。有时刚买了戏票，空袭警报就拉响了，只好又从剧场里跑出来，戴着防护头盔，在路边的沟里一边趴着一边等待戏剧开场。虽然剧场周围因为战争而变得一片焦黑，我却依旧是这里的常客。

[《新剧》 1979年12期 白水社]

1942年 4月 这一年，田中一光考入了县立的奈良商业学校，以他后来的壮实体格来看，我们很难想象少年时的田中一光是个体弱多病的人，一直到中学，他都只能在学校的角落里，用羡慕的眼光看着同龄的孩子们嬉闹玩耍。田中画画不错，却更擅长作文。中学时的语文老师经常夸赞他的文学才华，并在班里宣读他的文章。他还喜欢读书，或许当时的田中暗地里有过成为一名作家的理想也不一定呢。

但随着二战战局的恶化，田中的心里也蒙上了一层阴影。

中学时，我们这个年代的人必须上一种叫做"军事训练"的令人厌恶的必修课。并且临到战争的最后阶段，这种军事训练课完全成为了一种和军队一样的斯巴达式的教育。拖着沉重的枪支被整日地训骂踢打，渐渐的，我的运动神经也变得迟钝，完全处于一种封闭状态了。

[《新剧》 1972年12期 白水社]

战争接近尾声，我们被动员去郊外郡山市的松下电器工厂参加劳动。不久，校舍变成了松下的分厂，而一直作为武道训练基地的操场也变成了组装无线报话机的工厂。在绑着国防线绑腿去学校的路上，会逢着一片种着甘薯和南瓜的田地。学校的院子里堆满了从工厂运来的机床。

[选自奈良商业高中同窗会杂志]

1945年 1945年8月15日，战争终于结束了，那一年田中一光十五岁。

"哎呀，总算可以静下心来看戏了。"田中说。终战后的第二个月，他就挤上连车门都贴满乘客的超载电车晃晃悠悠地去大阪看歌舞伎，他的这种对戏剧的执著热情到底是来自何处呢？

记得我第一次自己主动去看歌舞伎，是在八月战争结束后的第二个月。我先坐上人满为患的电车到达大阪。然后再穿过从上本町到滩波那片一眼到头的焦土，走到千日前去。一路上满是碎成糖渣般的玻璃和凌乱的瓦砾。当时的舞台上连幕布都没有，灯光也只是从葡萄架上垂下几根黑色电线，再装上电灯泡而已。而那五六个一百瓦左右的电灯泡，就是当时全部的照明了。一想到不久前这里还上演着豪华而又炫目的歌舞剧，就会感到现在的剧场与其说贫乏，还不如说令人心疼。当然，舞台上也不会有绯红的毛毡。而因为没有幕布的关系，所以选择的都是适合一个人表演的剧目。至于观看的环境，墙壁就不用说了，就连天花板都布满了黑色的煤灰，到处是红色溃烂的污垢。观众席也没有椅子，大家都站着观看。没有喝彩声，没有掌声，一切都像凝固了一般没有任何动响，有的只是一群用眼睛直勾勾地看着舞台，且"站无虚席"的观众！然而在返回的路上，我一个人走在昏暗的野地里，竟仍觉得自己看了一场绝美的演出。我记得当时的心中涌动着一种说不清的感受，像是充实也像是希望。虽然发生在久远之前的十五岁，但那些细节至今却仍像是近在眼前。

[《戏剧界》 1978年第2期 戏剧出版社]

刚刚结束战争的日本社会一片混乱，街上也没有一点生气，家里可以吃的东西也很少。这一年因时局所需，日本的学校学制发生了变化，田中一光所在的学校，有一部分学生需要提前一年在四年级毕业，而另一部分则可以读完五年级，有人要毕业，就要开欢送会，这给田中一光组织的"樱花会"提供了舞台契机。

在四年级学生的毕业典礼之后，紧接着就将是我们的送别会。不知道这算是一个已经中断了太久的活动还是一个战后的特别集会，更不知道是谁选中了害羞而孱弱的我来准备和组织这场送别会。幸好，我在昏暗的仓库里找到了绢制樱花和灯笼。也不知道是不是战前举办运动会和艺术节时用过的，它们散发着和平时代的幸福气息。那红灯笼一定是出自技艺高超的制作者之手，颜色一点儿也没褪，从那灯笼上我又感受到了因长年战争而几乎被遗忘的"高级"二字。拴在金银丝线上的绢制樱花泛着淡淡的粉红色，它那娇艳欲滴的模样让我欣喜若狂，那不正是一场"春之舞"吗？我们已经穿过了禁欲的灰色年代，在这个阴暗的仓库一角，我分明看到了和平的曙光。

我把教室的讲台用做送别会的舞台，再将绢制樱花挂成一排当作幕帘，而演员们则一个个拨开这个花门帘出场。最后，这场送别会结束得非常成功。这更坚定了我即使家人反对也要去上美术学校的决心。

[《奈良县立商业高中五十年历程》 1971年]

这段插曲促使田中一光对美术产生了实际的兴趣，在这一年，他报考了京都美术学校，并在入学考试中以"樱花"作为了应试绘画的题材。

1946年 终战后第二年四月，田中一光考取了京都市立美术专科学校图案专业，就是现在的京都艺术大学，从而开始了每天往返于奈良到京都的求学之路。才能有些是与生俱来的，只是很多人一辈子都不曾发现它，而田中一光能在人生刚起步的时候，就找到了属于自己的天职，真是个幸运的人。

京都美专的同年级学生中有一人半是从军队复员的中年男子，他们经常聚在一起谈论女人，田中一光有时一个不留意凑到了他们跟前，马上就会被他们训斥一番："这不是你该听的，小孩子快走开！"而同年级的同龄同学中，有现在做纺织品设计的粟辻博和做舞台服装设计的绪方规矩子，这三个人很快就混熟了。

"总之才十五六岁，与其说是大学的同年级同学，倒不如说是小伙伴更贴切些。"粟辻博这样回忆说。田中在他自己的文章里还这样写道：

还记得一年级的时候，每天从早到晚都是写生和"便化"。所谓"便化"就是把事物的特征提取出来并加以强调，然后做成相对简单的造型，也可以称作图案。每天的生活就是这样的周而复始。到了二年级就开始临摹描金画，那种痛苦的修炼恐怕是现在的设计系学生完全体会不到的。当时的绘画用具全是以颜料配以骨胶加热，再用玻璃板和研钵熬炼的。一旦色质和数量产生差错就会立刻溢得满钵都是。而画纸则是在一种叫做"karibari"的隔扇状板子上粘贴的湿美浓纸。在画布上动笔前，还需要先将草稿提交审查，通过后才能够真正开始。画的时候要用骨笔认真的描对，然后上色。

[《日本的传统工艺美术·京都》　1976年　讲谈社]

京都美专有个叫做"画室座"的学生剧团，田中一光加入后很快就沉浸其中而不可自拔，联想他童年时的所作所为，这或许也是情理之中的事吧。绪方规矩子同样热衷于剧团的工作，另外粟辻、桥本洁、板坂晋治，还有高年级学生中的堂本尚郎和浅田鹰司也加入了这个剧团，可以说，这是一个非常强大的阵容。

田中一光从绪方规矩子那里学到了很多的东西，"我是在她严厉的批评中成长起来的，实质上，她是我的前辈，像老师那样令人敬畏"。"我在京都美专'画室座'剧团从终战第二年起一直呆到昭和二十五年。京都因为没有遭受战争的损害，文化艺术很快就复苏了。从第二次世界大战结束到朝鲜战争开始的这段时间里，日本像雨后晴空般充满了自由的气息。"

虽说有着自由的环境，"画室座"当时的节目反映的却不过是美术学校的悠闲，并没有太过出格的东西。他们在战后文艺复兴时期上演的第一出戏剧是冈本崎堂的《修禅寺物语》，之后是《名师柿右卫门》，第三次则是梅特林克的《佩莱阿斯和梅理赞多》。这些由学生演出的戏剧大多是些类似少年文人戏的诙谐节目。

好玩的是，正值十七八岁的田中一光在剧中却要扮演修禅寺中的行亲佛和《佩莱阿斯和梅理赞多》中的老主人阿尔开尔夫。同时，他尽情地享受着舞台美术带给他的乐趣。他把学校的桌子搬到剧场，用白颜料把贝壳涂成白色来进行舞台的造型设计，又把当时政府限量配给的珍贵毛毯和布料从家里偷出来做成道具服装，或拿到黑市当掉以换取剧团经费。小小年纪的田中把自己的全部心血都倾注到剧团的建设当中。当其他学生放学了，他还呆在学校，抛开学业不管，每天啃着杂粮面包，吃着白薯，直到深夜还在进行忘我的排练。

[《新剧》 1979年7期 白水社]

当时的日本正处在为了填饱肚子而拼命干活的困厄时期。即便晚上要到剧团同伴的家里借宿，也要把自己的那份米饭带去，否则是不让上桌的。有时即便带去了米饭，如果人家说没东西下锅，那也还得折回去。虽然条件艰苦，"画室座"还在坚持排演。赤字越来越大，欠缺的资金由剧团成员通过打工来分头填补。那时真是"度日如年呐！"至今忆及当年的事，绪方规矩子仍然记忆犹新："学生们好像都去搜罗情报了。不知谁会带回有趣的消息。那个时代带给人的正是一种文化高峰期的感觉，所以我们轻易舍不得休息，总之是非常忙碌的。"

除了"画室座"剧团外，田中一光迷上的另一件事，是在由驻日美军归还的宝冢大剧场上再次上演的豪华通俗歌剧，田中和粟辻结伴观看了《春之舞》和《卡门》的开幕式，自此对歌剧更加着迷了，在富丽堂皇的舞台布景和五彩斑斓的灯光照射下，伴随着令人陶醉的波利乐舞曲、布吉仕吉舞曲和曼波舞曲，年轻漂亮的女演员们在台上翩翩起舞。这一切，对于在灰色战火中长大的少年们来讲，无疑是种难以想象的文化冲击。"不来看的人真是傻瓜。"田中说道。就这样，宝冢大剧场只要有通俗歌剧演出，他就会一次不落地去看。

田中他们整天"歌剧、歌剧"地挂在嘴边，终于被绪方规矩子一句"别瞎嚷嚷了，还是去看看真正的舞剧吧！"教训了一通，就这样，他来到了大阪的朝日会，欣赏了由小牧正英和谷桃子表演的《天鹅湖》，古典艺术的高雅情调深深地感染了他，自此他再也不去宝冢大剧场看通俗歌剧了。

四年的学业，转眼间过去了，"画室座"排演了木下顺二刚刚在妇女杂志上发表的《夕鹤》作为毕业演出，并特邀专家岩田直二参与指导。绪方规矩子饰演阿鹤，田中一光扮演阿鹤的爱人与平。田中虽然在排练时吃了不少的苦，表现却着实可圈可点，有了这次经历，田中一光更深入地了解了戏剧的真实面貌，并且受到了不少的启发。《夕鹤》的演出轰动一时，连最普通的报纸都进行了长篇累牍的报道，这在学生演剧史上可以说是难得一见的成功，毕业离校时，田中一光也不得不依依不舍地告别了剧团。

曾如此全身心地投入到戏剧当中的田中一光，并没有因此耽误学业，他毕业时的染色屏风的设计同样受到了来自各方的好评。这件毕业作品他一直爱不释手地留在身边，直到后来应邀捐赠给了冈崎儿童博物馆收藏。

四年的京都生活，可以说是田中一光人生中非常重要的一段时期。关于这一点，田中一光在后来有了更为深刻的体会，虽然离京都并不远，但出生在奈良繁华商业区里的田中一光，并没有受到多少古都传统文化环境的影响，所以，四年的文化熏陶恰恰为他以后的发展奠定了坚实的基础。

在京都，从纺织染布、陶瓷漆器到衣食住行，历代传承下来的高级制作技术、优雅风格同民间智慧合理地融合在一起，广泛地运用到市民生活中，成为日本设计的源泉。这种在日常生活中产生并代代相传的审美情趣，不同于西欧以合乎逻辑的要求来构造文化的历史。 [《设计的周围》 白水社]

1950年 — 1957年 大阪阶段 ［ 从吉原冶良、早川良雄到田中一光 ］

1950年 田中一光于1950年从京都美专毕业后进入大阪钟渊纺织株式会社工作，和粟辻博一起在图案科的设计室从事染织设计 ［ 绪方规矩子一年后也加入到他们的行列中 ］。从此，田中一光开始了每天在奈良、大阪间穿梭往返的上班族生活，直到七年后离开大阪去东京为止。

车站外黑市林立，要求配给三盒 ［ 一盒约等于0.8公斤 ］ 大米的游行示威队伍行进在废墟残存的街道上。相比之下设计室里全然是另一番景象，国外的设计信息满天飞。

当时钟纺图案设计室的室长是曾在巴黎从事了十八年印刷设计的木下胜次郎，虽然他现在已经辞世，但当年他那些由欧洲经历培育出来的思想，却是整个设计室的指导思想。广告的色彩全部使用英国生产的牛顿或者荷兰生产的泰伦斯，而且用的是从铅制的软管里挤出鲜艳色彩的油画画具。由于那时只能买到便宜的泥画具，因此这样的绘画材料简直就是宝物，而这样的环境也是非常难得的。木下先生在寻找美丽和创造美丽的东西方面从不介意任何的浪费，是个典型的完美主义者。他从巴黎招聘设计师，并且一直购买战后日本最新最高级的信息资料。*VOGUE*、*BAZAAR*、*OFF SHELL MODERN FABRIC*这些欧美顶级的杂志陆续空运到了设计室。

［ 《新剧》 1979年1期 白水社 ］

大阪钟渊纺织株式会社以生产供发达国家使用的高级丝绸印染品为主，所以设计师必须了解欧美的生活方式。对于田中他们来讲，这有如撞入一个新的天地，是吸收新知的绝佳机会。田中经常通过观看西方电影来增加这方面知识的涉猎。在京都时，他们只受过临摹、运笔、便化等自古沿袭下来的传统的印染图案的教育，而现在，他们就要集中精力为素描等积极补课。

后来与粟辻博结婚的木偶设计家粟辻早期也在这个设计室工作。她还记得那时每当外国杂志寄到，田中他们就扎成一堆，一边翻看一边赞不绝口："真棒！真棒！真是妙极了！"从法国聘请来的巴黎姑娘达尔塔尼安也在。所以这里的设计环境，可以说在当时是顶好的了，搁到现在也还是如此。那时大家把蓝色极自然地发音成"BLUE"。能和田中一光、粟辻博两个偶像朝夕相处，粟辻早期受到的设计教育可以说是潜移默化的，这无疑对她后来的设计也产生了影响。

据早期回忆，那时的田中一光非常潇洒，身穿驼色灯芯绒西装，头戴鸭舌帽，有时也穿蓝色西服，体面干练。

在纺织品设计方面粟辻博有着绝对的优势，而田中一光却特别地不擅长印染连续纹样的设计，不管画什么都给人一种平庸的感觉，坐在办公桌前经常是半天下不了笔。事实上，田中一光希望从事的是平面设计，他想调到宣传部去。但当时钟纺公司的宣传部是一家以上田健一为首的拥有众多一流设计师的创造性团体，在日本阔西地区也都是数一数二的，并非一个普通职员想去就能去的地方。

在回忆当时的情境时，粟辻谦逊地说："形式方面的设计让田中君有些头疼，比如，他对连续图案类的东西完全没有工匠的职业意识，动起手来也不那么灵活。后来他的才能在艺术指导这方面得到了发挥。而我因为格外手巧，就一直留到了现在。"

朝鲜战争在这时爆发了。日本作为美国的后方基地，因生产军需物资而获得了实惠，经济也跟着发展了起来。

社会动荡却使各大企业开始纷纷裁员，第二年时轮到了田中一光。这消息真是如晴天霹雳一般，工会组织也没能帮上什么忙。终于在1952年的夏天，田中一光被迫离开工作了两年零四个月的钟纺公司。

没有工作在当时仍旧是丢脸的事情，况且同伴粟辻还留了下来。田中不好意思对父母挑明实情，只好每天早上故作镇定地拿着母亲做的盒饭照常出门。多年上班养成的习惯使他不自觉地朝御堂方向走去。他会在中之岛公园溜达一会儿，吃完盒饭又往旧朝日会馆去了。

当夕阳的余晖从窗外斜照入这个无人的剧场，田中一光看到了吉原冶良新创作的幕布设计，他被彻头彻尾地震住了。就在这一刻，他做出了一个重要的决定：立志从事平面设计。这一经历对他初期风格的形成也产生了巨大的影响。

1952年 幸运的是，田中一光不久便被大板樱桥的产经新闻社录用了。因为是靠关系进去的，所以被安排在文书科这个清闲的部门，每天忍受着无所事事的痛苦，以给坐在旁边的老职员画扇子打发时间。惦念田中一光的粟辻早期得知此事后，顺便在外出时到产经新闻社探望他。"看到以前那样潇洒开朗的人穿着土气的西装，一脸无精打采的样子，回来的路上我哭了。"早期说。

> 在日复一日的坐班生活中，唯一的乐趣就是下班后在楼上产经大厅舞台后做些绘制传单和广告牌的宣传工作。在尚未完全实现印刷化的年代，这些事也足以宽解田中一光郁郁不得志的空虚心灵了。每当看到那些传单被贴在立于大楼入口处的剧场大厅广告牌后时，心里真是说不出的高兴。
>
> [《坐夫西》 1972年4期 全关西社]

而正因为这个小插曲，田中一光的命运被改写了。一天，田中突然被叫到了社长室，他心里正忐忑不安：是否因为画了本职工作以外的招贴画而要被斥责？出现在他面前的却是吉原冶良先生。吉原向他提出邀请，问他是否愿意做报社的舞台美术助理。能发现天才的人必定也是个天才。田中一光望向吉原冶良那双炯炯有神的眼睛，就这样和他一生中唯一称作"老师"的人相遇了。

"当时激动得浑身发抖的情景至今还如在目前，可以说，我个人风格的形成是从那里开始的。"田中一光后来在书中写下并反复强调："这是至今为止最让我兴奋的一刻。"

所谓的舞台是产经新闻社为扩大销量而邀请美国POWERS MODEL小组在全国举办的巡回时装表演。田中一光作为吉原冶良舞台设计方案的具体实施者，因为有"画室座"的经验在先，活动开展得很是出色。巡回表演从大阪开始，经近畿地区、中国地区、九州地区、四国地区，最终抵达了首都东京。在踏上原帝国剧场舞台的那一刻，从少年时就沉迷戏剧演出的田中一光不禁热血沸腾、感慨万分。

巡回演出非常成功，田中一光的才能得到了认可。于是，他被调到了事业部，并渐渐开始了梦寐以求的平面设计工作。事业部有个叫小川义人的设计家，他也看中了田中一光的才华，在许多方面对他予以特别关照。小川义人先生几年前去世了，他和1972年去世的吉原冶良是田中一光那个时期的两位恩人，不能采访到他们真是非常遗憾。

吉原冶良是日本关西地区前卫派画家的代表，也是美术团体杂志《具体》的创始人。《具体》当时在国外得到认可，东京的报纸却未有着墨。当然，如今若谈及日本的现代美术，它却是不得不提的。

《具体》当时的骨干、画家元永正定这样谈道："吉原冶良性格沉稳而令人望而生畏，与其说是画家，倒更像个学者。田中和他有些相似，不仅在绘画上，在待人接物及其他方面，也自然而然地受他影响。田中一光做事谨慎，言谈中充满自信与主见。我们专业不同，没有同行的意识，但从某种意义讲，我想田中一光称得上是吉原冶良精神的另一种形式的具体见证。"

"高举双手的三人群像、幽默感十足的大鸟、看起来像豹又像虎的有着黄黑色斑纹的动物。每个细节都令人浮想联翩、心醉不已。我每天都会来这儿呆呆地望一会儿。"这就是田中一光在文中描述到的那个银幕。第一眼看到这幅画时,我就不由自主地"啊"了一声,我仿佛在画中看到了田中一光和早川良雄的影子。直觉告诉我,为战后大阪平面设计注入现代精神的,正是这个人——吉原冶良。田中一光大概也是在以这样一种心情来怀念他吧。我一时间陷入回忆,以一种无法表达的心情长时间地凝视着这幅画。

田中一光在失业那段时间每天必去的旧朝日会馆已被拆除,吉原冶良设计的舞台银幕也不复存在。今年夏天田中一光在神户兵库景立近代美术馆做演讲时,我有幸看到了他的原作。而吉原的原作已被列入了美术馆的收藏。

在钟纺时代,田中一光于每天学习素描的研究所认识了江端种男。

江端是这样回忆田中的:"田中一光长着獏一样的一张脸,稳重,看起来有些非凡的才能。从来不大声嚷叫,似乎没有生气的时候。工作麻利,交给他什么设计的工作,都能够很快完成,好像他的构思总也用不完似的。他有个癖好,喜欢拉自己的耳垂。或许这是个秘诀,我于是经常模仿但是无济于事。他不是个天才,可以说是一位俊才。"

江端种男是朝日会馆宣传部的设计师。受他关照,战后在朝日会馆举办的一系列重要活动,如梅纽因小提琴演奏会、海斐小提琴演奏会、科尔图演奏会等,都有田中一光参与的身影。在宣传部挨着江端种男办公桌的,是妹尾河童。

经由江端种男介绍,田中一光认识了雕刻家尾川宏。尾川在阪急百货商店美术部,既管理陶瓷也搞现代雕刻。后来,尾川宏还在田中一光的协助下出版了《纸的构造》一书,并获得了"每日出版文化"奖,田中一光也凭借这本书的装帧设计获得了"东京ADC"奖。由此，我们不难想象两人之间的密切关系。

"到他奈良的家里拜访时，看到房间的墙上挂着河野鹰思的商人贵族招贴画。田中一光一直目不转睛地盯着上面的文字，这给我留下了很深的印象。他很喜欢文字吧，有时去产经新闻大厅看演出，终场之后的评论也很有趣。无论对音乐还是对戏剧，田中都有着独到的见解。同在一起看戏的我们相比之下像个傻瓜似的，简直要得忧郁症了。"尾川宏一边回想一边笑着说。

这一年在东京龟仓雄策和原弘等人的呼吁下，大阪成立了日本宣传美术会〔简称日宣美〕。第三年时，田中一光应征向展会寄出的作品得以入选，他也被推举为会员。

在大阪有一家附着招贴画和设计小册子等印刷品进行分发的名为PRESS ALTO的机关杂志，这也是当时唯一一本宝贵的设计信息杂志。田中一光由此知道了永井一正，并被他那种完全不同于自己的设计方式所吸引。另一方面，永井一正也有着和自己同样的想法。在主编清吉的安排下，两人见面了。

当时木村恒久和片山利弘相识，与永井一正也很熟。就这样，田中一光与意气相投的永井一正、木村恒久、片山利弘，成为大阪设计史上著名的"年轻四大天王"。这是1953年时的事情。大家那时都还年轻，很快就打成了一片。

木村恒久是昭和三年〔1928年〕出生的，永井一正和片山利弘都是昭和四年出生，而田中一光是昭和五年出生，紧连着，正合适。永井一正是一位年轻的文学家，喜欢法国作家布勒东。田中一光崇拜的是像王子一样的普林斯。起初在一起讨论设计的只有三个人，后来片山利弘也加入其中，四个人每天晚上聚在一块侃侃而谈，连着两三年都是这样过来的。那时日本既没有正规的设计教育，也没有来自国外的足够的设计信息，这里便理所当然地成为了大家交流信息与心得的场所。田中一光曾提出"什么是设计？"之类的问题，我想那大概是对色彩的一种感觉吧。当时的东京还是一座破旧的城市。

[和田诚设计的街道树 昭文社]

永井一正因为疾病缠身而从东京艺术大学雕刻专业中途退学，经过一段时间的休养，借着一个偶然的机会进入了大和纺公司，并从此开始了自己的平面设计生涯。由制作鸟嘴图形开始，早期的永井一正以图片拼贴的方式摸索着现代造型艺术的走向。

片山利弘的父亲是个设计家，他自己也有独立的工作室，并在实际工作中对日常设计的大众性与新时代设计之间的鸿沟深有体会。听说心斋桥一侧的大商店都是由他经手创办的。

木村恒久是位领导型人才，曾和早他几届毕业的早川良雄及山城隆一一起，在大阪市立工艺学校受到著名教师山口正城的包豪斯理论教育。当时他正在村微的美术设计室紧张地工作着，不管是让他涂颜色，还是让他画线条、描文字，其卓越的技巧才能都展露无疑。那时几乎所有的设计都必须由设计师亲手完成，因而对于设计师来讲手的技巧是非常重要的。

四位充满活力的年轻人几乎每天都凑在一起探讨设计理论，争论不休，直至深夜。其中固执的片山和态度强硬的木村经常因各执己见，互不相让而陷入激烈的争吵，有时甚至扭打在一起。最后，筋疲力尽的四个人在心斋桥的片山利弘画室，或永井一正于阿波座租住的狭窄房间里，像牺牲的战士那样，横七竖八地睡到天亮。

[《版画艺术》1975年12月 安部出版]

当时的平面设计师因为还没有完全弄明白平面设计的概念，所以对自己缺乏定位，并因此显得有些坐立不安。龟仓雄策认为招贴画如果没有文字的参与就不能称其为招贴画。以此为理论基础，对"商业"和"美术"之间的交集及差异的争论达到了白热化的程度。

"作品一完成就拿给大家品评，互相提问，坦率地发表各自的意见，观察自己的作品引发的反应。每个人都怀着一种既期盼又惶恐的心态，试图创作出超越他人的好作品。大家各自都充满了力量，谁也不肯服输。个性极强的四个人聚到一起，每天对作品进行深入的研究和探讨。这种极具激发性的活动对于每个人来讲都是受益匪浅的。"永井一正概括道。

不少人以为这个四人集团就是"A俱乐部"，其实不是。"A俱乐部"是后来为了扩大范围，由大高猛、西协友一、有本功、西尾直等活跃的年轻人发起的组织，由早川良雄和山城隆一担任客串，大家坐在一起讨论。这样的集会接连不断地有很多，"平面设计不是绘画的延长"后来成为了集会的重要理论之一。这在以插图绘画为主流设计的当时，恐怕是最早的构成主义的萌芽了。

关西有两千年的城市社会发展史，孕育了各个时代的文化旗手与艺术之子。进入现代社会后，随着经济发展而在大阪产生的"商业美术"的概念，在昭和时代得到了非常广泛的应用。自战前就已从绘画领域独立出来的商业美术设计师有河村运平、今竹七郎、宫四田一马、紫田可寿马、竹尾等，而在战后又出现了早川良雄和山城隆一这样才华横溢的设计家。这些都使得商业都市大阪变得更有活力了。早川良雄所在的近畿铁道公司和山城隆一所在的阪急〔京都—大阪—神户特快电车〕公司这南北两大百商公司所发起的广告战很快就成为了市民热议的焦点，广告也因此受到了瞩目。后来早川良雄把设计室迁到卡隆洋裁大楼，业务越做越大，名声也越来越响，不仅在东京，在国际设计界也小有名气。除早川良雄和山城隆一外，随便列举一下当时名扬关西的设计师，就还有重成基、上田健一、管井汲、奥野英雄、小山展示、金野弘、小林叶三、中岛康男、泽村微、千田甫、中村真和田中健三等。由此可见，五十年代大阪的设计界真的是群星璀璨。可喜可贺的是，后来又出现了田中一光、木村恒久、永井一正、片山利弘、滩本唯人、向大高猛、西协友一、有本功和西尾直等这样的一批新秀。

"早川良雄对于关西地区的意义，与他没有直接接触的人可能很难体会。他那充满着强烈个性的作品真是叫人拍案叫绝，只要看到他的作品，我们就会兴奋得浑身发抖。对于近畿铁道公司的设计组织——秀彩会，以及由他们设计的报纸、海报、直邮和卡隆洋裁的海报，我们无不佩服得五体投地。从某种意义上毫不夸张地说，关西地区当时的年轻设计师，几乎没有不受早川良雄影响的。"田中一光对早川良雄的推崇已经达到了痴迷的程度。在田中一光的眼中，早川良雄的作品充满了不可替代的理念和魅力。似乎没有了早川良雄，这个世界就将不存在了。

看到田中一光神魂颠倒的样子，老前辈们都有些担心，想劝导他一下。他却觉得这些人落后、迟钝、缺乏灵感，倒更衬得早川良雄光芒四射了。若有思想保守的人对早川良雄的作品提出批评，他就如同批评到自己头上一样奋起反抗。田中一光对早川良雄的这种狂热的崇拜不久就导致他创作的作品全都变成了早川良雄风格。实际上在大阪"日宣美"举办的第一次展会上，田中一光就应邀提交了作品，然而最终却落选了，理由就是"过于模仿早川"。这在当时的设计界被作为逸闻广为流传。

乘着连接奈良和大弧的近畿铁道电车穿过生驹山隧道后，展现在眼前的是一望无际的河内平原。在第二个隧道入口处的一个小车站里，我偷走了早川良雄的一张海报。这是1952年的事。那时还很年轻的我乘着末班电车来到这个令人有些寂寞的小站。至今还能记得整件小事的每个细节，想来当时所受的震动一定很大。站台内不足两间屋的简陋候车室的墙上贴着这样一张白底的海报，暗自散发出美丽诱人的清香。一片星空化作幽蓝的背景，周围的一切都很协调。我仿佛看到如私室里的曼陀罗般高雅的情调，却又洋溢着现代的气息，真是令人心醉。 ［《设计》1964年5期 美术出版社 ］

在近畿铁道公司百货商店的设计室里，有本功的桌子和早川良雄的桌子并排摆在一起。有本功就读于大阪市立工艺学校的图案专业，比早川良雄晚毕业几年，比田中一光小三岁。田中一光认识有本功后便想方设法向他打听早川良雄的情况。"那时田中一光总是端着一个皮包，十足朴素稳重的学者派头。他每周来取一次早川良雄的海报新作，却并不想见到真人，说是害怕。尽管如此，他还是渴望了解关于早川良雄的一切，从工作情况到电话打法，甚至连早川良雄的一举一动他都要好奇地刨根问底。我和田中一光经常在九正食堂碰面，而且每次都点土豆肉沫炸饼份饭。"有本功清楚地回忆说，"他待人非常热情，工作起来有一股韧劲。每次交给他早川良雄的新作，他所受的影响必定会在两周后的作品中表现出来，特别是在形式、笔法和色彩方面。对他这样总觉得有些担心。"

"田中君之所以会被早川的作品吸引，不仅因为早川作品中画面的华丽性，还因为在早川的所有作品中都可以看到绘画和语言的游戏。田中君喜欢书法，所以他能深深感受到早川独特的设计匠心及其对明朝体运用一新的奥妙。"在设计室与田中一光挨得最近的木村恒久这样分析道。

"不管画什么都逃不开早川模式，我都有些害怕提笔了，一度感觉濒临精神崩溃的边缘。"田中一光自己这样说道。不久后，他才一点一点地从早川良雄的影子里爬出来，或许工作忙碌是有益身心的一剂良药吧。

"提到田中君的工作量简直能吓死人。每当稿件评审时，他都捧着一大堆东西过来，工作量可以说是我们的几倍、几十倍。即使在最消沉的时候，他也能全身心地投入工作，拒绝休息。或许正是这种拼命的状态使他得以从阴霾中解脱出来吧。"片山利弘这样评说道。

1953年，田中一光真正意义上的处女作——海报《交响乐蒂毕加·卡纳罗》诞生了。这时谁也不再说他是"早川良雄的恋人"之类的话了。第二年，田中一光在第二十一届每日商业美术振兴会的展览上荣获了"日宣美"会员奖。这时年仅二十四岁的田中一光在日本关西地区已经小有名声，到处被拉去参加座谈会或进行讲演，俨然已是年轻设计师中一颗耀眼的明星。也正是此时，田中一光受邀参加了神户平面设计师协会——NON协会的座谈，这次座谈也成就了他与滩本唯人、横尾忠则的初次见面。

1955年，PRESS ALTD杂志出版了《田中一光设计作品集》。这是继早川良雄的作品集出版六年后再度获得出版的一本个人专辑。这本书的出版有着双重的意义：第一，它意味着走出早川良雄阴影的田中一光的风格得到了认可，另一方面，它也确立了田中一光作为新一代设计领袖的地位。对此，山城隆一还发表了一篇文章，其中有一段话为我们打开了这样一个精彩的瞬间：

我在大阪时，应A俱乐部之邀与田中一光进行座谈。那是我第一次见到田中一光，他对我所提问题的回答至今令人难忘。"田中君的作品很像早川的作品，可早川先生说你的作品比他的还好啊！"听我这么说，田中一光的脸上微微泛起红晕，低下头羞愧地说："没办法，实在太喜欢了！"大家哄堂大笑，我却忽而似有所悟。田中君的确对早川的作品爱不释手，但他不是所谓的模式的追随者，而真心地沉浸其中，他的心地是高尚的。能够这样迷恋一位设计家的作品说明他也是很有才华的。

[山城隆一 *PRESS ALTO* 137期]

早川良雄眼中的田中一光却大不一样。

早川这样写道："在产经新闻社入口处分发给我的节目单一下子就吸引住了我，那真是别具一格的设计。我记得那应该是由吉原冶良负责设计的时装表演的节目单，然而仔细一瞧，却发现署名不对。这种设计大胆、奔放、潇洒、新奇，我无论如何也想不到它竟会出自吉原冶良之外的人。最初看到田中的作品，就是像这样，给我了一种强烈的吉原风格的冲击。"

由此看来，对田中一光影响至深的两位设计家，正是早川良雄和吉原冶良。

在产经新闻社事业部工作时，田中一光又迷上了刚刚从美国引进的新音乐——现代爵士乐。

爵士乐和设计，这两者勾起了当时年轻的我的好奇心，并且让我的将来蕴含了无数的可能性。然而爵士乐更加充满让肉体沉醉的官能性魔力，比起做设计，更多的时候我希望能溶化在爵士乐中。然而，那时并不如今天一般可以随时买到音像专辑，很多专辑都是在驻日美军那里买到的，那些宝石般珍贵的进口专辑，几乎只能在小茶馆里听到。当时坐在爵士茶馆里的客人们经常像修道者一般深深地垂着头，一言不发地默默听着音乐。窗户在夏日夕阳的照射下呈现出好看的金黄色，屋内也因此变得幽暗而闷热。一个个被汗水打湿的肩膀紧紧地并排靠在一起，在这个仿佛静止了的空间里，只有声音在记录时间的流逝。每个人都屏住呼吸抵膝倾听。当时甚至还会为了得到一张专辑坐十几个小时的夜班汽车奔波到东京去。那时我每个月的工资只有

一万七千日元，要买三千日元一张的进口专辑真是一次大出血。即便如此，

我还是像赌上了自己的人生一样购买了一张又一张的专辑。

[《新剧》1979年4期 白水社]

战后复兴时期的文化活动几乎都是由报社主办的。所以在产经新闻事业部工作的田中一光经常有机会接触到像能乐、插花、新剧、舞蹈、芭蕾、展览，甚至拳击这样的丰富多彩的活动。现代舞蹈家森田真弘、森田益代夫妇正是田中一光在组织舞蹈家新人演出时认识的。

舞蹈是融身体造型和故事性于一体的一种表演，同时也是需要有服装、布景、照明、音乐等共相配合的综合舞台艺术，它激活了田中从"画室座"开始就不断累积的对舞台的执著。田中一光再一次把整个身心投入到现代舞的世界中。他还邀请绪方规矩子对舞台服装进行设计。

他经常为了创新而苦恼，并且对舞蹈要求很高，偶尔还会带来新的舞蹈设想。因此，有时到了深夜大家还在不眠不休地讨论。但到第二天，他又觉得不好，一切都得推倒重来。那个计划上演的现代舞《保元之乱》就是在他的这种严格要求下诞生的。 [森田真弘 PRESS ALTO 137期]

除了现代爵士乐之外，现代舞成了田中一光青春时代的另一个恋人。

这一时期，东京和关西地区的设计界之间交流还不太频繁，而1955年在东京日本桥高岛屋举办的" '55平面设计展"恰巧填补这个缺口。这次意义重大的展会可以说拉开了日本平面设计的序幕。到场的成员有原弘、河野鹰思、龟仓雄策、伊藤宪治、早川良雄、大桥正、山城隆一等，保罗·兰德也受邀参加了会议。田中一

光、永井一正、木村恒久、片山利弘四人小组睡在超载的夜行列车上奔赴东京。令人感动的事还有很多。几年前从大阪来东京发展的山城的作品对田中一光造成了很大冲击，田中像被钉在会场上似的，站到脚跟肿痛也不肯离开。

不久后，田中一光、永井一正、木村恒久、片山利弘为前来大阪的东京的平面设计师伏见文男举办欢迎宴会。这本是一个增进交流的机会，年轻气盛的四个人却把东京的设计说得一无是处。后来这些话传到了增田正、村越、伊藤幸作等东京年轻的设计领袖那里，使他们大为光火，继而对大阪的设计团体提出回访邀请。田中一光带着代表团诚惶诚恐地抵达了东京。或许是天性诚实的田中一光应对出色的缘故，大家反倒成了意气相投的好朋友。田中一光边走路边思考的习惯以及为自己行为寻找逻辑的人生哲学似乎与东京人颇为相似，所以出现这样的结果也许也是必然的。东京方面还邀请他们参与正在筹划中的《增刊画室·设计技法》的编辑工作并负责色彩理论的部分。以这次上京为转机，田中一光和东京方面的联系迅速加强。他还加入了由负责港口修建的年轻设计家组成的"平面集团"，并在展会上展出了自己的作品。毫无疑问，田中一光喜欢上了东京，并想留在这里工作。

这种想法不是没有道理的。"日宣美"自创立以来，每年夏季都要举办一次展览会，每次还都会从东京邀请设计师参加并从东京请人前来客串。1959年的"日宣美"邀请了龟仓雄策、增田正和村越三人。在展会前一晚热闹的庆祝活动中，与田中一光初次见面的村越希望介绍他去东京做设计。田中一光熟悉村越的工作，知道他曾为帝国剧场绘制《蝴蝶夫人》的海报，那时田中还因为觉得好看而把它揭下来带回了家。村越在进入 LIGHT PUBLICITY 公司后，用当时来讲异常珍贵的彩色照片进行海报和挂历制作，由此开辟出别样的局面，为插画一边倒的设计界注入了一股新风。

村越对那个晚上有着这样的描述："来大阪之前，我根本不认识田中一光。经介绍后我们坐在一起饮酒畅谈，我出乎意料地产生了一种预感。我还清楚记得当时的心情，这种预感的到来很是突然，但又非常熟悉。我和曾向信田社长强行推荐并到LIGHT公司工作的向秀男，以及尽管未能通过公司考试但被重新召回录用的细谷君等，全是凭借的一己直觉。对于这一点，我还是非常自信的。"

比较而言，大阪的设计更加充满活力和富于变化。因而对于田中一光上京，许多人持反对意见也是情理之中的事。但是卓越的设计家往往具有超越时代的先知先见。永井一正就赞成田中一光去东京："田中找我商量时，我这样对他说：'命运女神只在头顶上束起一绺长髻，后面是光滑的。如果从前面过来的时候不抓住的话，过后再想去抓，就会因为后脑太滑而难以抓住了。'"就这样，田中一光最终下定了上京的决心。

开往东京的特快"燕子"号是正午发车，在大阪站的站台上，一百多名大阪设计界的同仁前来为田中一光送行。东京并不遥远，那里还有重成、早川良雄、永井一正、木村恒久、片山利弘、森田夫妻等。与送别亲人的那种寂寞感相比，田中一光的东京之行反倒使他与大阪设计家的距离更近了。田中一光一定会成功，会为大阪的设计家开辟道路。有了这样一种自信，大家心里反而乐滋滋的。火车启动了，田中一光冒险站在车门处的地板上探出身子向大家挥手，脸上满是泪水。

1957年 — 1963年 过渡期 ［ 从上京到独立 ］

1957年 1957年9月，田中一光进入LIGHT PUBLICITY公司工作。社长信田富夫在日本工作室受过名取洋之助的教育并将其风格发扬光大，专心于将照片与设计完美结合的创作尝试，发明了田中一光式的设计模式。半年前，负责广告宣传的向秀男开始接手面向东洋人造丝公司的尼龙广告的策划筹备工作，田中到来后正式担任起这一项目的设计。二人的合作非常成功，并逐渐承担了公司所有的广告宣传工作。这一由向秀男和田中一光创立的秉持公司设计理念的模式后来成为了整个公司的传家宝，并一直主导着日本的广告设计。

向秀男这样谈道："关于田中一光，我是在读大阪的*PRESS ALTO*杂志时知道的，当时印象很深。一起工作后才了解到他对自己的要求非常严格。紧张、快速、高效是他一贯的工作作风，这种作风也造就了田中一光式的造型艺术。东洋人造丝公司广告的成功为LIGHT公司以后的发展奠定了坚实的基础。那次设计还获了奖，我的领导方法也因此得到了肯定，信心倍增。所以，与田中先生的相遇对我来讲是很有意义的。"

田中一光还负责日本乐器的平面设计，许多人可能都对雅马哈挂历留有印象。比田中一光晚两年到LIGHT公司的平面设计师和田诚进来后做的第一件事就是去社长室取这本年历来看。"色彩诱人、构造鲜明的乐器图片正是日本乐器年历这种商业性产品所需要的，对于这种完美的设计我还能说什么呢？"据和田诚透露，这本挂历至今还被他珍藏着。

山城隆一住在大森的家中，田中一光到东京后，他立刻为田中在自己家后院收拾出了一个房间。"每到星期天早上，山城的母亲一定会打电话请我过去吃早饭。我从未吃过那么好吃的早饭，那种味道至今难忘。"

一到夜里，杉浦康平、粟津洁、草刘顺、山崎连三、田中博、植松周臣、山下芳郎等年轻的设计家就会聚集到山城的家里，每次田中一光也被叫上一起参加，这正是打入东京设计圈的好机会。山城是东芝公司那一系列著名广告的创作者，他起用秀男作广告文案。《成功了!》、《48次反抗》等永载日本报纸广告史册的不朽名作，几乎每周都在诞生。田中经常把在公司内由向秀男保管的这些广告的复制品带回去，于京滨东北线的电车上偷偷研究，想借此了解山城都创作了哪些广告。这是一种乐趣，同时也是一种学习。

山城隆一说："与田中一光交往是在他来东京以后。虽然我们之前在大阪A俱乐部见过面，联系密切却其实并无深交，或许因为彼此都有顾虑，又或者田中一光缺乏大阪人特有的那种性格吧。在日本设计中心一起工作后，我发现他是一个很有眼力的人，他能清楚地看到作品的优缺点。当时与田中一光的性格形成鲜明对照的还有一位名叫杉浦康平的设计家。我介绍他们认识时，他们互相凝视对方，非常有趣。杉浦君是学者型的，而田中一光则是有些肉感型的，和他的作品一样散发着一股诱人的魅力。他用异常冷静的眼光剖析自己的作品但从不沉溺其中，并且时刻注意保持作品的新鲜度和丰富性，这些都是非常了不起的。记得在一次庆祝我获奖的酒会上，他发言说：'我是由具有早川、山城之感性的母亲和具有吉原、龟仓之理性的父亲培养出来的孩子。'完全如他所说，早川和我，横竖看着都像个艺术家。所以，从这个意义上夸张点说，田中一光是一位完美的设计家。"

1958年　田中一光的上京对东京的设计师产生了深远的影响。

"概而言之，即田中一光的色彩感和造型感是我所认识的那些东京设计师所不具备的。所以绝不仅仅是增加了一位有才华的设计师那样简单，对于身在东京的我们，这是有如醍醐灌顶般的强烈刺激。之前山城君从大阪来东京时，也是这种情形。"

早川良雄这样谈道："因为我了解东京当时的情况，那种冲击之大是可想而知的，对于这一点想来大家都深有体会。"

田中一光又变了。

"去东京之后，田中一光的设计来了个180度的大转弯。能感受到他在努力吸收所谓的设计的客观性这种东西。"永井一正这样说道。木村恒久也有同感："他的设计立刻变得客观了、切入正题了。可能这也是东京方面的要求吧。"

我想在田中一光的一生中，恐怕没有哪个时期像这段时间那样让他苦恼吧。他面对着自己这个最大的对手，思想意识的变革和造型理论的重构迫在眉睫。这是他对自由奔放的早川良雄和吉原冶良世界"因为喜欢"而顺理成章沉溺其中的顺产时代的一种反动。和关西对感性之注重相比，东京不管什么事都是理论先行。龟仓雄策说过这样一句话："你的设计里缺少一颗螺丝钉"，这对田中一光是一个很大的启发。关西的敏感和关东的理智，自己用整个身心去提炼的感受，如何才能融入到关东的理论体系中去呢？这是来到东京后的田中一光一直在苦苦思索的问题，也是他最想解决的问题。

早川良雄再次谈到田中一光："田中一光的作家论和作品论很深奥。他是一个多面而又普通的人，他继承了龟仓雄策的作风。龟仓是堂堂正正地走正道，而田中一光不仅走正道，他机灵、敏锐、富有灵感。从某种意义上说，田中一光的作品我都能明白。因为我不是站在高处看他的作品，而是对他的感性和设计的细节有着太多感同身受的了解，我们的作品在不知不觉中是互相影响的。当然也有田中的形式和早川的形式交叉叠加的部分，色彩感觉上也是如此。有人说这或许是大阪地方性的缘故，但我却以为这更多是出于他的个人才能，这一点亦是我看重他的地方。他到东京以后不是转型了，而是受到东京方面的影响，变得更加完善了。"

从波士顿休假回日本的片山利弘很久没见田中一光，正好可以从远观的角度谈谈田中。"他被培养成了一个出色的三角锥式的人物。这个三角锥的一面是对多样性工作的快速高效的处理能力，另一面是对日本丰富的传统文化的继承掌握，第三面上则布满了感性的天线。底面是由商业感觉支撑着的一切。能将这些各具特色的面组成金字塔的，也就只有田中一光一人了。"

1958年 年末，田中一光在青山一号街找到一处适合居住的小宅子搬了进去。他此前总共在大森住了一年多一点的时间，而现在的这所房子坐落在从青山大街十字路口往向霞街去不远的地方。他的家里总是有各种各样的人进进出出，不仅是设计家，还有音乐家、建筑家、戏剧演员、爵士乐演奏者等，有一种年轻艺术家沙龙的气氛。许多人在这里见面、结交。如果要绘制一张关于一线广告设计师的关系网地图的话，在田中一光名下交叉的线恐怕是最多的。和田诚与横尾忠则也是偶然来这时由田中一光介绍认识的。

同时，在这里也总能看到一些意想不到的动人场景。插图画家原田维夫还是学生时，曾在周日来田中家协助神户工人音乐协会海报的绘制工作。他曾亲眼见到横尾忠则在田中一光面前流泪的情景。

"横尾忠则坐在田中一光面前，眼泪大滴大滴地滑落，却并不哭出声来。据说是横尾把他设计的一些东西拿给田中一光看，田中一光并没有批评他，两人也没有争吵。横尾忠则只是默默地看着田中一光注视插图的手势和表情，忽然间好像明白了些什么。这种场景真是令人终生难忘。"

当然，这里也发生过小小的摩擦。摄影家安斋吉三郎从小就因立志做指挥家而学习音乐。他是一个音乐通，和田中也是一对音乐伙伴，两人还曾在一起工作过。"在一个夏日的深夜，我们关上木板套窗，把音量调至最大，一起听德国作曲家勃拉姆斯的音乐。因为耳朵灵敏，我好像听到外面有吵闹声，打开木板套窗往外一看，邻居们正穿着睡衣围在他家周围大吵大闹。因为是木结构的房子，没有任何隔音措施，而我们事先却不知道，以为关上木板套窗便没事了。田中忙说着'对不起！对不起！'，拼命地向大家道歉。大家看到他悔过的诚意，也就默默地原谅了他。我还从未见过他那样的表情，这次可算看到了他的窘相。"

1959年在这处新宅发生了一系列不祥的事件。二月的一天，浴室煤气泄漏爆炸，田中一光因头部和脸部受伤被抬进庆应医院。他的眉毛和头发都被烧焦了，眼睛没事已算是不幸中的万幸。不久，他就以头部缠满绷带、只露出两只眼睛的新形象投入到了工作中。然而，头部的绷带刚刚去掉，他的左手却突然肿了起来。医生诊断是由于火伤的刺激导致交感神经发生了病变。他不断去医院看仍旧不见好转，终于在喉咙外开了小口进行连续的麻醉治疗，同时开始与家里人商量考虑住院的事情。最终，他决定回到很久没有回去的奈良老家进行疗养。不知为何，回老家后不久，肿痛便一点一点地消失了，身体也跟着好了起来，简直像做梦一样。或许是故乡的水治好了这种病吧。

半年就这样白白地过去，眼看着夏天就要来临。每年夏天，设计家们都要在完成"日宣美展"的作品后才能到森林或海边避暑休假。因为左手的痊愈，田中立刻开始了创作。这次，田中一光用一种反效果制版法在富有光泽的黑地纸上印制出文字效果非常突出的高雅的平面海报，他也因此获得了当年"日宣美展"的会员奖。这件作品的获奖可以说既出乎意料之外，又合乎情理之中。说出乎意料之外是因为这个奖项在以前都是颁给龟仓雄策、河野鹰思、早川良雄、大桥正这样的设计界泰斗，而像田中一光这样年轻的设计师获奖，还真是没有先例。说合乎情理之中是因为田中一光在前年展出的国际艺术节的海报就已经因为出色而备受好评了。作为脱颖而出的日本新一代设计家的代表，田中一光第二年便被推举为展览会的评委。而这一年他也因为参加众多的设计活动，而荣获了1960年度东京ADC奖金奖。

讲回1959年的事。为迎接第二年即将在东京召开的世界设计会议，由龟仓雄策提议发起了集中日本平面设计师进行共同交流学习的"二十一次会"。因为日本的平面设计史比较短，也从未组织过类似的学习活动。为了更好地与来自世界各国的一流设计家展开对话，必须扩大日本平面设计师的知识视野。据说二十一次学习会每次都无人缺席。在逼近岁末的十二月的例会上，龟仓因出席在纽约召开的推行阿龙·巴恩斯印刷技术的会议，而带回了大批哈格·鲁巴林、乌尔·道尔福斯曼等纽约超级设计师的作品。这种格调成熟鲜明，以美国印刷技术印制的设计作品使大家佩服得五体投地。在田中一光的头脑中，瑞士派的冷抽象样式瞬间被吹得干干净净，一种新的冲动正在萌发。

1960年 六十年代是日本平面设计的黄金时代，而拉开这个序幕的正是于东京召开的世界设计会议。

五月的时候，大约有三百名来自世界各地的著名设计师云集东京。从哈巴特·环亚的纪念讲演到最后一天《世界设计会议东京宣言》的通过，这次颇具意义的会议一共进行了九天的时间。

这一年还成立了拥有全新设计理念的集团——日本设计中心。日本设计中心是由丰田汽车、东芝、日本钢管、旭化成等八家有代表性的大企业联合设立的，第一任社长由朝日大麦啤酒的山本为三郎担任，常务董事则由龟仓雄策出任。人们对平面设计的印象因为这一集团的成立而变得大为改观。从这个角度上讲，它的诞生具有重要的意义。它揽入当时最具实力、人缘和威信的原弘、龟仓雄策、山城隆一三人，又将"二十一次会"的主要成员、骨干及优秀的年轻设计师共几十人招至麾下，这在日本整个设计界都是很轰动的事件。

田中一光应邀加入了日本设计中心，LIGHT公司方面也并未怎样反对，因为田中一光说可以把自己的工作交给以前在大阪时的伙伴。从大阪来的永井一正、木村恒久、片山利弘、有本功等也加入到集团中来；东京方面的田中博、植松周臣、宇野亚喜良、山下芳郎、白井正治、铃木良雄等亦已内定。公司于四月份正式成立，田中一光在其中担任丰田汽车的设计工作。这是最忙的一个部门，夜深人静时从办公大楼前经过，只有这个房间的灯还是亮着的。

身为领导的田中一光对待下属极为严格，大家对他都有些望而生畏。

"当时不仅仅是我，大家对自己的要求都很高。日本在设计上还很落后，大家都忧心忡忡地想要早日赶超设计发达的国家。国外好的设计作品那么多，我们看到什么都想学，但又不能只注重华而不实的东西。或许就是那么一种感觉吧。"田中的原话是这么说的，但当时的实际情况却不只"或许就是那么一种感觉"那样简单。当时公司的话题经常是围绕田中一光的，因而产生了许多"田中一光的传说"。比如，"如果想知道田中一光在哪里，你只要去最安静的地方，哪里最安静他就一定在那。因为只要田中一光一吹口哨，那里的闲聊就会戛然而止"。真实的情况大概如此，当然，这里也有玩笑的成分。

从NDCC〔日本设计中心〕创立时就在那工作、被称作"活字典"的图书管理员小杰美在谈及对田中一光的印象时这样说道："听说田中一光很叫人生畏，但他的周围仍然聚集了很多人。对他的印象大体就是这些。"接着，她又偷偷地告诉了我一个关于田中一光的小插曲："NDCC每年都要举办盛大的圣诞晚会，田中一光一直是发起人之一。有一年，田中一光在即兴表演时来了一段现代舞，他穿着黑色的运动服在台上跳着，却因为聚光灯的强烈照射，忘穿弹性内裤的裆部被映得毕露无疑。坐在最前排的女社员一时不知眼睛要往哪放才好。"

1960 英语里有"GREEN SUN"这样一个词，在美国，这是对负责修护花草的园丁的一种爱称。田中一光是一个出色的园丁，摆弄花草是他的一大乐趣。他在阳台上养了许多盆栽，有时也剪下些分枝送给朋友们继续培植。

而在另一种意义上，田中也同样担当着园丁的角色。他培植了一批优秀的设计人才，横尾忠则就是其中之一。横尾说："人和人的相遇也许真是命中注定吧。我经常想，如果我那时没遇到田中一光，现在还不知是什么样子。对我来说，和田中一光的相遇改变了我的一生。"

横尾是为了追随田中一光而从神户来到东京的。此后，无论是他为进日本设计中心而愁眉不展的日子，还是拇指骨折养伤的半年，或是意志消沉、什么也画不了的时期，田中一光都陪在他的身边给予无私的帮助。

"一有机会，他就把各种工作介绍给我。后来，他将GARAMELO商会的土方巽委托于他的舞蹈海报的设计工作转交给我。正是因为这项工作，我认识了土方巽，并和寺山修司、唐十郎也一起做了些事。如果当初不是田中一光把土方巽的海报工作介绍给我，我真不知道发现真正的自我到底还需要多长的时间！当然，土方巽的每句话对我挖掘自己内心的潜能都有着启发性的帮助，然而，我要如何感谢为我提供了这个机会的田中老师呢？那一次，我真是把自己吃奶的劲都使出来了。这种艺术性的工作对于挖掘人的才能有着独特的感召力和强烈的吸引力，所以我是以极为认真的态度投入其中的。"

《GREEN SUN田中一光》一书中这样写道：田中一光在从1958年至1965年的八年里，一直担任桑泽设计研究所的专职平面设计教师。八年中，他未曾停过一次课。"人不是为自己而活着"是田中一光经常拿来鞭策自己的一句话，他的诚实真挚经常在这些地方表现出来。田中一光开始时教的是夜间部，但白天部的学生——平面设计师青叶益辉和远藤享也,请求田中来给他们上课。

田中一光终于被他们打动，于是课程改作了白天部。青叶每天都从学校大门清扫到教室门口，并打好开水等待田中一光的到来。学生们做到这种地步，老师也理应和颜悦色了吧，但田中一光却每次都以极其严厉的面孔出现在学生的面前。至今，青叶他们也不知是何缘故。

"为了向最崇拜和尊敬的老师求教，学生们每天都把教室打扫得干干净净，但老师仍然叫人望而生畏。如果学生有一丝疏忽，比如，黑板擦了，但折断的粉笔还留着的话，他会一下子走出去再不回来；如果有人迟到，那就更了不得了，最少也会被他严厉地训斥一顿；而如果有人在课堂作业上不小心留下了手印，挨骂也会是不可避免的。总之，害怕他害怕到不敢与之对视。"青叶说道。

"尽管如此，因为他讲课别有风格，魅力独具，对他的课程大家都还是翘首期盼的。谈烹调到尽兴时，他会拿一口大锅到教室里生火做饭，在摇摆舞盛行的时期，他会尽兴地为我们跳查尔斯顿舞。田中一光并不因为身在教室就一副拘谨的派头，授课方式亦不拘于常规。其实，田中先生教给我们的不仅仅是颜色和线条，他更重视的是作为一个设计师，应当如何进行思考，以及如何谋求生存。"这种富有人情味的课堂很快就不胫而走。当时正在上野的东京艺术大学上学的平面设计师佐藤晃一每当听到这些从涩谷方面传来的有趣传闻都后悔得不得了，自己为什么没去桑泽听课呢？

同在桑泽听田中一光讲课的平面设计师入江健介是个天生认真的人，或许正因如此，田中很少对他发脾气，所以他说田中一光并非是那么可怕的老师。但是随着阅历的加深，他也越来越感觉到田中的可怕。正像许多设计师说的那样，作为晴雨表的田中已经深深地扎根在了他们的意识中。越是经常接触田中一光工作的人，就越晓得田中一光的厉害，这种意识也会越发强烈，最后逐渐演变为一种对他的敬畏，这和现实中实施严格教学的田中没有任何的关系。所以说，对于田中一光的害怕似乎包含既敬且畏的双重含义吧。

在桑泽设计研究所，田中一光教过的学生除青叶、远藤、入江外，还有北川佳子、太田彻也、疋田琢也、长友启典、侉田峰男、佐藤直行等。虽有师徒之称，但大家的年龄相差不超过十岁，上完课回去的路上，经常还会一起去听爵士乐或去喝酒。每次拿那点讲课费买单显然是不够的，田中一光却宁可自己贴补一些，也决不让学生掏腰包。即便到了现在，田中仍旧保持了这样的习惯，并且常常说："用那些钱再请年轻人唱吧。"

从大阪天王寺高中来桑泽听课的平面设计师长友启典这样说："田中一光先生经常请我们吃饭，一次又一次，有时甚至连我都觉得不能再这么下去了。但是从他那学到的这种习惯现在却成了我的一笔财富，我把请年轻人吃饭作为生活中的一种信念，并因此结交了许多朋友。"

自年底从龟仓雄策那听到关于纽约的旅行见闻后，田中一光便萌生了一个想法。1961年时，田中终于下定决心要去美国看看。

主意打定后，田中一光开始跟随一位由粟辻介绍认识的从夏威夷来日本研究歌舞伎的朋友MIJI TAKEO学习英语会话。也正是在这一年，MIJI回国给田中一光介绍了一份东西广播电台的工作，于是田中正式决定要出访美国了。因为当时如无业务联络是不能出国的，护照亦要经过通商产业部、大藏〔财政〕部、外交部等多层审查后方能批准。羽田机场上，几十个人前来送行，场面极为壮观。那时日航刚刚买进喷气式客机还没几天，送行的人一直目送田中一光乘坐的客机没入云层才慢慢散去。"是这样！是这样！"在回去的路上，木村恒久一边用手比划着角度，一边兴奋地描述着喷气式客机近乎垂直起飞的情景。

田中一光在夏威夷过完1961年的新年后即刻动身飞往了纽约，从四季常青之岛来到了这个被大雪覆盖的城市。当时纽约正在为年轻的肯尼迪总统举办热闹的就职仪式。而美国也正值印刷工艺设计的鼎盛时期，纽约设计师们创作的广告设计和杂志设计无不令他耳目一新。他拿着龟仓的介绍信拜访了阿龙·巴恩斯，并应邀观看了幻灯片，参观了印刷厂，又由巴恩斯牵线认识了哈尔·鲁巴林、马鲁·道尔胡斯曼、爱邦·舍马耶夫等美国设计界的精英。他当时的兴奋心情也正如回国后《电通报》和《设计》等杂志报纸上所大肆报道的那样。

那时荷兰设计师彼得·布拉廷卡也在纽约，并在著名的普拉特学校授课，他时常翻看田中一光的作品和幻灯片。应他的邀请，田中一光为普拉特的学生们做了课堂讲演。这次纽约访问是田中一光登上世界舞台的第一步。在那之后，田中一光和道尔胡斯曼、舍马耶夫等保持了长久的密切交往。同时，这也成为联结东京与纽约的一条纽带，通过这条纽带，不断有日本设计师得以访问美国。而布拉廷卡在回到荷兰后，曾邀请田中一光到荷兰举办他的个人展览，并约他参与商议主持召开设计会议的相关事宜，这无疑又打开了一扇通往欧洲设计的窗口。无怪乎田中一光把这次纽约之行看作是"在我的人生中，与吉原冶良相遇后的又一次机遇"。

"仅仅十天的纽约之行竟能取得如此大的成果与反响。那是一个连高速公路、自动洗衣机、超级市场、过滤嘴香烟、车上餐馆和可口可乐等都被视作文明象征而加以追捧的时代，本就好奇心旺盛的田中恐怕会像个初入迪斯尼乐园的小孩子般有着极为兴奋的心情吧。据他讲，连睡觉的时间都觉得可惜。田中不仅于脑海中记下了在纽约看到的一切，皮包里亦塞满了四处收集的火柴盒、标签、票据等纽约的平面设计实物，其信息量之多远远超出大家的想象，哪怕由他讲上一两个晚上我想也是讲不完的。并且从田中的话中，我们确乎因预感到平面设计时代的到来而觉到一种热血沸腾的力量。这激动人心的一夜为我后来的欧洲之旅埋下了伏笔，可谓毕生难忘。"

撰稿人小池一子听到这些传闻后提出要采访田中一光。这是二人的初次见面。小池一子刚和朋友创办了一家设计公司，正着手《印刷油墨》这本日本印刷业的宣传杂志〔季刊〕的出版，这次采访正是为创刊号做的准备。而两个人亦因为这次采访而迅速结缘，从第二期开始，田中一光便担任起这本杂志的设计工作，这一设计后来还荣获了东京的ADC奖。以此为契机，田中乘胜追击地参与了东洋油墨的挂历设计、大日本油墨的DIC颜色样书的创刊和DIC设计画廊的开设等一系列新的项目。

"田中一光是我有意结交的人。当时他正在社会上走红，直到现在，我们还保持了良好的交往。田中一光对别人究竟下多大赌注做手头的事情这一点特别在意，所以有时我也会出现为博田中欢心而勉为其难的情况，比如见面时会穿他喜欢的衣服之类，几乎像对待恋人那般小心真诚。因此，也可以说我是田中一光一手培养起来的。他是个既平凡又伟大的人，经常自己做菜招待别人。可当大家吃完齐口称赞'美味'的时候，他却已经躺在旁边打起呼噜来了，工作时也是如此。长时间在一起合作，他亦可以说是我人生中的一个知己，非常难得。"

小池一子在早稻田大学时曾参加过"自由舞台"，热衷于戏剧表演，所以和田中一光很谈得来，并且经常把戏剧上的伙伴及相关人员介绍给他。田中一光和三宅一生就是这样认识的。这一光、一子、一生的"一字三人帮"关系一直很好，直至今日。

三宅一生是这样描述田中一光的："我在学习平面设计时，田中一光已经是神明一样的人物了，我对他的作品亦有很深的印象。在我获得每日设计奖后不久，田中一光便说要给我出书。那时我还只是初出茅庐的小辈，从未奢望会有作品集出版，田中一光却似乎率先看到了我的未来。作品集的出版使我工作中鲜为人知的一面得到了外界的肯定。他不管做什么都是非常认真的，要求很严，尤其对自己，要求就更严。田中一光的价值观从很大意义上讲，可以说是在创造时代。"

1963年 — 1973年 青山阶段 [从一丁目到三丁目]

1963年 田中一光于1963年辞去了日本设计中心的工作，开始独立出来。他把自己位于青山 丁目的住宅作为事务所，开始了自己的设计之路。

尽管如此，田中一光并非打算要成为一名自由职业者。在起初的一段时间里，他只是为神户劳音和剧团民艺这两家设计海报。那时，他经常带饭盒出入根津美术馆或者前往青山墓地散步。现在回想起来，那可能是他一生中最为清闲，也最值得留恋的日子。他把在桑泽教过的学生太田澈也和森悠一两人调来作助手。太田澈也作为助手是非常得力的，田中一光对他也进行了不遗余力的培养和指导。

"我从桑泽毕业时，田中先生正好要创立事务所。他询问我是否想去他那工作时，我心里真是兴奋极了。当我还在乡下上高中二年级的时候，《平面设计》创刊号的封面就给了我很大的震动，我当时便想，如果能拜这样的人为师该多好。后来干脆便去东京念了桑泽学校，毕业后也得以有幸与老师一起工作。田中老师在桑泽学校教给我最多的，是作为一名设计师应当如何活着。我喜欢听音乐，有时也去个人演唱会，又因为参加了剧团民艺，看戏也是经常的事。总之，一有空就出去转，并且回去时一定要绕到酒吧、意大利葡萄酒馆、西西里安这些地方喝上一杯。在对各种事物的体验中，我的品位渐渐获得了熏陶，视、听、嗅、味、触这五感也变得愈发敏锐了。老师常常说一定要拓宽视野，未必钻得有多深，却什么都得拿得来。那时田中老师的存折由我代为保管，里头的钱剩得已然不多了，他却还是一如既往地四处逛。这样下去该如何是好呢？连我都为他担心。""钱就是给人花的，现在若不多感受一下，老了就没机会了。再说钱没了还能赚，青春可不等人呐。"尽管听起来颇为洒脱，但老师工作起来却还是很一本正经的，每天从早到晚，像被枪指着一样地拼命。由于我的肠胃还好，所以基本上吃得消。太田澈也在这之后的十三年里一直陪在田中一光的身边。

这一年即1963年，在瑞士出版的世界著名设计杂志《平面设计》的第105期，龟仓雄策亲自执笔以专栏的形式介绍了田中一光、粟津洁和杉浦康平三位日本设计家。另外第二年，在西德出版的另一本知名设计杂志《平面设计美术》的第十一期，也拿出八页的大篇幅对田中一光进行了专门的报道。彼得·布拉廷卡在这篇撰文中写道："不久的将来，他会成为一名足以代表日本的设计大师。"紧接着在第十二期的卷首，杂志又专辟出六页的空间对田中一光的海报进行了介绍，其中还包含有四张彩页，这在当时的杂志中也算是破例了。就这样，田中一光作为日本设计界的新秀，在世界舞台上一举成名。

1964年 1964年7月，也就是在田中独立出来大约一年后，他的住宅兼工作室从青山一丁目搬到了三丁目，新址坐落在三丁目拐角处新建的AY大楼上。此时正值东京举办奥林匹克运动会，青山大街正进行大规模的拓宽工程，街上到处都是泥土。

除了搬家，这一年需要兼顾的项目有：日本烟草专卖公司指定参加的设计竞赛、与山下芳郎等共同合作的奥林匹克设施标识的设计、龟仓雄策指导下的纽约博览会的壁画创作、由菊竹清训设计的馆林市政府大楼的色彩计划、和横尾忠则合编《关于日本民间传说的平面设计》一书等，其中很多都是公共性项目，业务范围也在不断扩展。

因受烟草专卖公司委托而参加的对其新产品"永久和平"进行包装的设计竞赛是在青山一丁目时设计所接手的最大的一个项目。这次设计竞赛的录用奖金是一百万日元，在当地算是前所未有的大手笔。"如果设计能被录用的话，就拿这笔奖金招待大家去欧洲旅行。"田中一光痛快地许下承诺。然而梦想成真后，他却把奖金转而作了新场址的押金，欧洲旅行也因此化作了从青山一丁目到三丁目的不足一公里的迁移。不过，如果回过头看的话，这却或许可以说是田中一光于第二年开始的欧洲之行的先兆。

第二年正是1965年，田中一光在这一年开始了他的世界环游之旅。之前在纽约结识的彼得·布拉廷卡回国后邀请田中一光来荷兰举办个展，地点定在德·莱格画廊。田中一光为出席个展的开幕式而对荷兰进行了访问。此外，预计秋天在日本开办的"PERSONA"展会计划邀请瑞士的卡尔·格尔斯托纳和美国的波尔·迪比斯、乌鲁·道尔胡斯曼届时出席。这次世界之旅也是为了约见三人商谈此事。

田中一光的这次荷兰个展是首个登陆欧洲的日本平面设计师个展，众多报纸和杂志争相对此进行了报道。其中的几幅作品还被赠予阿姆斯特丹的斯特德林克现代美术馆永久收藏。

有着旅行计划的田中一光从阿姆斯特丹飞往布鲁塞尔，并抵达了巴黎。他在巴黎拜会了1963年既来此学习舞台和电影艺术的照明设计师藤本晴美。一身黑色衣着、从头到脚男孩打扮、骑着最新式样的本田摩托的藤本晴美在艺术圈和企业界都是如鱼得水的人物。她在东京时和村越襄走得很近，这次便是村越介绍她给田中一光认识的。

"我收到了村越平易近人的介绍信和设计家细谷严关于田中一光的长达十页的手写信札。去机场接他吧，马上会成为好朋友的，就像认识了很久的知己一样。现在回过头去看，田中一直有着不曾改变的坦率与真诚，他是我在这个世界上结交到的最喜欢、最敬重、也最可贵的朋友。我常常想这样好的朋友以后还会遇到吗？信里的话其实也很难表达出我的真实感受。"

藤本晴美于1967年悄悄回国，谁也没有通知。但当她独自走下羽田机场舷梯的时候，却一眼望见了手捧紫花地丁等在那里的田中一光。

"田中一光很了不起，他有朴实的心地，从不以偏见视人。他像大鸟一样张开羽翼，如果你愿意，随时都可以钻进去躲风避雨。他像灯盏一样，给人以温暖和光明。"

与藤本晴美碰面之后，田中一光又从巴黎赶赴瑞士的巴塞尔，他在那与卡尔·格尔斯托纳详谈了有关"PERSONA"展的情况，格尔斯托纳痛快地答应了他为展会提供作品的邀请。紧接着，他又与片山利弘夫妇见了面。片山是前年应瑞士的盖吉制药公司邀请来到巴塞尔的。夫妻俩特意休了假，三个人乘坐着片山的德国爱车PORSCHE向南进发，穿越阿尔卑斯山，对科莫、米兰、比萨、阿西西、佛罗伦萨等城市进行了一次愉快的汽车旅行。意大利菜使田中一光大饱口福。此时美食家田中一光的做菜手艺已经相当了得。回国后，他一边给大家讲述旅行见闻，一边捣弄他在卢卡吃过的意大利空心粉给大伙尝新。

从罗马再启程的下一站是美国。田中按计划与乌鲁·道尔胡斯曼、波尔·迪比斯碰了面。那时迪比斯刚刚结婚还没三天，新搬的公寓里连张椅子都没有，他们的谈话是在床上进行的。相隔四年再访纽约，虽没有第一次那般兴奋，但见到由龟仓雄策作为艺术指导设计的纽约世界博览会的日本馆的壁画，仍让他感到非常欣慰。

田中一光的兴奋点再次被引爆是在两年后，他参加蒙特利尔万国博览会回国途中于纽约作短暂停留时，看到充满幻觉色彩的街道和让他如坠迷梦的电子广场的迪斯科舞厅。就在同一年，他于自己的设计室举办的圣诞节迷幻酒会在青山一带一炮打响。此后每年的圣诞节，田中都会变着法地掀起狂潮。比如，在某年圣诞的慈善募捐酒会上，每个人都带来自己的收藏和作品，由永六辅和剧团"三十人会"担当拍卖，气氛高涨。正在这时，和田诚和吉永小百合也出现了。"与小百合接吻"的节目的推波助澜使整个会场变成了惊喜和狂欢的海洋。田中一光靠着墙，于昏暗灯光下的一曲《我的情人节》也迅即成为了话题。不仅仅是设计师，各个领域的精英都在此欢聚一堂。

"PERSONA"展于1965年11月在银座的松屋举行。自1955年举办"平面设计"展以来，这刚好是第十个年头。展览以胜见胜为顾问，田中一光唱主角，号召大家参与并投入了大量的精力，称得上是日本设计界六十年代的一次发声。展会上展出了田中　光、永井一正、木村恒久、片山利弘、粟津洁、胜井三雄、宇野亚喜良、细谷严、福田繁雄、和田诚、横尾忠则等十一位各具特色的设计家的作品，并邀请到了波尔·迪比斯、乌鲁·道尔胡斯曼、卡尔尔·格尔斯托纳、杨·列尼查、龟仓雄策等五位设计大师。这些都使其成为了日本平面设计史上一次重要的展会。

"我那会儿在银座松屋店的宣传部上班，受田中委托在展出前一天去正在布置的会场帮手。那时大家都在会场争分夺秒地对作品做最后的完善。我在那深切地感受到大家涌现出的激情与干劲，以及绷紧神经竞相比先的不同寻常的气氛。细谷严等坐在宣传部我的办公桌前，用半天时间将自己好不容易写就的计划又重新修整了一次，整理完成时他那高兴的样子真是难以形容。"

展览会的名字是由胜见胜起的。

"PERSONA"这个拉丁语汇在英语和法语中分别是"个性"和"人品"的意思。按"个性"在日本的流行说法，应该叫做"IDENTITY"。而"PERSONA"这个词本来是"假面具"的意思，它有假面戏中的"角色"之意，并不单指"个性"或者"IDENTITY"。我认为，在"PERSONA"这个题目中，蕴含着对设计大地中百花齐放的殷切期望。

[胜见胜《平面设计》1979年冬季刊 讲谈社]

而在成功举办PERSONA展会的十五年后，《平面设计》杂志中这样写道："最接近'PERSONA'一词所代表的理想形象的，便是田中一光。"

1968年 田中一光的工作重心从此时起开始逐渐转向编辑设计和书籍设计。这种工作不像海报设计和商标设计那样堂而皇之地为人注目，并且从表面上看，所收获的回报也并不与付出的努力成正比。然而，从某种意义上讲，它是支撑日本设计的重要的基础性工作。对于这一基础性工作体系的构建，田中一光以他的辛勤劳动做出了不容忽视的贡献。

印刷领域的《印刷油墨》杂志和"从中工务店"的广告宣传是这一时期田中一

光的代表性工作。这些不再单纯的需要考虑美丽细节的设计，对内容的深入把握使田中一光的创意更为自由地发挥出来。他由此创立的独特的视觉语言也使其设计远远地超出了广告宣传杂志的范畴。

此后，田中一光参与了越来越多的报刊杂志、广告宣传杂志的创刊工作，比如在对小型的时尚信息类报纸《流行通讯》进行设计时，田中别出心裁地使用了前卫派的创作手法，奠定了当时前卫杂志设计的基本模式。再有像MORISAWA的广告宣传杂志《横排竖排》，其视点独特的内容编辑远远超出了一般的设计杂志，使得这本杂志屡屡卖至脱销。

田中一光的书籍设计工作则是从应原京都大学教授吉田光邦之邀，对京都市报的英文版《京都》〔1961年 淡交社〕进行设计开始的。在设计这本书的过程中，他超越了单纯的装帧设计的概念，先是吃透书籍的内容，继而提出明确的主题，最后才是进行视觉上的构成设计。后来，他又将这种方法应用到淡交社的《日本的陶瓷器》、《日本的工艺品》、《日本民间艺术》、《茶座》，以及美术出版社的《冲绳民间工艺品》等书的设计中。在1968年由淡交社出版的《日本的纹饰：花鸟·清风·明月》〔共四卷〕一书中，田中一光和北村四郎、吉田光邦、木村重信、八木一夫四位学术泰斗被一并列于作者栏中，由此可见田中一光的书籍设计有着多么重要的作用。相信对田中一光来讲，这亦是一次非常宝贵的体验。田中一光曾拜京都大学的北村四郎、吉田光邦，京都艺术大学的木村重信等当代大学者为师，这无疑为他后来对日本文化和设计进行的全面审视与梳理积累下了宝贵的知识财富。

将田中一光所做的这些与日本古典传统密切相关的工作和他在产经新闻社时期对日本能乐的研究工作联系在一起，一种新的论调便产生了，即京都、奈良作为田中一光从小成长起来的地方，对他的设计产生了不可估量的影响。对于这一点，永井一正曾有过相对公正的分析，下面是从他的文章中摘取的一段话："在我看来，京都、奈良的成长背景对田中一光设计的影响早已渗入了他的血脉，但如果他只是拿这些体验作为设计原型的话，恐怕并不会取得今天这样大的成就。也就是说，田中一光并不沉溺于他血液中沸腾着的日本的传统因子，而是用冷静的现代的眼光对其进行过滤。如果他不具备用理性眼光培养起来的现代思想的话，日本的传统就会在他的体内瓦解，他又如何能够获得一种重组起来的如弹簧般的灵活韧性呢？"

与他身处同样环境的吉田光邦这样分析道："田中不仅遭遇了未经战火洗礼的奈良和京都，也看到了深受战争之害的大阪和神户在战后不断引进新事物而获得重生的情形。这是非常难得的体验。在那个时代，亲眼目睹四座城池的演变兴亡的成长经历，对于田中一光的未来意味着什么，是值得我们深思的。"

如果没有吉田光邦的话，田中一光怕是很难接触到如此之多的日本古典与传统。吉田光邦和田中一光的交往时间很长，可以追溯到"画室座"时期。那时吉田光邦是龙谷大学的教授，专业和戏剧有关，房间里经常有许多学生聚在一起从早到晚地谈论戏剧。和田中一光编辑《京都》时，他正担任京都大学人文科学研究所的助教。田中一光在回忆当时的情境时提到："身边一直以来存在着的那些关乎日本传统的零乱细节，因为和吉田光邦先生的重逢而变得系统起来。"

田中一光对设计的基本态度被他自称为"诱导派"，即通过理性控制感性而尽量靠近设计对象本身。因而对于吉田光邦那些关于"古典"的被明确阐释的理论，田中一光是很想一睹为快的，这恐怕也是打开他回归古典那扇大门的动力所在。吉田光邦谈到："田中一光在进行英文版《京都》的编辑工作时曾几次来到京都，把学生时代没看尽的部分又仔细逛了一遍。他在产经新闻社时研究过日本的能乐，对古典可以说是有些造诣的。与其讲是我教他，不若说他在我们的交谈中，对贯穿起自己原有知识的那根线产生了兴趣，于是更为加倍地努力学习。"

在谈论田中一光设计思想的形成时，还有一个人是不得不提的，那就是评论家胜见胜。

田中一光到东京的第二年即1958年，便于桑泽设计研究所第一次见到了胜见胜。1959年胜见胜创办季刊杂志《平面设计》时，大家都以为创刊号的设计肯定会由设计大家担任，却没想到胜见胜最终竟选用了新人田中一光。虽然田中一光在这一年获得了"日宣美"会员奖，其才能也得到了认可，但他仍旧只不过是新人群体中的一员。在创刊号的卷首部分，龟仓雄策撰写了《日本的新人》一文，他和杉浦康平、粟津洁也只不过是对田中一光予以了这样的评价："山城俨然进入了权威大家的行列。田中一光从大阪移往东京后，也终以多年积蓄的力量摘得了今年的'日宣美'会员奖。"因此，这次胜见胜对田中一光的破格起用表明了他企图栽培后进的决心。他的提拔使田中一光在设计界更快地站稳了脚跟。

也是由于胜见胜的指示，田中一光参加了世界设计会议和东京奥林匹克设计志愿者，并越来越多地赢得了胜见胜的信任，一有活动便被鼓励参加。

"在某个时期曾经感受到一种不堪承受的重负，但就是在这种严厉的言传身教中，我学会了看问题的思维方法，并且开拓了国际视野。胜见老师对国外的建筑设计、工业设计、手工艺品、插图设计等发展情况全都了如指掌。从胜见老师那学到的最根本的东西就是要有全面地看待设计的意识。"

1983年11月，胜见胜突然去世。离世时他正躺在床上，手里捧着刚刚翻开的书。在青山斋场为无神论者胜见胜举行的无宗教的共同葬礼中，田中一光怀着惜别的心情，流泪念着悼词：

> 今天将是最后一次见到先生的温婉面容，受过先生教诲的人集中在这里和先生进行最后的告别。每个人都将手中捧握的鲜花献于先生灵前，这鲜花充满了对先生述之不尽的感恩和思念。回想先生生前做过的无数丰功伟

绩，这花束显得那样渺小，但每束花中蕴藏的对先生的爱和思念却是无穷的。它将变成十束、百束、千束、万束、亿束，最终绽放成一个百花盛开的春天。

[《日本的设计》]

1969年　1969年对田中一光来说是值得纪念的一年。这一年他完成了东急饭店的外部装修设计、时装设计师森英惠的宣传片制作及大阪万国博览会的展出设计等一系列重大工作。

位于赤坂见付十字路口的东急饭店在这一年进行了重建，田中一光接手了外部装修设计的工作。他采用常见的粉红、米黄和白色三种明亮色彩进行横格设计，这是田中一光对街道色彩的一个新的建议。这个设计使赤坂见付周围的环境发生了变化，并使人们意识到优秀的建筑外观能够带来巨大的价值。给这座建筑物所起的"军舰的睡衣"的外号在当时被叫得相当响亮，恐怕许多人都还记得吧。

电影制作工作也很有意思。时装设计师森英惠邀请田中一光担当她为打进海外市场而制作的宣传电影的美术指导。这是一部由成岛东一郎执导，奈良原一高摄影的长达三十分钟的七十厘米宽银幕立体声豪华电影。制作电影是田中一光儿时的梦想，在这之后的一个月的时间里，他全身心地投入其中，着实过了一把瘾。关于为什么会选用田中一光，森英惠给出了这样的说法："当我还是一个初出茅庐的新手的时候，就曾拜读过田中一光的作品。印象最深的一点是他擅长用色，且颜色用得都非常漂亮。在他的作品中，既能看到日本传统的影子，又能给人以现代的感觉，着实令人惊叹。我的那部电影因为是拍给外国人看的，决不能只让他们感受到一种传统的日本式印象，而是要让他们了解真正的日本，这决定了宣传必须要以一种现代的形式展开。而能够胜任这项工作的，在我看来只有田中一光。并且，田中一光的人品也非常值得信赖。结果，这部电影的拍摄非常成功。"第二年，森英惠在纽约世界女神饭店的大厅里，开设了日本人在此地的第一家服装店，并仍旧委托田中一光做艺术指导。

在大阪举行的日本万国博览会［ EXPO '70 OSAKA ］是为纪念日本建国百年而在亚洲举办的第一个世界博览会。被喻为"黄金时代"的七十年代正是世界各国经济飞速发展的时期，整个博览会变成了各国各大企业全力以赴的设计竞赛场。在视觉方面，多机单银幕放映技术的采用使这次博览会又被称作是"映像万国博览会"。田中一光负责日本馆一号馆的历史部分的陈列设计。然而当时的学生运动正在如火如荼地进行，东大安田讲堂事件使学生团体与政府之间的矛盾进一步被激化，政府工作举步维艰。除为政府设计带来的诸多困扰外，田中还必须筹备大量的文件和估价单等，内忧外患、形势艰难。即便后来时过境迁，再次提及此事，田中还是会苦笑着说："当时在管理上真是给我好好上了一课。"

那时负责政府监修的是现已故去的今日出海先生，田中一光能与他结识也可说是一大收获。每周，田中一光都要与今日先生见一次面，对展出设计的进度予以说明。在不断的交流过程中，今日先生逐渐对田中一光有了了解。开幕式那天，两人几乎高兴得拥抱在了一起。那之后，今日先生又担任了国际交流基金会的理事长，他对田中的态度可以在他后来推荐田中一光参加于伦敦举办的"日本模式"展览会这件事中得到体现。

随着万国博览会的逼近，田中一光后来是越来越忙了。由产经新闻社出版的《万国博览会旅行图表手册》照例从策划、编辑到设计都由他一手完成。

因为工作实在太多，田中一光邀请刚刚从巴黎回来的麹谷宏过来帮忙，麹谷宏立即加入了田中一光的行列。时机的抓取对工作来讲是非常重要的，成败就在于能否抢在开幕之前以流水作业的方式安排完成对展厅和所有设施的拍摄、采访、编辑和设计工作，可谓刻不容缓。领导者要像变魔术一样，能够自如应对诸如采访地点发生变动、场馆完工日期推延、因天气不好造成摄影困难之类的各种突发性事件。如果无法将这些突发性事件迅疾处理妥当，就会影响到下一步的工作。头脑中要时刻装有不断调整的设计时间表和整体进度表，顺时导势、见招拆招。田中一光得心应手地处理着各项繁琐的事务，甚至还想出这样的妙计，即把现场指导拍摄的胶片带到飞机上写好文章和图片说明，由在羽田机场待机的报社摩托车直接送去发稿。到最后一个星期时，田中几乎连睡觉也顾不得了。或许这种来自工作的紧张感和兴奋感正是滋润田中一光的营养源泉吧。

以这次出版的成功为契机，小池一子提出了由出版社和流通方二者联合出版杂志的新想法。喜欢创办杂志的田中一光以更大的热情接受了这项工作，可惜的是杂志最终没能办成。对于之后迎来的杂志热，田中也只好望洋兴叹。

当时是由西武公司负责流通，田中一光的事务所几乎每天晚上都在他和小池一子的主持下召开编辑会议，最受大家欢迎的堤清二有时也会参加。夜深时，大家会到街上新时兴且好口碑的"敷地毯"酒吧喝个一醉方休。杂志名称已经确定，田中一光拿着前三期的内容大纲和采访计划前往海外出差。麴谷宏因为从一开始就参与了此事，所以被安排与田中同行。这是从旧金山、新奥尔良、纽约、巴黎、伦敦、华沙到哥本哈根的一次为时一个月的环球旅行。

旅行的高潮部分发生在纽约的一个晚上。得知田中到访的乌鲁·道尔胡斯曼和爱邦·契马耶夫召集了纽约的大腕设计师在契马耶夫的家里为他举办欢迎酒会。

六十年代是所有设计家都在向纽约行注目礼的年代，这个时期没看过纽约美术设计年鉴的平面设计师恐怕是没有的吧。

麴谷宏后来清楚地回忆说："我也经常反复地看，甚至连主要设计家的名字、工作、外貌都记得非常清楚。所以当那天晚上一下子看到那么多熟悉的面孔时，真是很难控制自己兴奋的心情，而且他们是因为田中一光而聚集到了一起，这真是令人感动的场面。我被介绍与他们一一握手，手心的温度也在不断升高。我想，我所看到的不正是一个动态的美术设计年鉴吗？"

田中一光经常能在他的周围掀起一些新的漩涡，如果把这些漩涡看作是推动时代向前进步的动力的话，那么我觉得，构成漩涡中心的正是他善于把想法变为行动的那种全情投入的行动力。

人们常说："在田中一光的头上装有能预测未来的雷达。"的确，田中一光经常以一种标准的设计师的姿态向社会展示他心灵天线。

1972年成立的对设计思想进行革新的印刷技术工作室，就是在田中一光这种推动力的作用下产生的漩涡之一。在本应拥有最新设计信息的工作室里，田中一光发现有关设计纸张和印刷工艺类的信息异乎寻常得少，于是便与原弘商量策划，委托小山英夫经营这家公司。

小山英夫这样谈道："不仅仅限于照相植字，它具有包含了所有文字的数据库功能。而建成一种为设计师了解印刷技术提供咨询服务的新形式的文字工作间，是田中一光创办时的初衷。同时，这也刚好成为'日宣美'解散后方便年轻设计师交流的信息基地。为了使日本的设计更有活力，田中还想开设一个印刷技术画廊。总之，田中一光是个很有想法的人。他当时提出了许多设想，但说实在的，经营起来真是不易啊！后来我在纽约看到各种被细分了的专业化服务，才终于明白田中一光的良苦用心，他是在为日本的设计师赢取更为规范的服务体系！这种先见之明真是难得一见。"

通过摩托车快递制版底稿与原稿的通信服务和用以提高编辑效率并为编辑带来变化的计算机照相植字技术等都已在公司相继诞生。设计事务所所能提供的后勤服务正在不断扩大。

所谓的文字、纸张和印刷信息的专业细分的构想是由田中一光提出来的。纸张专业公司、特种纸制作公司后来也成了设计思想革新公司的股东。"彩色角"、"美人鱼"等产品都是原弘以设计师的立场建议开发的，而田中一光又从原弘那继承了对这些化妆纸的设计。

在设计思想革新公司成立的庆祝会上，田中一光认识了森泽嘉昭。时任森泽公司东京分店店长的森泽完全被田中谈论印刷技术时的热情和愿景所吸引。他后来担任了设计思想革新公司的顾问。"我欣赏田中一光的一点在于，像他那样有名望的人却没有一点架子，这真是难得。工作上无论是挂历设计还是节日展销活动都可以放心交付给他，或许这也正是他最为成功的地方吧。我们都是和文字打交道的人，但像他那样知识渊博，有先见又有头脑的人，真是打着灯笼也难找！"

田中一光除了组织国际印刷体比赛的召开和负责印刷体的开发外，还和胜井三雄、日暮真三、杉本贵志等合伙为广告宣传杂志《横排竖排》等出谋划策，不断举办各种活动。

关于田中一光的先见性，平面设计师胜井三雄是这样说的："我和他一起负责过DIC色彩样本和DIC画廊。他是一位眼界开阔而又怀有远见的人。关于企业和设计，他是在超越企业家和艺术家的立场上展开思考的，这一点即便是企业方也要自叹不如。他好像在背负着整个时代前行。因为看得分明，故永远不会与时代脱节。他断言，跟不上时代的作品是毫无意义的。他好像有一种非常灵敏的嗅觉，并且不单单嗅觉，他还有敏锐的味觉。"

田中一光的作品虽然不强调颜色，色彩感却很强，常常有三色或五色的效果。他还经常把造型和色彩融为一体，表现一种高雅的格调，那是一种抒情性的高雅。从大阪时期就与田中一光结交、并与田中合编过DIC色彩样本的被称作"色彩通"的插图画家滩本唯人曾这样评论田中一光的色彩感觉："在我看来，他是一位色彩天才。关西出了不少钟情色彩的人才，而他的色彩感觉尤其好。看他的作品就像欣赏一首无声的色彩抒情诗,真叫人暗自叫绝。"

1972年 田中一光的工作性质决定了他要经常与别人合作。长期合作下来的例子有很多。从大阪时代一直延续至今的就包括三十二年之久的《产经能乐》的系列海报、二十年之久的《广告宣传》杂志的设计、十七年之久的与西武集团及森英惠的合作、十五年之久的与森泽及东洋油墨的合作,以及同样十五年之久的为特种制纸所做的化妆纸设计。十年以上的工作就更是数不胜数了。

能够保持长期合作绝非一朝一夕之功,它相当考验人的真才实学。要数十年如一日地赢得广告主和顾客的青睐而不使他们感到厌腻,必定需要有非凡的才能。从某种意义上讲,或许这才是真正的设计吧。

喜欢书籍编辑的田中一光一谈到出版的话题就立刻眉飞色舞起来。虽已几无闲暇,田中一光却还在进行着扩大业务的努力,着手编辑讲谈社的大型平面设计年鉴正是在这个时候。紧接着还有《文乐写真集》、增刊太阳《琳派》的编辑出版。田中一光浩大的书籍出版工程就此展开了。

首先,以1972年的《日本插图设计年鉴》为开端,至1974年时,此书的策划、编辑、设计、装帧已全由他一手完成。他骨子里有一种渴望出书的热情。之后,受日本平面设计师协会JAGDA委托,他又单枪匹马地开始对《日本平面设计年鉴》进行策划、编辑和设计。随着JAGDA的发展,这本书还得以在海外出版并获得了很高的评价。之后,他又开始着手《日本室内设计年鉴》的出版策划。为此还获了一个"年鉴王"的封号。在这次年鉴出版热中,讲谈社第一出版中心的清水无彦与他一直保持了合作。

"从田中一光那可以学到在公司学不到的东西。只要他稍一有空,不管是深夜还是出差在外,都会打电话过来对我进行一番训导。第一年我基本上是挨他的骂走过来的，而一年后的某一天，他的态度忽然来了180度的逆转，开始把我当作一位真正能够独当一面的编辑来看。或许正因如此，我对他有格外的感激。"

在编辑年鉴的过程中，没有什么能比发现优秀的年轻人才更让田中一光欣慰了。"'这个就该是这样，处理得棒极了！'看着他那股高兴劲儿，连我都被感染了。能和他一起搞年鉴真是三生有幸！"

《文乐写真集》是摄影家土门拳先生于战前拍摄的文乐照片合集。田中一光此前曾被土门拳先生钦点在一起工作过，并在拍摄现场亲眼见识了土门拳先生对待工作的执著热情。所以当京都出版社的谷口常雄委托他做这本写真集的设计时，他理所当然地一口答应了。

"我从一开始就认定田中一光是做这本书的不二人选，然而这是一份费时费力的工作，由谁去说客好呢？自己这边辗转反侧，却没想到他当场就爽快地答应下来。这出乎意料的顺利使我心头的石块一下落了地。"京都出版社的谷口常雄说，"合作双方都能如此心意一致，这本书没有做不好的道理。田中一光提交了几个设计方案给我。做事认真负责到这样的地步，真是令人钦佩。他是一个热爱工作的人，谈起工作来总是充满了激情。"

"但紧接着遭遇的却是不断的训斥。编辑技术是有的，田中一光教给我的更多的是关于编辑的心。辛勤的耕耘终于结出了硕果，面对来之不易的奖励与表扬，心里真是说不出的高兴。"

《文乐写真集》获得了1973年度的"讲谈社出版文化奖"、"东京ADC奖"、"每日产业设计奖"、"日本全国月历展通产大臣奖"、"SDA金奖"等多个奖项，这一年的设计大奖几乎被田中一光一个人包揽了。

此外，1973年田中一光还和评论家水尾比吕志合作出版了增刊太阳《琳派》。早在1965年，由淡交新社出版的《冲绳工艺品》就是由两人共同整理完成的，他们的交情也是从那时候就开始了的。《琳派》的出版工作对田中一光来讲也是一次很好的学习。通过这次学习，琳派在田中一光的大脑中得以重新分类与存放。

对我来说，琳派的世界是危险的。它以各种各样的方式诱惑我。如果说"诱惑"，或许不太准确。这样说吧，琳派的世界充满着相当的日本式情感的体温，以及一种馥郁的香气，让我直想躺在它的怀抱里。它既像温柔的琴声，又像是日本传统的戏剧"能"的尖锐的笛子声，有一种让日本人的血液沸腾起来的东西。那是典雅、自由、豁达而绚烂的世界，它并不炫耀自己的美质，展现像早春的阳光似的温暖世界。琳派讴歌日本湿润的四季的微妙情趣，当然，这种情趣在多雪的大陆或沙漠等严峻地带是产生不了的。从贯彻自我产生冲突的毫无人情的现代角度来看，那是处于极其相反位置的美质。我于是有点害怕琳派具有的那种伟大宽容。

[《日本美》第五集 1977年 学习研究社]

水尾比吕志是这样评价田中一光对待琳派的感情的："和光琳相比他是更喜欢宗达的吧。从他的作品中就可以感受到一种华美却并不神经质的风格。在他的作品表面，亦看不出设计的哲理式的深邃，有的却是一种圆满。这种圆满感是类似于宗达的，因为宗达有着光琳所不具备的坦荡胸怀、温柔性情和开朗作风。然而，田中一光的思维方式却天生是光琳式的，才思敏捷而稍带神经质。或许，田中自己也清楚他和光琳有着更为相近的灵魂，因而要有意识地更多地学习宗达吧。"

1973年 — 1986年 西武时期　[从西武剧场到西武美术馆]

1973年　翻开田中一光的年谱，就会吃惊地发现其获奖之多之频。据称他在来到东京以后，除1962年外，每年都有奖项入账。尽管如此，据传田中这个阶段的思想却是很消沉的。

> 我在很年轻的时候就拿到了"日宣美"会员奖，因此大家都把我当作明星来看，或许我也确实有些高傲自大吧。从那之后我的精神状态却一直不太好。难道我只会这些吗？我有时甚至觉得自己很可怜。

工作上成绩斐然，1970年前后的田中却好像在思索着什么，那或许是一种孤独感的沉淀吧。当时整个世界都处于精神陶醉的状态：电子迪斯科大流行，摇摆舞和猴子舞闯入人们的生活。而此时的田中一光却是每日埋头于《日本的纹饰：花鸟·风花·雪月》一书的出版及万博会历史展厅的设计。这种沉淀或许同时也是一种充电。当时田中的状态，和一个抱着一堆问题请教老师的孩子的心情或许没什么两样吧。

幸运的是，消沉的情绪终于迎来了振奋的转机。1973年5月，因为要在涩谷公园大街的广场上修建一座"西武剧场"，堤清二邀请田中一光过来负责剧场的平面设计。这个仅能容纳五百人的小剧场即使观众全都坐满，也还是会面临亏本运营的困境。但身为文化人的堤清二从社会公益的角度出发，仍旧坚持了这一项目的开发。与他颇能产生共鸣的田中一光二话没说便答应了这个邀请。对于从孩提时代就泡在剧场、学生时代又热衷于演戏、为"剧团民艺"和"工人音乐协会"长期提供近乎义务的设计服务的田中一光来说，没有比这更令人兴奋的工作了。这是一副最好的活化剂。

戏剧海报在嬉皮士、幻觉派、先锋抽象派广为流行的六十年代后半期达到了顶峰，进入七十年代后却因为逐渐陷入程式化而走向了衰退。因此，田中在这个时候接手西武剧场的海报设计是负有一种很强的使命感的，在他的心里始终燃烧着一团激情的火焰。而西武剧场竣工后田中为上条乔久的木偶戏设计的海报插图无疑给设计界带来了一股清新的空气。

佐藤晃一曾这样写道："那实在是令人耳目一新的作品。从这张方形对开纸的海报中吹出了一股新风，使在人流中仓促行走的我突然顿住脚步，像被打中穴位般地立在那里，贪婪地吮吸着这扑面而来的清新空气。这样的作品已经超越了单纯的平面设计的范畴，我第一次意识到设计的力量竟然可以如此巨大！这股清风径直地扫向陈旧的日本新剧界，仿佛是从看不见的观众席静静吹来的一股批评之风。这种溢动的美并未停留在设计表面而止息下来，却是向社会发出了一种新的求变的信号。"

田中设想的能够在演出之前便吸引观众注意和引发观众期待的海报终于出炉了。他以两周一张的速度制作着这样大型的海报，这种节奏一般人是承受不来的。田中一光却乐此不疲地沉浸其中。

从剧场交付剧本到海报制作完成常常只有一个星期的时间。在演出之前通过海报的形式将剧本视觉化，这本身便是非常刺激的工作。我需要向演员咨询他们对剧本的理解，自己也要展开各种想象，同时还要考虑如何挑起观众胃口、提高上座率等等，总之想想就很让人热血沸腾。当然，失手的时候也有。但这仍然值得设计师全心投入。　　　　　[《西武美术馆十年》]

龟仓雄策感叹地写道：

西武剧场从1973年设立以来就一直是由田中担任海报制作。迄今为止，田中究竟创作了多少海报估计没人知道，他恐怕是世界上创作海报最多的人了吧。引人注目的还不仅仅是海报的数量，更重要的是每张海报都表现出了极高的水准并与内容配合得恰到好处。不管是古典艺术、现代音乐、新剧、前卫戏、大众戏，他都能信手拈来，一边准确地抓住其内容的精髓，一边妙趣横生地将创意表现出来。那段时间可以说是田中一光创作的黄金时期。尽管如此，像他这样绝少失败、从不懈怠的人也相当少见。这真是让人羡慕呐！

[《田中一光的海报》 讲谈社]

田中一光在三年的时间里共给西武剧场留下了五十多张海报。自1975年位于池袋的西武美术馆落成后，田中一光的目光转投向了池袋。这座设在百货商店中的美术馆能够引发人们的好奇和关注，可谓是堤清二的另一个文化理想。当然，负责美术馆宣传指导的也定然非老搭档田中一光莫属了。

馆长纪国宪一与田中一光相识已久，他是这样谈论田中一光的："美术馆完工至今已有十个年头了。回过头看，美术馆的宣传活动几乎全是由美术指导田中一光一手完成的。但对田中一光来讲，美术馆的海报究竟意味着什么呢？美术展是以展出的艺术品为主角的，若被宣传艺术品的设计抢了风头，就会有喧宾夺主之嫌。所以如何表现自己的想法、在多大程度上表现，这些都是摆在眼前的难题，何况每次都还务求有所变化。所有这些考验，到了一光那却恰恰成了乐趣，他喜欢这种挑战。总之，田中一光是一个既严守信用又保证质量的人，把工作交给他连我都可以闲下来了。"

的确，或许没有什么会比美术馆的海报创作更加棘手了吧。关于这一点，田中一光曾写过这么一段话：

一般在举办美术展或出版写真集的时候，出于对展品或作者的顾及和尊重，有时不得不使自己做些让步。如果换作年轻的时候，为了保持所谓自己的作品风格的完整性，会凭着一股轻率的冒险心气及倔强的韧劲，踢开画家或摄影家亦在所不辞。而随着年龄的增长，一种沿着主题深入思考的成人般的思考模式得以确立，设计开始变得无趣起来。"[《剧场》 1973年1期]

即便如此，每月进行一次美术展海报创作的田中一光，其作品仍旧给我们带来了一种深层的美的享受。

1975年 1975年，田中一光成为了旗下坐拥西武百货商店、西友、西洋环境开发、西武餐厅等众多企业的西武集团的广告宣传的总负责人。作为堤清二对整个集团的经营构想的观察仪，田中一光的地位显得越发重要了。

龟仓雄策是这样评价田中一光的："田中一光是一位兼具设计才华与组织能力的奇才。我之所以注意到他是因为他有一个非常庞大且扎实的建立在人际关系与设计关系之上的网络。他同我一样，一般是不与小人物打交道的。他是个运气非常好的人，能和堤清二相识可以说是他人生中的一件幸事。两个人无话不谈、相互影响、共同成长、携手并进。放眼日本设计界，像田中一光这样具有丰富的社会经验、策划能力和组织能力，又想干成一些大事的人已找不出第二个。这种类型的人是非常理想的设计师的材料。缺了这样的人，企业的设计很难搞好，日本的设计也难有起色。"

宇佐美昭次是西友公司销售方面的常务董事，1968年田中一光开展西武百货商店的工作时两人结识。"社长很久以前就有一个构想，即一改旧有的商店、剧院等集团下属企业平面设计各自为政的分散状况，组设一个集感性、理性于一身的类似设计委员会的统筹机构。因此，田中一光被邀请来，从大型商店开始对集团形象进行整改。在实施的具体过程中，田中一光本着一视同仁、目标先行的原则，终于使这个构想得以成功实现。他具有鉴别真假的火眼金睛，对人的看法也同样敏锐。对于卖力工作的人，他从来都不吝帮助、以诚相待。这在一般人是做不到的，亦是他非常了不起的地方。"

无印良品的成功同样如此，这种看似自然的结果若是当初离了田中一光的协助却是万万不可想象的。当时西友的想法与田中一光可谓一拍即合，同时也正是因为田中一光的极力促成，才使得无印良品得以萌芽生长、开花结果。从这种意义上讲，田中一光的工作已经远远超出了广告宣传指导的范畴。

从八十年代开始推出的无印良品这一独特的品牌，其开发构想是在田中一光和堤清二的一次闲聊中产生的。

抛开一般的正常商品的开发模式，可能反而会取得意想不到的效果。他们就是从这里打开了一个缺口。除田中一光外，小池一子、麴谷宏等也参与了进来。这种"无印良品"并非以市场为尺度进行设计开发，而是从改变人们生活方式、转变人们思想观念的角度来设计新的产品，可以说它的出现顺应了时代的潮流，因而自上市之初便受到了人们的欢迎。作为一支别样的智慧之花，它是值得载入史册的。

大家应该都知道"啐啄之机"这个典故吧，它的意思就是在鸡蛋孵化成熟之时，雏鸡会从蛋内啐而母鸡会同时从蛋外啄，用以比喻时机把握的恰到好处。这个词用在田中一光身上再合适不过，他对许多设计师不失时机的提点使得那些人就此改变了自己的命运。因此，田中一光用人可谓是"人得其位、位得其人"。

人们对他这种善于瞄准时机以推出人才或进行美术创作的才能赞叹不已。他把木田安彦的木版画选登在*SIGN DESIGN*上、为秋天育的立体插图画开辟出新的天地、扶植摄影家昌山崇等等，例子真是多得数也数不清。

所谓广告总监这种角色，虽然对广告团队的组成、人选乃至创意等都会有所裁定，却独独不会在最后完成的作品中留下自己参与的痕迹，这或许就是他们的命运。插图和照片是用别人的，文章是由文案来写，文字是照相植字，修改是由助理设计师完成。所以，有时甚至会存在从构想到完成"自己从未沾手"的情况。

然而，情况到田中一光这儿开始变得完全不同，即便他只参与了一点儿，最终完成的作品看起来都是毫无疑问的"田中一光"的西武剧场海报、"田中一光"的西友广告、"田中一光"的博览会展出作品，无论挑出哪一样，都能感受到只有他才具有的独特风格。这是为什么呢？不仅是照片、插图、文案等平面设计要素，就连室内装饰和建筑等空间设计，田中一光亦能自如地把自己的形象融入其中。他又是怎么做到的呢？让我们请曾在各个项目中与田中一光有过长久合作的设计者们谈谈他们的印象吧。

在杉本贵志凭借原宿的"无线广播"酒店设计被田中一光发现后，两人以冲绳海洋博览会"海洋文化馆"的项目为开端进行了许多的合作。田中一光在遇到有关立体空间的项目时，总会把杉本视作他最为信赖的室内设计师。

"田中一光的空间从一开始就在他的思维中作为一种图景存在着，那是一种非常抽象的印象派风光，宏伟而有气势。他一直凝视着它。我们看空间时，一般是先找出作为基准的轴线或墙壁，再从那里开始组装。他却是在空间中一下子就捕捉到成形的东西。我们在收集、阅读资料，并进行判断时，他已经在头脑中梳理出逐渐分明的形象。他侧耳静听从自己的风景那里传来的消息，基本上不听别人讲话。那真是既疲惫又费神的工作，别人亦无法分担。他的一切都来自自己的价值观。田中一光的思想意识、思维方法以及看待问题的态度等这些本质性的东西成了我学习的对象。我忽然发现自己形成了这样一种习惯，那就是一碰到困难，我就会下意识地想：'如果换成田中一光的话，他会怎么想、怎么办呢？'最终我倒未必会那么做，但总会事先想一想。他对我的影响已经到了这种地步。"

日暮真三是因为独立制作"无声手枪展"的节目单广告而受到了田中的好评，从那以后，一有什么事田中就会找他，他俨然已是田中最为信任的撰稿人了。

"在七十年代开始创办杂志的时候。他起初总拿'撰稿人'这个词称呼我，我心里非常高兴。但在这样的田中一光面前，我却不觉得自己是个称职的撰稿人。和田中一光一起工作，非常紧张也非常不容易。在和我谈稿子的时候，他的心里已然有了大概的构想。谈着谈着，我就会被他的话吸引过去，沿着他的思路走了。田中一光思维敏捷、头脑清晰，我哪里是他的对手。尽管他老是用'撰稿人'称呼我，我也很感激他，但我觉得在他面前，自己写的稿子没有一次是成功的。"

滝野晴夫是最后一年在"日宣美展"中获特等奖的插图画家，田中一光曾被他的作品打动，并称滝野的作品"像寒冷冰冻的诗"。

"因为我对西武剧场的开幕海报也很感兴趣，他来我这商量的时候，我觉得特别兴奋。他对绘画的擅长让我有些吃惊。在为我做方案说明的同时，他总会附一张素描草图。草图是用铅笔详细画就的，上面还贴有照片，下一步便是正式的绘制工作。在看到初步完成的画稿后，他有时会让我重画，有时是要增减些东西。这些指示都是常有的事。'你看，这样视野不是更宽了吗？'凭借我的经验，只要看到一个设计师的几幅作品，基本上就会知道他的想法和做法。但对田中一光，他的作品每次都不一样。所以每次与他合作我都担心自己能否胜任，心里亦是忐忑不安。但每次作品完成后，就会高兴地发现自己的视野又拓宽了不少。"

平面设计师有浅叶克己、松永真、佐藤晃一三位。

据说他对在自己身边工作的人都很有心思，1987年正月西武美术馆举办的田中一光个展的印象性海报就是他委托这三个人创作的。下面，就由这三位平面设计师从他们的经历和角度谈谈他们对田中一光的看法吧。

　　浅叶克己说："与田中一光是在'流行通信'时相识的，在西武集团也一起工作了很长一段时间。开始时我以为还是像在LIGHT公司时那样打打零工呢，田中一光却对我说：'这是要对堤清二豁出命来干的事业，用抽空打工的方式太对不起人家了！'于是，我二话没说便辞去了工作。如果要用一个字来形容田中一光的设计，那就是'动'，一切都在动中产生。他的动作之快令人匪夷所思，不知道哪来的一股动力。他总是一边走路一边思考。他在进行设计时，不管是商品还是建筑，都会站在整体设计的角度去考虑问题，这一点是很厉害的。一般人都是先高谈阔论一番，他却首先要自己动手做一做。他的运动神经不行，设计神经却特别发达，并且什么都要自己亲自体验，用眼睛看、用手摸、用大脑思考。在分析时代走向和制造大的潮流时，一定会有田中的意见在里面，这几乎是理所当然的。并且人们往往都对他精练的语言钦佩不已。总之，他是一个叫人心生敬畏的人。"

　　松永真这样谈道："田中一光在我的心中始终是一个伟大的形象。无论做什么，他都是我的精神领袖，在他的作品中，我能够感受到一种榜样的力量。田中一光的指导一般都是在工作中进行。每当开碰头会的时候，他的想法往往都会出乎大家的意料之外。但当你注意听下去，又会很容易明白。在他的头脑中，没有一个想法是静止不动的。他总是在思考、在不断发展自己的想法、在扩大自己的视野。当然，这是由于他的技能已经达到了收放自如的地步。他在同别人讲自己创意的不断变化时是非常自然的，在这一点上我们有些相似。所以我在听他讲时也会产生共鸣：'果真是这样，这才是最恰当的！'受到鼓舞也是一种很好的学习。"

　　而佐藤晃一是这么说的："以前曾帮田中一光出过西武剧场的小册子，那是一次很好的学习机会。我最佩服他，觉得他了不起的地方就是那决定设计方案的关键一刻——高度紧张的状态突然消失，内心充溢出轻松感的奇妙瞬间。他好像没有在听别人讲话，而是一个人忽然跑到遥远的地方玩去了。就在那个瞬间，我看到了田中一光与其设计相通的那种开阔心境，以及由于广泛交流而带来的开朗性格。田中一光身上体现出的那种既紧张又松弛的矛盾的东方精神不仅仅成就了他的设计，也充溢在设计室的每个角落。"

也是在这一年，小池一子提出将纽约大都市会美术馆的时装展引入京都现代美术馆做一场"现代服装起源"的展览，田中一光接受了这个项目的美术设计。展览会把从波尔·波阿莱至斯基亚帕雷里的整个流行女装史用宝贵的实物呈现出来。对田中一光来讲，除了对小池一子这项重要工作给予作为朋友的现身支持外，这也是他与早年在钟纺公司设计室时接触到的旧有时尚的一次真实会面。对于这次工作，展品的陈列是个重点。或许正因为田中一光有过那样一段难忘的经历，这次由他提出的"展出设计新思维的建议"后来被证实取得了很好的效果。

田中一光的作品集《田中一光的设计》也是在这一年被骏骏堂出版发行的，这正是PRESS ALTO杂志出版田中一光专刊后的第二十年。田中一光原本与骏骏堂并无太深的交往。1973年骏骏堂曾出版过由田中一光设计的《文乐写真集》，当时担任此项出版工作常务董事的谷口常雄虽然不是设计师，却从年轻时就喜爱阅读设计杂志。他十分了解田中一光的作品，而且据称他是以田中一光为标准来看待设计的。所以，与骏骏堂来往的其他设计师想来不会给他好脸色吧，这一点说起来还真叫人同情。总之，谷口对田中一光的关照是无微不至的。因为《文乐写真集》而得以与田中一同工作的谷口在与田中的实际接触中进一步加深了对他的敬重。于是，他主动提议为田中一光出版这部作品集。

美国CBS副社长乌鲁·道尔胡斯曼在作品集的卷首语中这样写道："谦虚而文静的田中一光为大洋两岸架起了一座平面设计的桥梁，他把东西设计的精华浓缩在自己的作品中。他是整个世界设计界最值得骄傲的人。"

1976年　1976年，田中一光在山中湖畔的赞美之丘拥有了自己的山中别墅。因为龟仓雄策曾担任过这个别墅村的村长，这里变得更加引人瞩目，并且让人有了一种大艺术家别墅村的感觉。

这是在与设计家内田繁一起去能乐堂观看观世寿夫的《山姥》时，突然受到启发而做出的设计，能乐的舞台及由后台通往舞台的桥式过道组成的三角形在我的别墅中做成了类似英文字母V的形状，夹角接近65度。V字形的内侧，即能乐堂里栽有松树、铺有白沙的那部分在我这儿变成了阳台，并用玻璃门与建筑物隔开。V字形的另一边，也就是能乐剧场中桥式过道的后侧则对应着别墅里六个榻榻米大的日式房间与盥洗室，另有一侧是带有厨房的客厅，当然，说成是空荡荡的设计室，或是用于修炼的禁欲空间可能更为贴切。

[《新剧》 1978年第10期 白水社]

室内设计家内田繁在七十年代曾参与过由竹山实设计，作为世界第一座超现代建筑的新宿第一轮电影院的相关项目，并由此结识了田中一光。两人后来亦成为在西武集团共事的工作伙伴。

"最让我佩服的是田中一光对空间也很在行。他能一下子看出空间的特点，并且为了突出这种特点而费尽心机。他的表达能力很强，总能把想说的意思叙述得清楚明白。我想对于这座湖边别墅的设计，他应当会有自己的想法。但奇怪的是他却完完全全地托付给我。我想他总该对我说点什么……但他似乎表现得格外放心。"

这座别墅的V形拐角处是厨房，从田中一光做菜的位置看，应当很容易眺望到窗外的富士山和山中湖。在做菜的时候也能充分地欣赏外头的风景，这可真是颇有心思的设计。厨房里堆满了各个季节的食材，这可是传说中诞生过不少田中一光式名菜的地方。在这里我不妨简单介绍一点。

我第一次留在这所别墅吃饭时，品尝到的便是山中湖中产的黑鳟鱼，菜名是我随口起的。田中一光不一会儿就在我面前完成了这道菜，他拿附近采的绿色野生水芹菜点缀在冷却的黑鳟鱼周围，再与蛋黄奶油、淡黄色的酸辣酱相映衬，整盘菜足足像一道美丽的盆景，让人不忍动筷。曾与著名服装设计家森英惠一起访问过田中一光的*WWD*杂志总编J.B.费尔·查尔德在吃过这道菜后赞不绝口。他笑着说如果以后还能见面的话，就专门探讨一下这个话题。在法国萨比亚的三星级餐馆，奥贝尔胡·德·佩尔·比祖因做岩鱼菜而闻名世界，而田中一光做的这道菜亦同样使人感受到了美食的精髓。对于这一点，我在这儿是证实了的。

在田中一光的提议下，东京设计空间〔TDS〕也在这一年成立了，这算是一件值得记录的大事。那时每天都有从世界各地传来的信息汇聚东京。但仅仅从平面设计领域来看，自从1970年"日宣美"解散后，设计师们就失去了相互交流的场所。平面设计的工作范围不断扩大、种类不断增加、与其他领域的立体交叉也不断增多，但人员间的相互交流反而是越来越少。在这样一个时代，与其和过去那种以专业领域作划分的集团相比拼，倒不如成为走在时代最前沿的从事创造性活动的多样化设计团体，这样才有利于互相刺激、互相提高。这些都是田中一光和筹备委员会归纳起来的建议。他们在青山地区开设了设计画廊，让每个成员以自我推介的形式参与到"一人一日展"中，即每人举办一天展览。这个策划取得了极大的成功。每晚由主持人在会场主持酒会的形式大约持续了五个月，青山一带几乎可以说是家喻户晓了。

TDS后来搬到了六本木AXIS大楼内，会员的数量每年都在不断上涨，现已成为拥有239名设计家的大集团了。田中一光从创立以来就被全体会员一致推选为代表。

1977年到1978年期间，田中一光到海外出差的次数不断增加，一月去了美国西海岸，三月去了欧洲，七月重访了巴黎，第二年二月又去了巴西，四月去了巴黎，十一月还去了新喀里多尼亚岛。这样的行程一方面和工作有关，但更主要的，是田中一光的好奇心在作怪。同时，他还接连不断地将设计室的年轻助手送去海外学习。因为田中一光坚信，"文化冲击是培养人的重要因素之一"。就这样，坪内祝义去了美国，佐村宪一去了欧洲，第二年时，坪内去了西班牙，佐村去了纽约，木下胜弘也被轮班安排去了美国。

"田中一光有这样一个打算，就是让在设计室工作了三年以上的人轮流去海外旅行。不能以团体旅行的方式，什么都要一个人来做。这对每个人来说都是一次非常好的锻炼机会。回来后要写报告向大家汇报，决不允许漫不经心地玩一趟了事。对我来说，这无疑是一次重要的人生体验。那么一圈走下来，基本上以后再做什么事都有自信了，从那以后，大家无论从外表到谈吐全都变了个样。"坪内祝义这样说道。讲到这里，顺便提一下田中一光设计室的情况。

在田中一光的设计室，每天早上大家都会边喝咖啡边开碰头会，作为一天的开始。每个人都要按顺序把自己的工作进度汇报一下，这样无论何时大家都能对设计室的工作情况有个整体的把握。有趣的是，这个咖啡会议的惯例被所有设计室的先驱在他们自己开设事务所时保留了下来。

中午，大家围坐在一个圆桌四周吃午饭。午饭时间充满了一种家庭式的氛围，大家闲聊着各种话题，发表意见、畅所欲言。如果田中一光在设计室的话，一定能看到他从十一点半起就开始在厨房准备午餐。知道美食家田中一光的人几乎都到他家吃过饭。从上市蔬菜最多的春季到生牡蛎收获的冬季，设计室里一年四季都飘荡着食材的香味，田中一光每天必做一道菜摆上餐桌，做菜本来就是他的一大乐趣。准备午饭的时候女助手们也会在厨房帮忙，所以在田中一光设计室工作的女性也大都烧得一手好菜。田中一光曾开玩笑地说："我们公司兼顾新娘子的家政教育。"

佐村宪一担任田中一光在V形别墅的做菜助手。他是这么评价田中一光的："田中先生做菜和他工作一样，决不生搬硬套地把材料拼凑在一起。看准手中的素材、快速决定创意，而后有条不紊地投入去做。他对做菜非常认真，烹饪成功后自有一种无法形容的喜悦。"佐村七十年代曾在田中一光身边工作了十年，后来自己独立出来，也还是单身一人，有时兴致来了也会做做菜。

"一般情况下，人休息的时候会从紧张的状态中松弛下来，随意一些。然而在田中一光的设计室，从穿着打扮到吃饭、接电话，生活中的一切都是设计。按照田中一光的教育理念，一天下来都没时间喘息。这里仿佛是一个人生修炼场。所以以我自己的感受，与其说在这里工作十年，倒不如说在这里锻炼了十年更为合适。"这是今年春天时自己独立出去的木下胜弘的体会。而现在，木下也正在自己的新工作室以同样的方法训练着自己的助手。

在田中一光的设计室有这样一个规矩：新社员在工作一年后要提交一份关于设计的文章。写作即思考，身体可以休息但头脑决不允许休息，这是田中的教育方针。

田中一光曾这样说过："即使不是特别优秀的人才，在我身边工作十年的话，我也能把他培养成一个能完全独立的设计师。然而这十年的每一天都可能要在自信与不安的夹缝状态中度过。"这种严苛的态度可以说是田中一光工作室一贯的作风。从这所"学校"中走出的许多人都被称赞工作出色。"毕业生"中除广村正彰之外，还有山下秀男、土冢本健弼、石洪寿根、立石公子等，不下三十名。

1978年　田中一光在1978年《草月田》第121期上发表的备受好评的《我的古典》一文是以旅行见闻起头的。一日，田中一光和访问日本的老友、巴西建筑家乔阿欧·罗多卢夫·斯特雷塔在山中别墅重逢叙谈。

我在遥见富士山的家中接待他，在日本秋日里如织如锦的红叶中与他畅谈。聊至间隙，我拿出投影仪，向他展示二月巴西之行拍下的照片。原始森林中新辟出来的巴西利亚建筑群、丰富多彩的狂欢节、奔放的桑巴舞者，以及最后从亚马逊河马瑙斯乘船游历而下时拍摄的格兰德河河岸景色……这时，他突然大声道："对了，你果然是日本人！"起初我并不理解他的感慨，因为我拍下了许多光影交织形态奇妙的照片，比如清澈的水面上倒映着郁郁葱葱的热带丛林，以及行船经过划出的奇妙弧线等等。但是并没有向他细问原因，我就半反射地关闭了投影仪。因为这句话突然在我心中产生了强烈的震撼，让我不得不下意识地抑制。

这是在亚马逊河热带雨林中看到了日本式风雅的田中一光，以无意识的精神状态开始，述说着日本古典，探究着日本文化，最终以动人的笔触融汇而成的一篇让人热血沸腾的美文。

平面设计师斋藤日出男和田中一光曾一起做过MORISAWA和西友的工作，两人可谓是多年的朋友。斋藤经常出国旅行，并曾陪田中一光到过西班牙、墨西哥、摩洛哥和巴西。这次巴西之旅中，斋藤也在，他是这样描述那组照片的拍摄情况的：

那是船游亚马逊河库尔丁古寺时的情形。大船一共乘坐了四十人，我觉得人多危险，就特别注意了一下田中一光。然而就在我目光移开他的一瞬间，他却忽然不见了。这正是在回去的路上，大船就要出发了，他却久等不至。这毕竟是公共船只，大家已经吵嚷着有些不耐烦了，我也只好急着四处去找，却发现他正在水边全神贯注地拍摄。田中一光这个人只要碰到感兴趣的事情，就会把一切抛到九霄云外，只专注于那个让自己沉迷的世界。在这一点上他是非常纯粹的。而我亦深深地体会到，海外旅行对田中一光来讲，有着更深的学习意味。

听完田中一光的旅行故事，再去重读他的《我的古典》，或许会有更深的感触吧。

1980年　1980年是田中一光一生中至为难忘的一年。他在这一年迎来了三件喜事，但这三件喜事加在一起也难以抵消母亲去世带给他深重的打击。

首先，日本设计风格展三月份在伦敦的V&A美术馆开幕了。田中一光提前一年就开始对这一项目进行筹备，二月份更是整整一个月都泡在伦敦亲自督察展出事宜。

说起设计，去年开始我的书桌上就一直放着一项重大工作，那就是1980年春天在伦敦著名的V&A〔 Victoria and Albert 〕美术馆举办的"日本风格"展览会。这个计划是在前年由V&A美术馆向日本国际交流基金提出来的。由各界设计师和评论家组成的委员会最初只是商议将之做成一个对日本近代美术设计的简单展望，然而V&A美术馆的馆长斯特朗到达日本后，所有的构思就发生了天翻地覆的改变。简单地说，V&A对日本追随欧美的那部分现代设计完全没有兴趣，比起这种禁欲的造型，他们认为在东京的街头逛上一天可能会有更多有趣的东西。街头的霓虹灯、弹子游戏机房、书店里的娱乐周刊杂志、食品模型，还有日本人厨房里那些保存食物的容器、茶壶和电暖炉、学习机等，这些不都是更有趣更有生命力的东西吗？再有寿司吧、地下通道里的显示屏、电视里的商业广告以及海报……为什么不把这些真实又充满活力的设计列入清单里去呢？ [《新剧》 1979年11期 白水社]

对于这种思路的转变，田中一光一定是暗自欢喜的。因为他在八十年代时就曾预言：从十八世纪的江户时代起，日本就已经取得了大众化社会的进步，这个商业社会会因它巨大的创造力而被世界关注。斯特朗馆长想来也是类似的意思。

建筑设计家水野后介随田中一光一起去了伦敦。水野自从帮助田中一光完成 EXPO '70 的展示设计以来，就一直和田中一光保持着密切的合作。他非常仔细地观察了各种情境下的田中一光。

田中一光无论是打着领带和助手开会，还是头戴安全帽巡视施工现场，他的基本面貌都是那样，不会发生变化。他能和施工现场的工人相处融洽，去伦敦以后也是同样。当时面临的最大问题不是语言问题，而是沟通问题。外国工人特别是工人头目性情大多古怪、不好相处，但他们的确是有两把刷子的，有些地方确实还就得听他们的。在伦敦的一个月，对我来说是一次"日本设计风格"中的"田中一光风格"的学习。

三月过后，田中一光被授予昭和五十五年"文部 [教育部] 大臣新人奖－艺术类奖"。五十岁的田中一光和二十五岁的桃井薰并排站在了"新人奖"的领奖台上。

然而就在此时，田中一光的母亲富士枝却倒在了病床上。富士枝是一位胖胖的、健谈而又充满活力的老太太，但每次我们去病房探望她，见到的都是她日渐消瘦的面庞，人也越发地不爱讲话了，真是叫人看着难过。一天，她用瘦若枯枝的手颤巍巍地从枕头下摸出一张照片对我说："请看看这个。"那是在日本设计风格展的开幕酒会上，英国的伊丽莎白女王与身穿家徽和服的儿子一光握手致意的照片。我的胸口一阵发热，泪珠在眼眶里打转，却什么也说不出来。我看到的不仅仅是一张照片，更是将照片珍藏在枕头下的一位伟大的母亲。她微笑着并未说话，我却相信她一定想起了五十年前在生老大田中一光时所抽到的"您生了一个金娃娃"的神谕。

六月二日，田中富士枝离开了人世。

同月，田中一光的随笔集《设计的周围》由白水社出版了。

后记中这样写道："我在病危的母亲床前写下了这篇后记。当我二月二十日出发去伦敦的时候，她还是那样一个健壮而快活的老人，转眼间却变成骷髅样干瘦的人了。在开往医院的急救车上，我望着母亲那张口含眼、木然不动的沉铅一样的表情，听急救车穿行在灯红酒绿的六本木街区的人声雨沸中。这条不久前还痛快地大玩了一场的娱乐街，现在却像被一种无色无味的光线笼罩住了，我感觉车子仿佛正奔向未来的都市。我整个人亦好像被带到了一个漫无边际的地方，承受着一种悲痛大过紧张的失重的心理状态。"

田中一光初次出版的这本随笔集以其出色的文笔迎来了世人的惊叹。《周刊朝日》这样评论道："设计师的工作一般不会标明创作者的名字，如果我们不去特别注意或查找的话，可能很难把作品和创作者联系到一起。对设计师工作的内容和范畴一般人也是不清楚的。作为日本现代设计家的代表，田中一光完成了从描写设计这门工作到讲述自己设计师生活的随笔集。文章不仅语言华丽，而且能使读者一窥那些新奇有趣却鲜为人知的设计背后的工作及设计师的生活。文章以一个设计师的独特眼光来分析问题，引人入胜。"

田中一光还在后记中写道：

一个设计师不管有怎样的遭遇和体验，都很难把自己融入到作品中去。山城隆一曾有一句名言：'设计作品中盛不下悲伤。'对于这句话，我也有同感。设计师总要精神抖擞地迎接下一个挑战而不得不暂时抛下一切阴霾的情感，他要沐浴着明日的阳光而把苦恼深深地埋藏在心底，他要坚强而又自信地奋斗到最后。也许这就是设计师的宿命吧。然而作为一个人，当他面对朝阳向前进发的时候，能够温暖那颗冰冷心灵的，或许只有那张草稿纸。而我最厌恶的，却也正是这张纸。

以上引用的这段话和之前提到的那些文章一样，显示了田中一光极其锐利的笔锋与见地。为了准备采访而对这些文章进行重读的我对田中一光的才能又有了新的了解。同时，我也不得不鞭笞因写这种名人传记而陷入窘境的自己：艰苦的修炼还需继续。

1981年　荷兰召开了一次被称作"日本节"的风格独特的国际会议，由田中一光出任日本方面的主席。

这次会议是继在1979年西班牙国际设计会议中亮相的"日本和日本人"展、1980年伦敦V&A馆举小的日本设计风格展之后，海外第三次热切关注日本的独创设计。同时，它也是以日本现代设计为突破口来探索日本文化的为时仅仅一天的一次会议。

荷兰的彼得·伯拉廷卡对田中一光发出了邀请。作为一位积极学习西方文化的日本人，田中一光抱着"现在是时候把摸索到的东西方文化相融合的宝贵经验汇报给全世界"的决心，促成了这次会议的最终召开。

由田中一光担任主席，龟仓雄策、永井一正、横尾忠则等十一人共同制定计划，去阿姆斯特丹开展讲演。为了这次会议，田中一光还编辑出版了对外介绍日本文化的*Japanese Coloring*，并举办了两场相关展览，这些都使这次短暂的会议成为了一次大规模的国际文化交流活动。整个活动的开展全靠民间设计师志愿参与，这无疑也证明了田中一光超强的组织策划活动的能力。

1983年，田中一光主动到海外担负起宣传日本文化的使命。

五月，他受华盛顿"史密索尼昂训练中心"和华盛顿美术家俱乐部的邀请，分别到两处进行演讲。他以日本色彩为开端，以幻灯片为手段，并对延伸开来的日本历史和文化进行了简要的说明。

之后的一个星期田中一光又来到纽约，对同一题材进行了讲演。

那时刚好粟谷宏来纽约出差，于是有幸参加了这次活动。在位于联合国总部大楼一旁的日本协会，闻讯而来的听众几乎全是年轻的设计师，这使粟谷宏有些诧异。在与两三个人进行交谈后，才知道他们连日本的设计现状和设计师动态都了如指掌，这使粟谷宏更为震惊。正像六十年代日本设计师的目光都驻足在纽约一样，现在纽约年轻设计师的目光又都转向了东京。

在粟谷宏后来从纽约发给《平面设计》杂志的一篇报道中，有下面这样一段话："在讲演开始之前，老朋友CBS社副社长乌鲁·道尔胡斯曼先生照例向会场听众介绍田中一光。'我们可以从中学到很多东西，'他以这样一句话作开场白。这使我突然联想起1960年世界设计大会召开时的情景。日本的设计终于也走上了世界舞台！我的心里激动不已。"

田中一光的这次旅行是与编辑濑底恒一起。濑底恒与田中一光的交往，甚至能追溯到1960年世界设计大会筹备的时候。那时濑底恒刚刚结束在美国的留学，正要回国。

我以前曾听田中一光提起过濑底恒："她是一个理性的女子。身材苗条，穿着高跟鞋走起路来格外爽快，与身边的男性商讨起工作来亦很麻利果断，给人非常好的印象。她的身上有美国文化的气息。"

瀬底恒在这之后策划了《入门》杂志。及至此时，她与田中一光的合作已经走过了二十六个年头。《入门》因为在日本荣获ADC等奖项而备受好评、广为人知，后来还在海外摘得了I.C.I.E.奖，可以说远远超出了作为一本企业宣传杂志的价值。无论如何，它现在已经发行到了第100期，这真是了不起。从这本杂志留下的足印中，可以看到田中一光的设计轨迹。

另外，田中一光和瀬底恒还悉心编辑了一系列向海外介绍日本文化的书籍。从1974年出版的 Rice Cycle、1979 年出版的 The IROHA of Japan、1981年出版的 The Wheel，到1984年出版的 The Hybrid Culture，这些以全新视角解读日本文化的书，虽然没有学术性的题目，却不乏现代视觉设计的视角。而且，正是由于平时朴素的工作积累，才使得 Japan Style 和 Japanese Coloring 这样的作品得以出炉。

下面，让我们听听瀬底恒是怎样评论田中一光的吧："现在日本活跃在国际上的人很多。但从某种意义上讲，像田中一光那样世界知名的却极少。田中一光的存在和作品本身就是一种通行证。而隐藏在设计背后的田中一光的出色人格也是众所周知的。深谙日本历史和传统的田中一光的价值观在对内对外的时候都是保持一致的。比如英国的国家托拉斯由来已久，但田中 光却在编辑会议上指出，仅仅把这些古老的东西当作摆设是不够的，如何把它运用到现代社会，它对现代社会又有什么新的意义才是需要解决的问题。他不管对什么事情，都能以这样的视角展开分析，这是非常了不起的。田中一光向世界传达了他骨子里的日本美意识和独特的个性。这种传达也使他的国际影响不断扩大。"

诚如瀬底恒所说，田中一光的国际项目从未间断，每年都在继续。1984年，他继1983年后，再次应日本协会专题讨论会的邀请去了纽约。从纽约回来后稍作休整，秋天又飞往了莫斯科，因为莫斯科要举办"日本设计：传统与现代"展。这是西武集团作为民营企业为促进国际交流而特别企划的，田中一光参与了整个计划的实施。这年夏天他足有一个月要呆在莫斯科备展。然而此次似乎不比在伦敦筹划日本设计风格展来得享受，回国后他说的第一句话竟是："没想到红狐牌方便面那么香！"由此可见在吃的问题上，他似乎费了不少心。

1985年，田中一光又去了美国。这次是应AIGA［全美平面美术协会］德克萨斯州年度大会和在芝加哥举办的UCDA［大学生设计师协会］全国大会的邀请去进行讲演。

一年后，他出席了在荷兰举办的AGI［世界平面设计联盟］世界大会，期间还在阿姆斯特丹著名的设计学校特威尔德大学进行了讲演。

1986年，田中一光在AGI会场——阿姆斯特丹郊外的克劳拉·米勒美术馆大厅进行了纪念讲演。"日本自古以来的审美观、庶民文化的兴盛、文明开化时期同异族文化进行融合的探索和试验，特别是第二次世界大战之后引进美国现代主义而产生的现代日本文化……"他以历史线索为轴，从色彩、语言文字、四季变化等方面展开的关于"日本的设计"这一题目的讲演，在试图寻找日本文化脉络的欧美有识之士中获得了很高的评价。

大家都称赞他的讲演妙趣横生、通俗易懂。从此，海外的讲演邀请更是接连不断。后来的田中一光的确给人一种日本民间大使的感觉。

1986年春，原弘去世了。虽然当他卧病在床时，曾因看到田中一光从去年起就亲自指导、并辛苦完成的关于他的作品集《原弘：平面设计的源流》而感到了莫大的慰藉，田中一光的心里却始终不是滋味。深沉实干、不摆架子，又常和大家一起饮酒作乐的原弘的潇洒一生深深地印刻在每个人的脑海里，他是被田中一光奉为设计元老加以学习的精神榜样。

田中一光因出版原弘的作品集而连续两年荣获了东京ADC奖会员奖，但他此刻的心情却是复杂的，听到别人的祝贺也难以高兴起来。

先是送走了胜见胜，现在又失去了原弘。田中一光的存在对日本设计界显得越发重要了。为什么呢？我想是因为田中一光确实从这两个人身上继承到了什么吧。

田中一光的活力已经成为了刺激日本设计界并使整个设计界充满活力的助动器，这是大家有目共睹的。田中一光每到达一处梦寐以求的理想之所，就一定会去开辟另一片更新的天地。对他寄予厚望的，恐怕不只我一人。

2002年1月10日晚22:30，田中一光在回家的途中因突发性心脏病倒在地上，被路人发现后送至医院。因抢救无效，于23:45逝世，享年71岁，本命年。

直到离开人世，田中一光都没有结婚，独自过着单身的日子。

田中一光之所以要避开举案齐眉、弄子为乐的家庭生活，而选择独自一个人挺立到最后，或许是因为他不想自己堕入温柔的美梦，并且，他不愿承受幸福背后隐藏的寂寞。

田中一光严于律己，敢于正视真实的自我。而他的创造亦可以说是从这里起步的。在他的眼中，再没有什么比创造更有尊严、更高贵，也更为紧要了。

田中一光常说自己是为了传达设计形象而自我杀伐后变成的"妖怪演员"。我们应当知道，正是他那种持之以恒的使命感与无所畏惧的好奇心，才成就了他充实的一生。那种生命不息、创造不止的探索精神已然成为了田中一光设计的灵魂。

我这几年一直在追寻田中一光的足迹，他那为设计、为社会、为人类鞠躬尽瘁、死而后已的精神总是时时激励着我。我想，这才是我心目中真正的田中一光：伟大，并且光芒四射。

附录二 | **图版**

Nihon Buyo

UCLA
Asian Performing Arts
Institute 1981

Los Angeles
Washington, D.C.
New York

01　日本舞踊　1981年

1981年，九名平面设计师受美国UCLA邀请，各以日本能剧、舞蹈、狂言等传统艺术为题材创作主题海报。这幅以日本舞蹈为主题的作品就是其中的一幅。极单纯的形态表现了舞女极丰富的表情。长1030mm宽728mm的画面以竖四横三等分出十二个方格，然后再取对角斜线形成三角形。只用方块、三角、圆这些最基本的造型元素的情况下，对戏剧表演到底能作多大程度的演绎，这幅作品对此种可能性作了探索。

02　写乐二百年　1995年

写乐在日本是家喻户晓的江户时代的浮世绘师。这是为写乐诞辰二百周年制作的命题海报。画面中除了眼睛和眉毛保留了写乐原作以外，其他部分全部用正圆作了几何化处理，执著于日本独特的平面性的同时，用九个正圆形色块重新构成了画面。

03 JAPAN 1986年

1986年的这张作品发表后，立刻产生了极大的反响，因为这张作品中的鹿的形象，直接来自琳派祖师爷宗达的《平家纳经》的扉页插图。在保持琳派特有的优美曲线的同时，对形体作了极度单纯的处理，集中表现了田中一光先生的"任何物体都能被圆等分"的设计观念。这个形象也成为了琳派艺术现代版的经典。

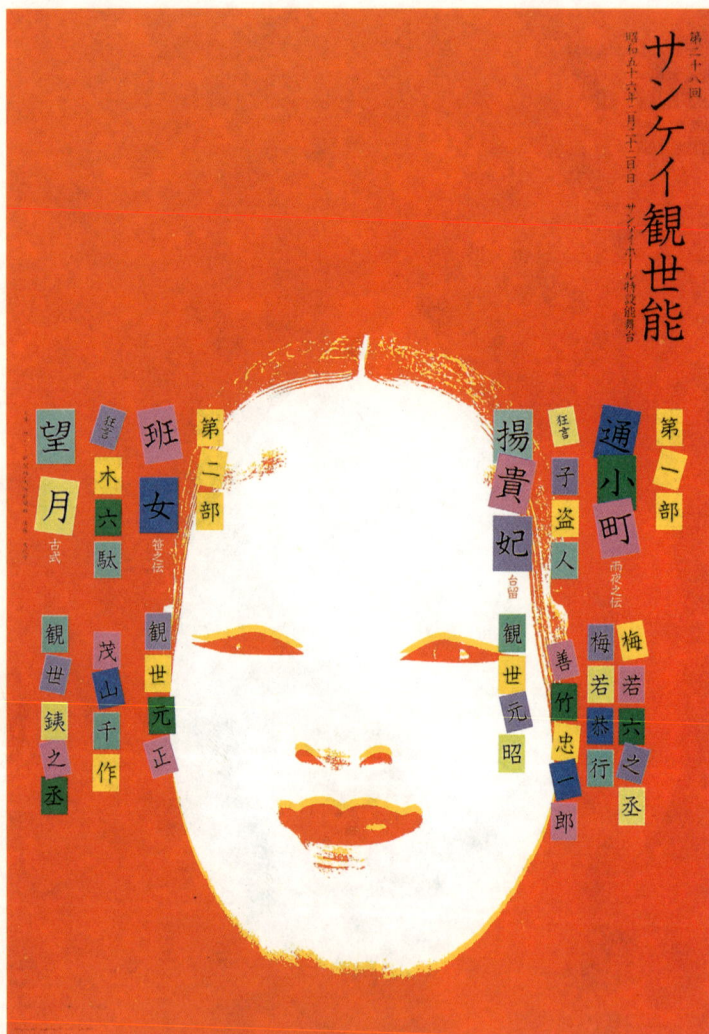

05 第二十八回产经观世能 1981年

"杨贵妃"是能剧中不常上演的剧种。作品中的剧目文字部分既完成了内容的传达，又很精彩地、恰到好处地表现了杨贵妃头上华丽凤冠。

06　第三十回产经观世能　1983年

在《产经观世能》系列中，能面具被多次当作表现对象使用，但以黑白反转的形式出现这是第一次。怨死的美女亡灵舞蹈在都市白昼的舞台上，使观者在思考正片与负片的关系的同时，也徘徊在人生如戏和戏若人生的感叹之中，于此我们也可贴切地感觉到先生把握主题、表现主题的能力。

第十二回

産経観世能

賀茂　梅若万三郎

千手　観世元正　観世元昭

野守　観世喜之

巴　梅若猶義

卒都婆小町　観世銕之丞

烏帽子折　梅若六郎

昭和四十年二月二十八日（日）　大阪サンケイホール特設能舞台　主催・サンケイ新聞社　大阪新聞社

07　第十二回産経观世能　1965年

能剧“卒都婆小町”中使用的能面具小町面的中间色调完全被去掉，在只剩下黑白两色的画面上，用金色叠印上安排得错落有致的文字，制造出了一种仿佛能使人听到从能面具中缓缓流出歌谣曲的气氛，黑底上的金色与白底上的金色之间的微妙差别，好像又暗示着古老歌谣抑扬顿挫的节奏。

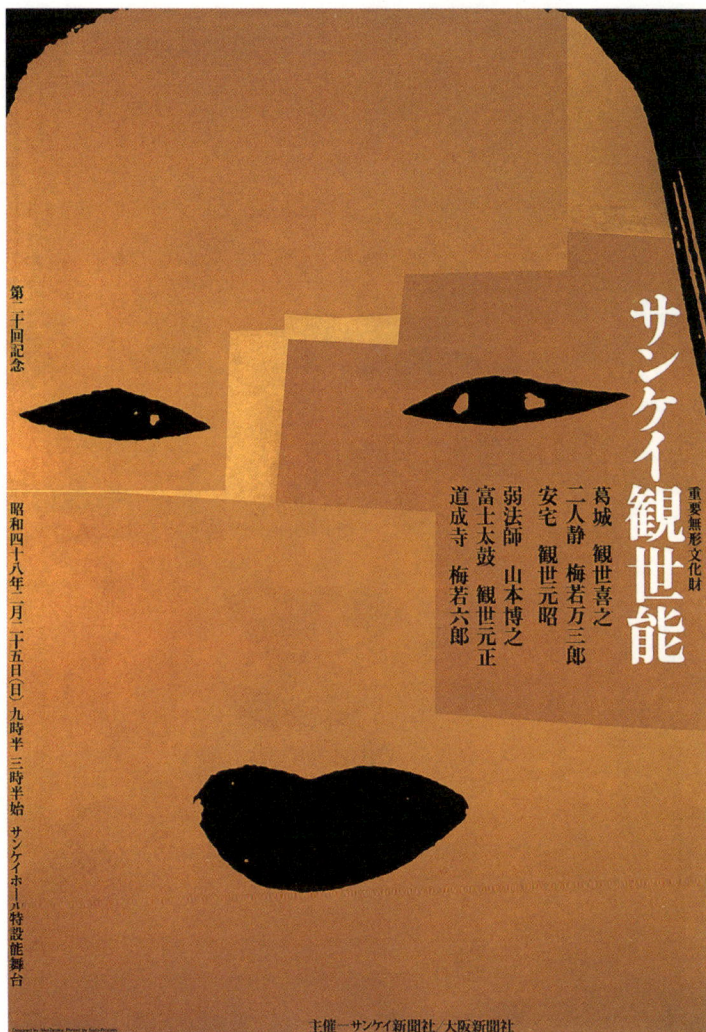

08 第二十回产经观世能 1973年

为纪念能剧上演二十回的海报，画面中的能面具形象在第一回、第五回的海报中都曾使用过，在技法上，值得注意的是这张海报除了黑色以外，同时大面积地使用了四种金色，金色自身具有反射功能，不同金色的反射距离不同，这就使海报超出了二维的范围，进入到三维的领域。

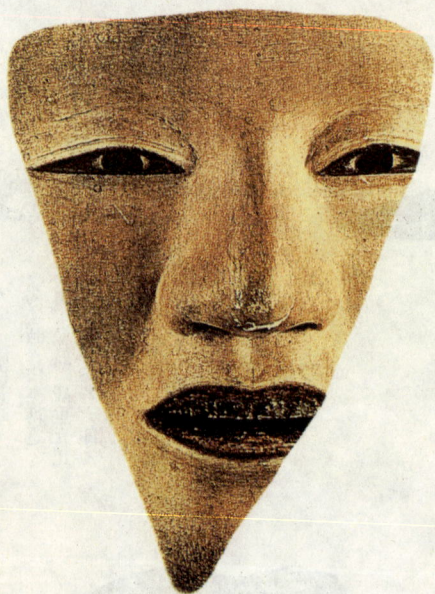

09 第二十七回产经观世能 1980年
画面中央的能面具是〝大原御幸〞的〝若女〞。在舞台上，这个〝若女〞戴有白色的帽子，把帽子的部分去掉后自然形成了这个三角形。

10　第五回产经观世能　1958年

田中先生在二十八岁时创作的经典作品，这张作品的出现证明了田中风格的形成。能面具是土生土长的日本物，而方格构成则明显是受到瑞士新设计运动的影响，原本正反两极的表现方法，在这里通过色彩做中介，被天衣无缝地糅到一起。降低明度、提高彩度的日本传统色彩处理手法，以机能主义构成为骨架的创作路线，在这张作品中得以确立，并延续至今。

11 札幌冬季奥运会 1972年
这张作品其实并没有被实际采用，但它后来获得波兰国际海报双年展的特别奖。从作品的构图可以看出其灵感来源
于琳派名作《日月屏风》，把雪山的棱线几何化，并加上大颗粒网点，利用渐变原理，使之产生表情变化。

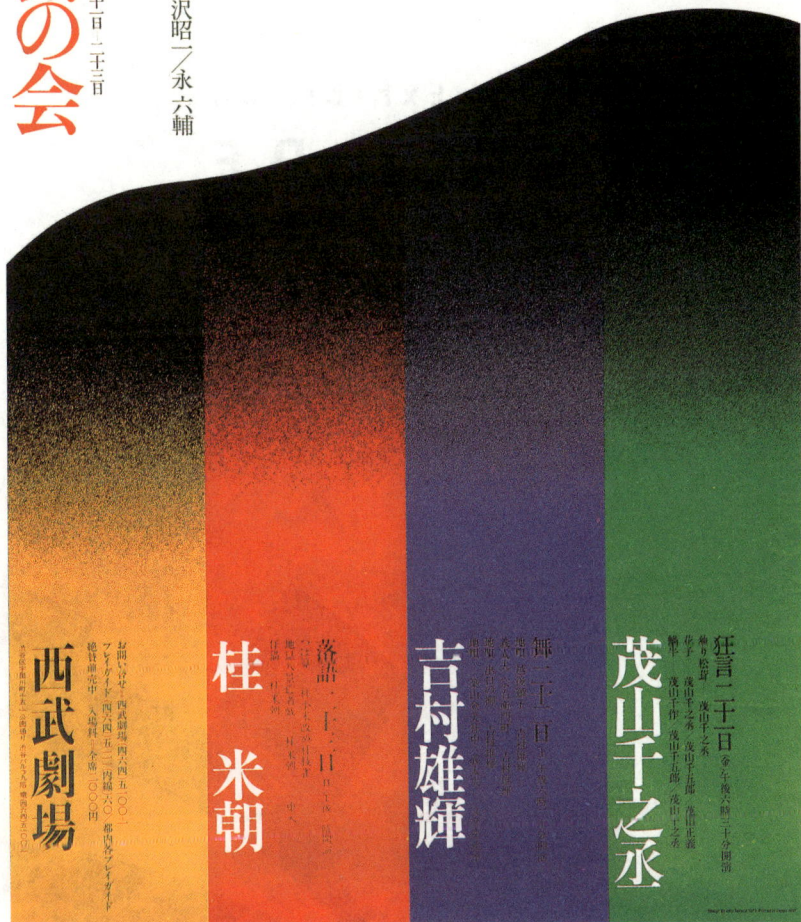

12 第一回神户须磨离宫公园现代雕刻展　1968年

纯色的色彩，配以渐变和抽象的构成，表现了这个以抽象雕塑为主的展览会的意象。

サルヴァトーレ・フェラガモ展「華麗なる靴」

生誕100周年記念 1998年4月14日㈫－5月14日㈭ A.M.10:00－P.M.5:00 会期中無休 草月会館

主催＝サルヴァトーレ・フェラガモ展「華麗なる靴」実行委員会

入場料＝一般 当日1200円 お急ぎ600円 学生 当日800円 お急ぎ600円 12才以下無料 チケットぴあ Tel.03-5237-9999 チケットセゾン Tel.03-3250-9999 お問い合わせ＝NTT/ハローダイヤル Tel.03-3272-8600

草月会館 東京都港区赤坂7-2-21 地下鉄青山一丁目駅より徒歩5分 地下鉄銀座線 丸の内線赤坂見附駅より徒歩5分

A Centennial Exhibition

SALVATORE FERRAGAMO

THE ART OF THE SHOE

動使河原 宏・演出 朝倉 摂・構成
4月24日土　4月30日金
会場＝草月会館

14

13　菲拉格慕时装鞋展　1998年
为意大利佛罗伦萨菲拉格慕［SALVATORE FERRAGAMO］时装鞋博物馆藏品东京展览会所作海报。
菲拉格慕是闻名世界的时装鞋设计家，到1960年去世为止，一生制作了大量造型别致、色彩华丽的
时装鞋。海报用华丽的色彩构成，正是对菲拉格慕设计风格的如实反映。
14　草月的创造空间展　1982年

**Narita Airport
Terminal 2**

15　田中一光纸上植物园　1990年

GRAPHIC
DESIGN
TODAY

グラフィックデザインの今日

1990年9月26日(水)～11月11日(日)
東京国立近代美術館 工芸館 主催—東京国立近代美術館 協力—凸版印刷株式会社

16 现代平面设计 1992年

毎日・日本研究賞 論文募集
自然
都市
生産
科学・技術
医療
人権
現代を問いなおす
日本の選択
日本がいま選択を迫られているありとあらゆる問題をどうとりあげても結構です。アイデアの新しさ、論理のはこびのユニークさなど、いままでの文章の単なる引用でもなく、これまでの学問領域のワクをこえた、独創性のある論文を歓迎します。
コミュニケーション
人間
政治
教育
毎日新聞社

17

17 日本的选择 1973年

1973年，为朝日新闻社制作，以募集日本研究赏的悬赏论文为内容的海报作品。这张纯用文字以黑色单版横竖混排的海报，将论文的内容简介分门别类后，完美地统一到长1030mm、宽728mm的纸张里，情绪化的成分在此被降到最低限度。这张作品，在表现田中一光进入了横竖混排的设计手法的成熟期的同时，也代表了当时日本版式设计的一个高度。

18 世界商业设计展 1959年

1959年，田中一光二十九岁时的作品，把当时收集到的活字箭头符号放在一起，朝上、下、左、右四个方向作了充分并具有动感的构成。这张作品是受到当时美国新版式运动影响的产物，也由于这张作品的制作，田中一光对文字产生了兴趣，从而生成了此后一系列以文字为主题的海报作品。

19 中山悌一演唱会 1960年

萧伯纳、肖邦、马拉等作曲家的名字用多种英文字体混置，构成了独唱会的曲目表，这是田中一光的早期作品。六十年代日本的英文字体还不多，这些字体是田中一光从海外杂志上收集的。

1959年 7月14日—7月19日 池袋 三越 6階ホール 主催 共同通信社
世界商業デザイン展
季刊誌 グラフィック・デザイン 9月創刊 発行所 芸美出版社

18

19

歌舞伎の発見

誰でもわかる歌舞伎の見方　富田鉄之助 著　白金書房刊

20　歌舞伎的发现　1974年

日本歌舞伎排名表专用的纯用曲线的勘亭流粗体字，变长、变扁后构成的下半部与用横细竖粗、棱角分明的老明朝体构成的上半部，形成鲜明对照。上半部分的整体块面构成所形成的全部力量，由下半部厚实的粗体字构成的块面义无反顾地承受着，使人每次看到这张作品时都可以联想到传统庭院建筑中柱子与柱敦的构造关系。

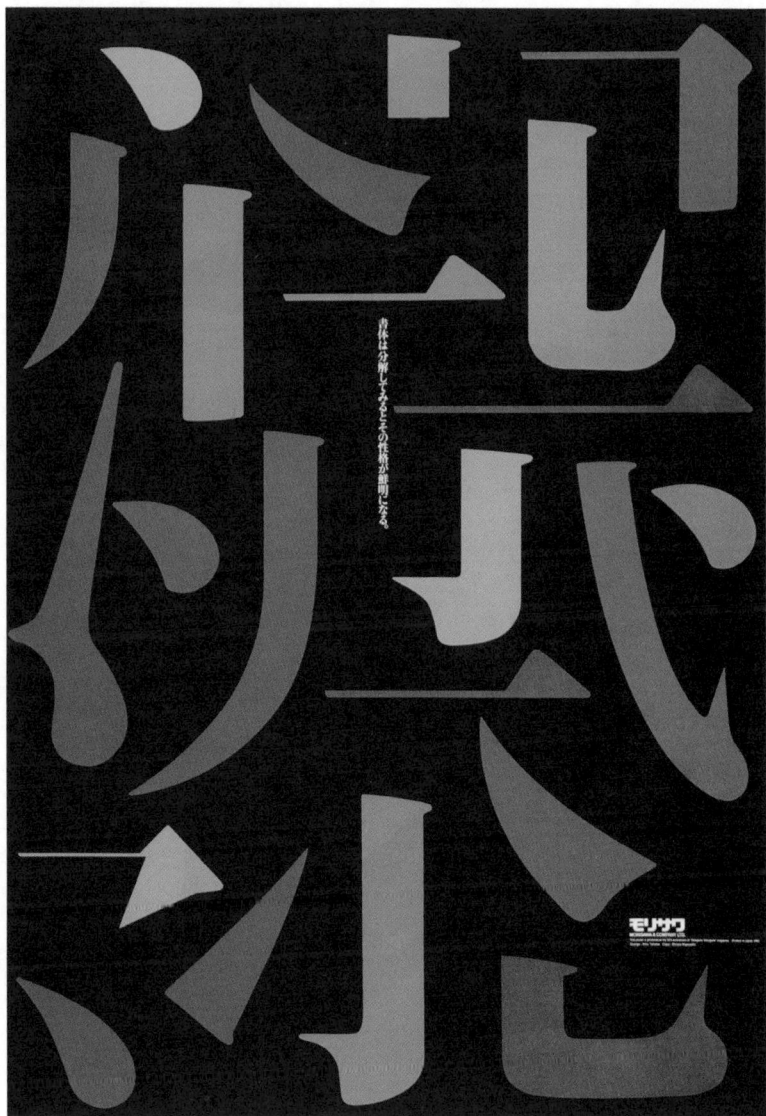

21 文字的想象力 1993年

这张海报作品的构想来自于中国书法的"永字八法"，利用汉字最基本的构成元素点、撇、捺、
勾等构成画面，印刷技术上也在探求着利用色彩渐变功能能否用单色印刷制作不亚于四色印刷的
表现可能性。

超現代主義　1986年

超現代主義

単なる明朝体のワクを超えて、多様化する文字組版に広く対応すべく開発された。これからの時代の正道明朝すなわち、L, R, M, B, H, Uの3つのウエイトにワイルド展開され、それぞれKS小かなKL大かなKO（オールドかな）の3種類のかなが選択できます。また各書体に付属する3書体や120枚にも及ぶ常用の欧文と記号を字盤全て収録。特にバランスのとれた相欧文の組杖は成立しるような美しさです。時代を超える。ウエイン。

写真植字
モリサワ

22　超現代主義　1986年

新古典主義

活字明朝の格調から新書体として完成。
に生まれ変わりました。この新しい正書明朝
「リュウミン」の誕生です。「リュウミン」は、
定評のあった森川明朝文字書体をもとに、あらためて現代の印刷に最も適し
た写植用明朝としてデザインされたものです。活字明朝のもつ切れ味と刻刀
の冴えを残しつつハライや点の形に生かしながら、縦横の直線のりフトなアク
セントを持たせた、文字通りの正説明朝の傑作と呼ぶにふさわしい書体です。

モリサワ 写真植字

23 新古典主义 1986年

中国的活字"老明朝体"被引进到日本照相植字中产生了
新书体"刘明书体",这种新书被命名为新古典主义。
截用其中"典"字的一部分,对融直线与曲线为一炉的抽
象造型的摸索的结果,产生了这张作品。

im product

24 im product 1979年

im字标设计于1979年，这是为三宅一生服装设计的商标，它截取三宅一生的罗马字拼写的两个开头字母，即ISSEY MIYAKE中的"I"和"M"。

ISSEY MIYAKE 1997

25 ISSEY MIYAKE 1988年

26　LOFT包装及店面设计　1987年

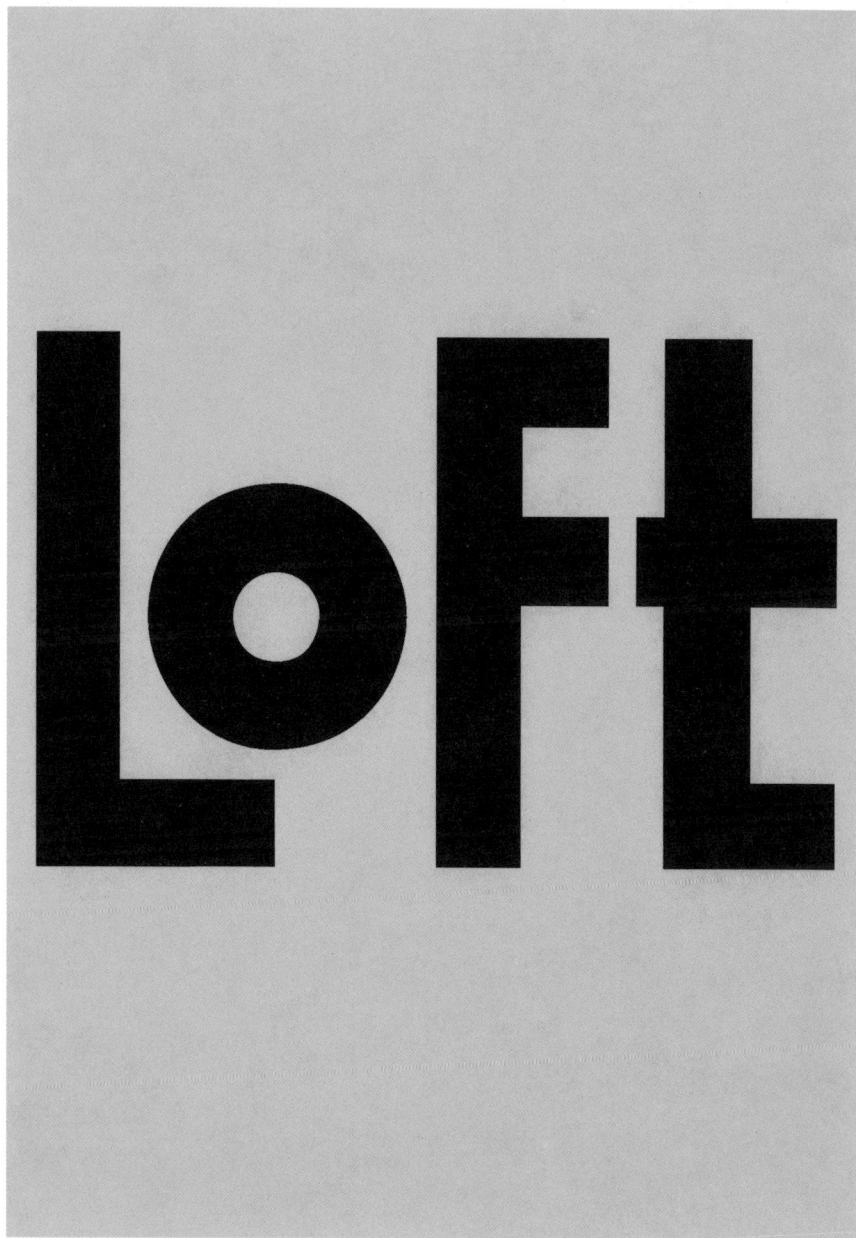

27 LOFT字标 1987年

原
研
哉
谈
设
计

原 研 哉
hara kenya

朱 锷
zhu e

独家采访·深度对话·浓缩精华
日本著名设计师**原研哉**最新作品

Edge +设计馆　原研哉谈设计　/原研哉 朱锷 著　即将出版

图书在版编目(CIP)数据

　设计的觉醒／（日）田中一光著、朱锷编；朱锷等译.
—桂林：广西师范大学出版社，2009.11
　ISBN 978−7−5633−9095−3

　Ⅰ. 设… Ⅱ.①田…②朱…③朱… Ⅲ.随笔−作品集−日本−现代
Ⅳ.I313.65

　中国版本图书馆CIP数据核字（2009）第179908号

广西师范大学出版社发行

社　　　址：桂林市中华路22号　邮政编码：541001
网　　　址：www.bbtpress.com
出 版 人：何林夏
发行热线：010−64284815
全国新华书店经销
北京图文天地制版印刷有限公司印装

开　　本　965mm×670mm　1/16
印　　张　20
字　　数　200千字
版　　次　2009年11月第1版
　　　　　2009年11月第1次印刷
印　　数　00 001～10 000
定　　价　58.00元

本书图片由田中一光设计事务所、广村正彰设计事务所提供。

在本书编辑过程中，承蒙ggg设计艺廊平山好夫先生、MORISAWA的森泽武士先生，以及田中设计事务所OB住友博昭、绪方裕子的鼎力协助，特此致谢。